Rafik Schami

Sami
und der
Wunsch nach
Freiheit

Der Roman *Sami und der Wunsch nach Freiheit* wurde
mit dem Gustav-Heinemann-Friedenspreis für Kinder- und
Jugendbücher sowie dem Jugendbuchpreis »Friedolin« der
Stiftung Weltethos ausgezeichnet und war Favorit der Leipziger
Jugend-Literatur-Jury. Die Erzählung *Der Hammel des Direktors oder
Warum keiner Sami ärgern durfte* aus diesem Roman wurde
mit dem Georg K. Glaser-Preis ausgezeichnet.

Rafik Schami

Sami
und der
Wunsch nach
Freiheit

Roman

GULLIVER

Ebenfalls lieferbar:
»Sami und der Wunsch nach Freiheit « – im Unterricht
in der Reihe *Lesen – Verstehen – Lernen*
ISBN 978-3-407-63160-2
Beltz Medien-Service, Postfach 100565, 69445 Weinheim
Kostenloser Download: www.beltz.de/lehrer

Dieses Buch ist erhältlich als:
ISBN 978-3-407-74964-2 Print
ISBN 978-3-407-74696-2 E-Book (EPUB)

Weitere Informationen zu unseren Autor:innen und Titeln
finden Sie unter: www.beltz.de

Für die tapferen Kinder von Daraa,
die im Frühjahr 2011 rebellierten,
um den Erwachsenen zu helfen,
aufrecht zu gehen.

1.

Scharif

oder

Wie man durch Zufall zu Geschichten kommt

Scharif habe ich zufällig kennengelernt. Ich war mit meiner Frau bei einem befreundeten Ehepaar zum Essen eingeladen. Sie wohnen in einer kleinen Stadt in unserer Nähe. Wir sind mit ihnen seit über zwanzig Jahren befreundet. Sie sind gastfreundliche Menschen.

Die Vorstellung, um ihren offenen Kamin zu sitzen und das knisternde Holz zu betrachten, war mir an diesem Tag Grund genug, mich darauf zu freuen. Dienstag, der 11. Dezember 2012, war hier ein eiskalter Tag, die Wettervorhersage versprach Schlimmeres, es werde in der Nacht noch frostiger und das Wochenende werde regnerisch sein.

Das Ehepaar, beide Mitte sechzig, war kinderlos. Klaus war nach dreißig Jahren Arbeit als Chemiker bei einem großen Konzern seit drei Jahren Rentner. Franziska war bis zu ihrer Pensionierung vor einem Jahr eine leidenschaftliche Lehrerin. Beide langweilten sich nie. Wir scherzten oft, dass sie, seitdem sie Rentner waren, kaum noch Zeit hatten.

Und an diesem Abend saß auf einmal der blasse junge Mann im Wohnzimmer. »Scharif Surur«, stellte ihn Franziska vor, »ein Syrer. Er will Musiker werden und kann gut Englisch, aber er lernt auch schon fleißig Deutsch und bringt uns ein paar arabische Höflichkeitsfloskeln bei.«

Klaus lachte. »Und er hat seit heute keine Angst mehr vor unserem Hund!«, fügte er ironisch hinzu, um auf meine ewige unbegründete Angst vor Hunden anzuspielen. Die Hunde sind ja in Deutschland alle lieb und wollen nur spielen. Nur ich glaube das nicht, weil ich als Kind zweimal von Hunden gebissen wurde. »Ich habe zu viel Respekt, um mit eurem Argos zu spielen«, war meine etwas unglaubwürdige Standardantwort.

Ich grüßte den jungen Mann auf Arabisch und wir unterhielten uns eine Weile. Scharif hatte bis zu seiner Flucht im christlichen Viertel von Damaskus gelebt. Seine Gasse war nicht einmal fünfhundert Meter von unserem Haus entfernt. Er kannte meine Familie nicht, dafür aber unsere Bäckerei.

Im Jahre 2012 waren noch nicht viele Flüchtlinge nach Europa gelangt. Scharif musste schon damals die Flucht ergreifen, denn er wurde gesucht wegen seiner Aktivitäten in einem Komitee, das Demonstrationen über soziale Medien wie Facebook und Twitter koordinierte und einen Online-Blog herausgab, der den Aufstand begleitete. Sie waren immer schneller als der Geheimdienst gewesen, sodass die Gegenangriffe von Polizei und Armee ins Leere liefen. »Aber dann bekam der Geheimdienst modernste Geräte und Programme, die innerhalb von Minuten reagierten und das Zentrum der Datenverbreitung erkannten, und umzingelte kurz darauf das Haus«, erzählte er leise. Er entkam mehrmals in letzter Sekunde.

Sein Weg nach Deutschland war ein lebensgefährliches Abenteuer. Im Oktober 2011 flüchtete er aus Damaskus über Umwege in die Türkei und von dort über mehrere Länder bis nach Deutschland. Weite Strecken musste er zu Fuß zurücklegen, in Wäldern schlafen, fast verhungert um Essen betteln und immer weiter Richtung Norden gehen. Er hatte nur einen kleinen billigen Kompass, und der sei, wie er sagte, sein Navigator gewesen. Unterwegs wurde er mehrmals ausgeraubt und geschlagen, auch davon erzählte er, und lachte sogar dabei, als er von einem Albaner berichtete, der ihn in Österreich überfiel und nichts fand, was er rauben konnte. Er verfluchte den auf dem Boden liegenden Syrer und ging. Den billigen Kompass warf der Mann weg. Scharif stand auf und steckte den kleinen Kompass in seine Tasche, nachdem er ihn geküsst hatte, als wäre er eine Ikone, die man um Verzeihung für die grobe Behandlung bittet. Der Albaner kehrte aber nach einer Weile mit Eiern und Kartoffeln zurück. Sie machten ein Feuer und genossen gemeinsam die gekochten Eier und Kartoffeln.

Im Mai kam Scharif in Deutschland an. Nach drei Monaten Wartezeit bekam er Asyl in der Pfalz. Da hatte er bereits den ersten Deutschkurs erfolgreich abgeschlossen. Durch Zufall lernte er Klaus und Franziska kennen. Beide sind gläubige Protestanten, und Scharif, der, wie ich, der katholischen Minderheit in Syrien angehört, war zum ersten Mal in seinem Leben in einer evangelischen Kirche und wunderte sich, dass die Kirche ohne Bilder und Figuren so karg und »nackt« sei, wie er sich ausdrückte. Weit und breit sah er keinen Beichtstuhl und der Gottesdienst kam ihm ziemlich nüchtern vor. Und kein Weihrauch! Klaus und Franziska mussten lachen, als er sie auf Englisch fragte, ob die Bilder gerade restauriert würden und die Kirche so arm sei, dass sie nicht einmal Weihrauch kaufen konnte. In Syrien gehört die Mehrheit der Christen entweder der katholischen oder der orthodoxen Kirche an.

In einem nahe gelegenen Café unterhielten sie sich lange mit ihm, und weil sie ihn sehr sympathisch fanden, trafen sie sich mit ihm bald täglich. Bis dahin hatte er in einem kleinen Zimmer in einem heruntergekommenen Hochhaus im sogenannten »sozialen Brennpunkt« der kleinen pfälzischen Stadt gelebt. Nach einem Monat stand ihr Entschluss fest: Scharif sollte in ihrem weitläufigen Landhaus die Einliegerwohnung beziehen. Und Franziska begleitete ihn bei seinem Deutschkurs.

Damit entkam Scharif seiner Einsamkeit und Tatenlosigkeit, unter der er am Anfang sehr gelitten hatte. Er half im Garten und im Haushalt und freute sich, Franziska zur Hand zu gehen und bei ihr das Kochen zu lernen. Von Klaus lernte er als unerfahrener Städter die Kunst, einen Garten schön zu halten. Scharif war eher schüchtern und äußerst höflich. Er hörte genau zu und war sehr neugierig auf das Leben in Deutschland.

Merkwürdigerweise war er sehr interessiert an meiner Arbeit als Schriftsteller und stellte viele Fragen nach dem Leben eines Künstlers im Exil. Er wünschte sich meine Bücher auf Arabisch. Ein paar Tage darauf schenkte ich sie ihm. Franziska sagte mir später, er lese fieberhaft, jeden Tag bis spät in die Nacht und manchmal sogar, bis der Morgen dämmerte.

Da ich auf einer großen Lesetour war, sah ich ihn nicht mehr, und fast hätte ich ihn vergessen. Eines Tages tauchte eine arabische E-Mail auf. Absender: Scharif Surur.

Ich habe gerade die arabische Übersetzung von Eine Hand voller Sterne *zu Ende gelesen. Vielleicht interessiert Dich die Geschichte meines Freundes Sami. Und vor allem die Geschichte seiner Narben. Was dieser Junge durchgemacht hat, ist unglaublich. Aber wenn du keine Zeit hast, macht das nichts. Ich kann warten. Der Deutschkurs läuft klasse. Franziska und Klaus sind meine Schutzengel.*

Herzliche Grüße, Scharif

Selbstverständlich habe ich nichts Besonderes erwartet. Viel zu oft, vor allem am Anfang meines Weges als Schriftsteller, ließ ich mich verführen, und ich hörte oder las nächtelang Schicksale von Menschen, die privat vielleicht tragisch oder glücklich, traurig oder witzig und für die betreffende Person womöglich abenteuerlich waren, aber sie hatten alle keine Spur von dem – wie ich es nenne – »universellen Kern« einer Geschichte, die etwas Einmaliges hat, dass man sie einem anderen unbedingt erzählen müsste. Irgendwann habe ich es aufgegeben, und ich bedaure es bis heute nicht, denn ich habe nicht einmal genug Zeit, um all meine eigenen Geschichten zu erzählen.

Aber Narben? Was für Geschichten von Narben? Ich schrieb ihm. Ich würde mir den Anfang anhören und ihm, wenn die Geschichte in Ordnung sein sollte, Tipps geben, wie er das glaubwürdig erzählen könne. Er solle alles auf Arabisch schreiben und dann würden wir für eine gute Übersetzung sorgen.

Wir trafen uns in einem ruhigen Stadtpark. Er eröffnete seine Rede damit, dass er einigermaßen gut erzählen könne, aber Texte und Aufsätze seien nie sein Ding gewesen. Er besitze jedoch ein Gedächtnis, dem nichts entginge, auch nach zehn Jahren nicht. »Die Kamele würden blass werden, wenn sie von meinem Gedächtnis wüssten«, fügte er hinzu und lächelte. Er würde mir alles von seinem Freund Sami und dessen Narben erzählen und mir die Geschichte schenken, aber es wäre schön, wenn ich ihm dafür eine einfache arabische Laute schenken würde. Er habe kein Geld und wolle niemandem zur Last fallen, schon gar nicht Klaus und Franziska. Seine Finger brannten nach einer Laute.

Die Damaszener waren schon immer charmante Händler, aber mich rührte seine Offenheit zutiefst. Irgendwie hatte der Aufstand seine Generation mutiger gemacht. Es waren Kinder in der südlichen Stadt Daraa gewesen, die den Aufstand auslösten, und es waren Jugendliche, die ihn austrugen.

Man merkte ihm seine Verzweiflung an, die ihn mutig werden ließ, so direkt zu werden.

»Du kannst Laute spielen?«

»Ja, der Postbote Elias, ein Nachbar, hat mir ihre Geheimnisse verraten, und ich lernte bei ihm, seit ich zehn war. Er war der beste Lautenspieler, damit konnte er bei Hochzeiten manchmal etwas Geld verdienen und sein dürftiges Gehalt und später seine Rente aufbessern.«

Das war seltsam. Viele junge Araber wollen Mediziner, Ingenieur oder Autohändler werden, und dieser arme Kerl, der gerade dem Tod entkommen war, wollte statt Informatik, wo er bereits ein Ass war, nur Musik machen. Irgendwie fühlte ich eine Nähe zu ihm. Auch ich hatte nur Schriftsteller werden wollen, und meine arabischen Bekannten hatten meine Entscheidung belächelt, eine sichere Stelle als Chemiker bei einem Weltkonzern aufzugeben und den unsicheren Beruf eines Erzählers zu ergreifen. Schriftstellerei und Musik gelten in den arabischen Ländern als Hungerberufe.

»Einverstanden, wenn die Geschichte etwas taugt«, sagte ich lächelnd. Wir saßen auf einer Steinbank vor einem Tisch aus verwittertem Eichenholz. Ich schaltete mein Diktiergerät ein und er begann zu erzählen. Nach einer Stunde war ich Gefangener seiner Erzählung.

Von nun an trafen wir uns abwechselnd in der Wohnung von Franziska und Klaus oder bei mir im Büro. Er erzählte so gut, dass ich bereits nach zwei Treffen die spannende Geschichte von Sami, seinen Narben und vor allem die vielen Erzählungen, die Scharif vor meinen Ohren entfaltete und raffiniert in Samis Geschichte einflocht, zu Ende hören wollte. Ich bestellte für ihn eine sehr gute, handgemachte arabische Laute, eine Ud, bei einem bekannten Berliner Lautenbauer.

Nicht nur meine Frau und ich, auch Franziska und Klaus waren überrascht, wie gut Scharif spielen konnte und welche Freude er dabei empfand und ausstrahlte. Seine Finger glitten über die Saiten, und in seinem Gesicht spiegelten sich die Noten, die er spielte, wider. Seine Musik fegte die letzte Spur seiner Schüchternheit hinweg. Er war mit der Laute wie verschmolzen, und seine Melodien waren eine Sprache, die wir alle verstehen und genießen konnten.

»Das ist die beste Laute, die ich je in die Hände bekam.

Sie muss sehr teuer gewesen sein. Wie viel hat sie gekostet?«

»Geschenke sind immer ihren Preis wert, wenn sie gefallen«, sagte ich. »Vergiss das Geld und schenk uns Musik.«

»Jederzeit, gerne«, sagte er, »aber nun muss ich Wort halten und dir die unglaubliche Geschichte von Sami weitererzählen.«

Nichts anderes wünschte ich mir. Doch welche Geschichten dieser junge Mann mit dem schönen, blassen Gesicht zu erzählen hatte, hätte ich nie im Leben erwartet ...

2.

Zwillinge von zwei Müttern

oder
Wie Freundschaften entstehen

Ich weiß nicht mehr, wann ich Sami kennengelernt habe. Ich war, seit ich denken kann, immer sein Freund. Wir wohnten in derselben Gasse. Unsere Wohnungen waren nicht einmal hundert Meter voneinander entfernt.

Unsere Väter sind beide einfache Polizisten, Samis Vater ist Gefängniswärter, meiner Verkehrspolizist, aber sie konnten einander nicht ausstehen. Sami sagte mir, sein Vater hielte meinen für einen Schwächling und fand, er solle besser ein Mädcheninternat oder einen Kindergarten beaufsichtigen. Meiner wiederum sagte, Samis Vater sei der korrupteste und brutalste Mann im Dienst. Er gehöre nicht vor, sondern hinter Gitter.

Aber erstaunlicherweise sind unsere Mütter beste Freundinnen, und das duldeten die Väter nicht nur, sondern empfanden Sympathie für die Frau des jeweils anderen und bemitleideten sie bisweilen sogar. »Was für ein Unglück, dass so eine wunderbar gütige Frau gezwungen ist, mit einem solchen Trottel zu leben. Sie hätte besser ein Reibeisen geheiratet«, pflegte mein Vater zu sagen und klang dabei wie ein Echo von Samis Vater, der meinen verächtlich »Knetgummi« nannte.

Die Anschuldigungen mögen übertrieben klingen, aber sie haben einen wahren Kern. Samis Mutter litt unter der Härte seines Vaters und meine unter der Weichheit meines Erzeugers.

Wunderbar waren unsere Mütter bestimmt und manchmal sicher auch gütig, doch sie konnten auch verletzend sein, vielleicht, weil sie wegen ihrer Männer viel zu schlucken hatten. Wenn sie nicht daran ersticken wollten, mussten sie es ausspucken, deshalb hatten sie nur wenige Freundinnen. Aber einander haben sie sich immer Halt gegeben und das war mehr als gut.

Jedenfalls witzelte man über uns, wir seien die einzigen Zwillinge der Welt, die zur gleichen Stunde, aber von zwei verschiedenen Müttern zur Welt gebracht worden waren.

Na ja, das mit der Stunde stimmt nicht ganz. Sami kam nämlich knapp zwei Stunden vor mir auf die Welt. Als Sofia, die Hebamme, nach der Entbindung seiner Mutter wieder nach Hause zurückgekehrt war, fühlte sie sich glücklich, weil die Geburt schnell und gut gelaufen war. Sie wollte gerade einen Mokka trinken, da klopfte mein Vater an ihre Tür und bettelte mit Tränen in den Augen, sie möge so schnell wie möglich kommen. Er habe große Angst um meine Mutter.

»Ich komme ja gleich, mach dir keine Sorgen! Das Baby wartet auf mich«, sagte sie, trank ihren Kaffee in Ruhe und erschien bald darauf bestens gelaunt bei meiner Mutter.

Überhaupt war Sofia eine ungewöhnliche Hebamme. Sie kannte die Geheimnisse, Wünsche und Ängste der Frauen im ganzen Viertel. Unser Nachbar, der pensionierte Postbote Elias, von dem ich dir noch eine Menge erzählen werde, hat mir einmal geschildert, wie sie mit den Babys im Bauch ihrer Mütter zu verhandeln pflegte.

»Sofia hatte es einmal eilig«, erzählte Onkel Elias. »Ich trank einen Tee mit dem Ehemann im Nebenzimmer und deshalb konnte ich alles mithören. Die Hebamme sprach mit zwei Stimmen. Mit der einen, der tiefen, versuchte sie dem Kind im Bauch seiner Mutter den Eintritt in die Welt zu erleichtern. Mit der anderen, piepsenden Stimme gab sie die Meinung des Kindes wieder. Sie war eine Meisterin in dieser Kunst. Sie ahmte das Kind mit ihrer hohen Stimme derart herzerfrischend nach und reimte dazu auch noch alles, was sie sagte, sodass die gebärende Frau bald Tränen lachte und Schmerz und Angst vergaß. Die Hebamme schwärmte dem Noch-nicht-Geborenen von Blumengärten und Häusern vor, die es bekommen sollte, wenn es so freundlich wäre, herauszukommen. Das Kind war damit aber nicht zufrieden, sondern verlangte Unmengen Eis und Schokolade und Bonbons.

Da versprach ihm die Hebamme, dass es im Verlauf seines Lebens sein ganzes Gewicht in Schokolade, zweimal so viel in Bonbons und dreimal so viel in Eis genießen würde. Und sie fragte die beiden Nachbarinnen, die zur Unterstützung gekommen waren, ob der Vater das denn alles bezahlen könne, und die Frauen versicherten der Hebamme, dass er das gewiss tun würde. Der Vater verdrehte im Nebenzimmer die Augen, aber er lachte auch, als die Hebamme dem Baby gegenüber seine Großzügigkeit lobte.«

Nach einer Weile jedoch, so erzählte Onkel Elias weiter, habe sie das Baby im Bauch der Mutter angeknurrt: Mehr könne sie ihm nun nicht anbieten, es solle kein Theater machen, endlich herauskommen und seine Mama schonen. Das Baby hatte aber zurückgepiepst, sie solle es nicht so anschreien, das möge es überhaupt nicht, sondern seiner Mutter das Gesicht liebevoll streicheln, dann werde es kommen. Da war der Vater aufgestanden, hatte die Tür einen Spalt weit geöffnet und gesehen, dass die Hebamme genau das tat, was das Baby verlangte. »Meine Frau lächelt so schön trotz der Schmerzen«, flüsterte er gerührt, und gleich darauf hörte Elias das Baby auch schon schreien. Im selben Moment ertönte Sofias begeisterter Schrei: »Endlich!«

Nun bin ich abgeschweift. Über Sofia könnte man ein ganzes Buch schreiben, doch ich kehre lieber zu Sami zurück.

Wir, Sami und ich, sahen uns merkwürdigerweise sehr ähnlich, und auch vom Charakter her waren wir wie eineiige Zwillinge. Daher waren wir unzertrennlich. Und sehr schnell begriffen wir, in der dritten oder vierten Klasse muss das gewesen sein, dass wir einander absolut vertrauen und uns aufeinander verlassen können. Es gab Versuche, uns auseinanderzubringen. Ob von Lehrern, Verwandten oder blöden Jungen, bald waren wir geübt darin, solche Angriffe ins Leere laufen zu lassen.

In einer kleinen Gasse wie der unseren kannte jeder jeden und deshalb waren die Leute vertrauter, manchmal auch lästiger. Wenn ich durch die Gasse ging, fragte mich manch eine Nachbarin oder ein Nachbar: »Wo ist denn dein Schatten?«, und nicht selten sah ich, wie sich gut getarnter Neid zwischen die Wörter schlich.

Die schmale Gasse im alten christlichen Viertel von Damaskus war eine Sackgasse, die am Ende auf die Stadtmauer stieß. Viele Häuser waren aus Lehm und Holz, nur die Reichen wohnten in schönen Steinhäusern. Unsere Gasse wurde von der UNESCO sogar als Weltkulturerbe eingestuft und war damit geschützt. Die alten Häuser durften nur mit Lehm, Stein und Holz restauriert werden.

Wahrscheinlich war die Gasse ein so besonderer Ort, weil sich der heilige Paulus einmal hier versteckt hatte, bevor er über die Mauer hinweg geflohen und danach überall umhergezogen war, um das Christentum zu verkünden. Dort, wo er in einem Korb über der Mauer heruntergelassen wurde, steht heute eine kleine Kapelle.

Ich lebte mit meiner Familie etwa in der Mitte der Gasse in einem großen Haus, das einem reichen Mann gehörte. Im ersten Stock wohnten zwei Familien jeweils in zwei Zimmern und sie hatten eine gemeinsame Toilette und eine Küche. Unten wohnten meine Eltern und ich in zwei Zimmern und Junis, ein armer, langweiliger Grundschullehrer, die Witwe Saide und der alte Postbote Elias, die jeweils ein Zimmer hatten. Auch unten hatten wir nur eine Toilette und eine Küche für alle.

Nicht nur Sami, auch ich hatte aus dem einen oder anderen Grund schon mal die Wohnungen der Reichen von innen gesehen, und sei es für ein paar Minuten. Was für ein Luxus, der sich dort bis zur Geschmacklosigkeit türmte! Mir schienen sie wie die Bewohner einer anderen Welt, die zufällig unsere Sprachen sprechen. Deren Wohnungen sind im Sommer kühl und im Winter warm, genau umgekehrt wie unsere.

Unser Hausbesitzer, ein Großhändler für Trockenfrüchte, wohnte im neuen Stadtviertel. Er kam nur einmal im Monat, um die Mieten zu kassieren. An keinem anderen Tag wurde so viel gejammert wie an diesem Tag. Nicht nur die Mieter beklagten ihr Elend und die Herzlosigkeit des Besitzers, auch der Hausbesitzer selbst lamentierte immer wieder so viel, dass die Witwe Saide ihm einmal entgegenrief: »Soll ich für dich den Klingelbeutel herumreichen?«

Elias, der alte Postbote, nannte das Haus eine schäbige

Mietskaserne und sagte, in seinem Zimmer sei es so feucht, dass er überlege, Touristen zu seiner Tropfsteinhöhle einzuladen und Eintritt zu kassieren. Er konnte den Hausbesitzer nicht ausstehen. Der besaß nämlich fünf Häuser und trotzdem jammerte er mehr als der Bettler vor der katholischen Kirche. Elias, der Postbote, war richtig arm. Er durfte nur eine Mahlzeit einnehmen und drei Zigaretten am Tag rauchen, weil er sich mehr nicht leisten konnte und so stolz war, dass er von niemandem eine Zigarette annahm. Dagegen freute er sich über alle essbaren Geschenke, ob Fleisch, Gemüse, Olivenöl oder Brot. Er kochte für sich selbst auf einem winzigen Gaskocher.

Onkel Elias spielte Laute. Er konnte herrliche Melodien aus seiner Laute hervorzaubern. Das edle Instrument hatte er von seinem Vater geerbt. Wie ich dir bereits erzählte, war er später mein Meister.

Doch so arm er als Rentner lebte, so reich waren seine Geschichten und Abenteuer, die er als Postbote erlebte. »Man klopft oder klingelt an eine Tür und schon öffnet sich eine Theaterbühne oder das Tor zur Hölle oder das Fenster zum Paradies. Es ist wie ein spannender Fortsetzungsroman, der nie zu Ende geht«, erzählte er und fügte dann lachend hinzu: »Und das wird manchmal, wenn auch selten, nur getrübt durch einen fliegenden Schuh oder einen bissigen Hund, der sich von meiner Wade eine üppige Mahlzeit verspricht.«

Wie oft musste er die Briefe vorlesen, die die Empfänger nicht entziffern konnten! Sie waren Analphabeten. »Häufig musste ich Geschichten erfinden und ganze Briefe neu erlügen, um die Leute nicht zu enttäuschen, die gute Nachrichten von ihren ausgewanderten Söhnen erwarteten. Wie oft sah ich auf den Fotos, dass die Söhne, die in Arztkitteln und mit umgehängtem Stethoskop an eine teure Limousine oder teuren Sportwagen gelehnt grinsten, weder Ärzte waren, noch Besitzer dieser teuren Karossen. Aber die Augen der Eltern glänzten vor Stolz, zumal ein Scheck mit hundert Dollar beigelegt war, was in den Ländern der Emigranten nicht so viel, aber für die Eltern ein Vermögen war.

Onkel Elias war Junggeselle und ein scharfzüngiger alter Mann. Doch wenn er Laute spielte, wirkte er auf einmal viel jünger, und ich sah, wie viele Frauen ihn verliebt anschauten, was er aber nicht bemerkte. Er war in einer anderen Welt, lächelte, weinte und sprach manchmal mit seiner Laute und nahm uns, ja seine ganze Umgebung nicht wahr. Erst wenn er zu Ende gespielt hatte, kam er wieder auf unsere Welt zurück.

Wir, die Kinder und Jugendlichen, liebten ihn alle. Er war unser Beschützer, vor Fremden und manchmal sogar vor den eigenen Eltern, deshalb nannten wir ihn liebevoll »Onkel«. Allein über ihn könnte ich dir drei Nächte erzählen, aber ich will lieber zu Sami zurück.

Ich war Samis Vertrauter und hielt immer zu ihm, auch

wenn manchmal, im Streit, alle Jungen der Gasse gegen ihn waren. Das machte ihn sehr stolz, und er sagte, mit mir und Onkel Elias als Freunden fürchte er nicht einmal den Tod.

Es fiel mir nicht schwer, immer zu ihm zu halten, denn er war ein wirklich außergewöhnlicher Mensch. Meine Mutter verstand das gut, sie mochte Sami sehr und war ja auch mit seiner Mutter befreundet. Mein Vater dagegen lag mir ständig in den Ohren, ich solle mich von diesem Jungen fernhalten, der seiner Meinung nach nur Probleme machte.

Vielleicht hatte das bei meinem Vater berufliche Gründe. Er war ein einfacher Polizist, und Polizisten haben nun mal keinen Sinn für Abenteuer. Sie sehen sofort die Paragrafen, die so was verbieten. Wenn ich aber Sami mit einem Wort zusammenfassen sollte, dann ist es das Wort Abenteuer, das alles beinhaltet und aussagt, was Sami ausmacht.

Mein Vater war ein bemitleidenswerter Polizist. Das ist der schlimmste Job in einem Land wie Syrien. Es war immer ein großes Chaos in der Zentrale. Mal sollte mein Vater den Verkehr regeln, mal dafür sorgen, dass die Händler nicht die Bürgersteige belagerten und die Menschen auf die Fahrbahn drängten. Nicht selten musste er auch die Kriminalpolizei unterstützen und zum Beispiel die Gegend absperren, wo ein Mord oder Überfall passiert war. Er war das »Mädchen für alles«, wie man sagt. Weil er nicht in die Partei eintreten wollte und auch mit keinem »hohen Tier«

verwandt oder befreundet war, kam er nicht weiter. Solche Polizisten wurden nie befördert und mussten immer die Drecksarbeit erledigen. Vater pflegte sogar zu sagen, er sei eine Art Müllmann für den gesellschaftlichen Dreck.

Ich weiß nicht, warum, aber mein Vater war zugleich beliebt und verachtet, wurde gefürchtet und belächelt, und das hat ihm immer schwer zu schaffen gemacht. Er war ein friedlicher Mensch, der am liebsten für meine Mutter kochte. Er konnte viel besser kochen als sie und hatte den doppelten Umfang von ihr.

Manchmal kam er voll beladen mit Lebensmitteln nach Hause – das war die Bestechung der Händler, die ihre Waren auf den Bürgersteig stellten, obwohl sie das nicht durften. An solchen Tagen gab es feines Essen. Meine Mutter betrachtete ihn verliebt, wie er so glücklich kochte und dabei sang. Sie lobte, auch vor den Nachbarn, seine Kochkunst, aber niemals seinen Gesang. Die Männer lachten über meinen Vater, wenn er mit der Kochschürze herumlief. Nur Onkel Elias nicht.

Immer wieder konnte ich beobachten, wie mein Vater Onkel Elias oder der Witwe Saide unauffällig pralle Tüten mit Lebensmitteln übergab. Aber an manchen Tagen hatte ich Mitleid mit ihm, wenn er nach Hause kam und sich ins Schlafzimmer zurückzog und weinte. Meine Mutter eilte zu ihm, tröstete ihn und verfluchte die Söhne der Mächtigen, die mit ihren Sportwagen die Stadt terrorisierten. Es machte ihnen Spaß, die armen Verkehrspolizisten zu demütigen und manchmal sogar zusammenzuschlagen. An solchen Tagen wünschte ich mir, ein mächtiger Kung-Fu-Kämpfer zu sein. Wenn ich dann zufällig in der Nähe gewesen wäre, hätte ich diesen Arschlöchern aufgelauert, bis sie mit ihrem Sportwagen und ihrer blondierten Tussi auftauchten, wäre auf sie draufgesprungen und hätte sie zusammengeschlagen. Die Blondine hätte ich aussteigen lassen, und dann hätte ich mir die Edelkarosse geschnappt und so lange gegen die Betonmauer gefahren, bis sie ein Schrotthaufen wäre. Na ja, wenn ich von meinem Vater anfange, erinnere ich mich an tausend Geschichten, aber nun kehre ich lieber zu Sami zurück.

Onkel Elias kannte Sami seit seiner Geburt. An diesem Tag, erzählte er, habe er einen Brief für Samis Eltern gehabt. Er klopfte also an die Tür der Wohnung in dem großen elenden Hof, wo sie wohnten, und hörte die Stimme der Hebamme Sofia, die er sehr gut kannte. Als Samis Vater die Tür aufmachte, übergab ihm Elias den Brief. Sofia erkannte die Stimme des Postboten und rief ihm zu, er solle hereinkommen und diesen Gorilla beruhigen, denn der mache sie und die gebärende Mutter ganz nervös. Samis Vater war betrunken und er bot auch Elias einen Schnaps an. An seiner zitternden Hand erkannte Onkel Elias gleich, dass der Koloss schlichtweg Angst um seine Frau hatte.

Bald beruhigte sich der Vater im Gespräch mit Elias und

kurz darauf lag er auf dem alten Sofa im Nebenzimmer und schnarchte seinen Rausch aus. Trotzdem wollte die Hebamme nicht, dass Elias ging, weil sie seine Hilfe brauchte. »Die Briefe kannst du auch morgen noch austragen«, sagte Sofia, »hier im Viertel wohnt kein einziger Mensch von Rang.«

Und da lag Samis Mutter schön wie ein Gemälde. Als die Hebamme Sami entbunden hatte, bat sie um warmes Wasser. Elias beeilte sich und holte ihr das Wasser von einem großen Kessel, den die Hebamme zuvor auf dem Gaskocher aufgestellt hatte.

»Wasch es«, befahl Sofia und legte das winzige Baby in seine großen Hände.

Der Junge weinte nicht. Er schaute ihn mit klugen Augen an, und Elias wusch ihn im warmen Wasser, das nach Jasminblüten und Basilikum duftete. Und als Elias sich beim Waschen bückte, streckte das Baby seine Händchen aus und streichelte das Gesicht des Postboten. In diesem Augenblick eroberte das Baby Elias' Herz.

»Er ist mutig und helle wie seine Mutter und er mag dich«, sagte Sofia zu Elias und legte dann der Mutter das kleine Baby in die Arme.

Von diesem Tag an waren Sami und Onkel Elias befreundet. Die fünfzig Jahre Unterschied spielten überhaupt keine Rolle. Die beiden waren einander ebenbürtig. »Ich lernte von ihm mehr, als ich ihm je beibringen konnte«, sagte der alte Postbote.

Später begleitete Sami seinen Freund oft bei dessen täglicher Tour und brachte die Briefe in den dritten oder vierten Stock, damit Elias nicht so viele Treppen rauf- und runterlaufen musste. Oft gaben die Leute Sami auch noch großzügig Früchte, Kekse oder etwas Geld als Belohnung.

Ich habe nicht vergessen, dass ich eigentlich von Samis Narben erzählen wollte, das mache ich bestimmt bei unserem nächsten Treffen ...

3.

Samis Katze

oder

Wie ein kleiner Junge einen Koloss besiegte

Niemand trug im Laufe der Jahre so viele Narben an seinem Körper wie Sami. Die Jungen in meiner Gasse nannten ihn deshalb auch Narben-Sami. Sicher sahen sie ihn oft mit Pflastern und Verband, und wer das versäumt hatte, konnte spätestens im Sommer beim Schwimmen die Narben nachzählen.

Wenn ich mit der auffälligsten Eigenschaft anfangen darf, so war das sein unstillbarer Hunger. Sami war seit seiner Geburt hungrig. Seine Mutter erzählte, er wollte nicht nur ihre Milch, sondern ihren Busen und sie selbst verschlingen; sie musste immer aufpassen, sich rechtzeitig aus seinem Mündchen zu befreien. Trotzdem blieb er sehnig, ja fast dünn. Ich habe mich oft gefragt, wohin das Essen bei ihm wanderte. Ich hatte selten Hunger, trotzdem gab mir meine Mutter immer sehr viel Essen mit. Ob für die Schule oder einen Ausflug, immer packte sie doppelt so viel ein, wie ich essen konnte. Darüber hatte ich mich oft gewundert, doch schließlich begriff ich, dass sie damit auch Sami bedachte. Und so freute ich mich, ihm eine Freude zu machen.

»Gott segne deine Mutter. Sie hat eine gütige Hand«, sagte er manchmal, nachdem er das gefüllte Fladenbrot verschlungen hatte. An manchen Tagen aber flüsterte er mir leise zu: »Du kannst deiner Mutter sagen, dass sie beim nächsten Brot ruhig mehr Butter nehmen kann. Butter schmiert die Rutsche zum Magen.« Ich gab meiner Mutter Bescheid, tat dabei aber so, als käme der Wunsch von mir, und sie tat so, als glaubte sie mir, und lachte.

Sami wohnte, wie ich schon erzählt habe, nicht weit von mir. Er und seine Eltern und Geschwister lebten mit mehr als zehn anderen Familien im »Gnadenhof«, einer Ansammlung von miserablen Behausungen der ärmsten Christen. Sie wohnten dort kostenlos, weil der Hof der katholischen Kirche gehörte. Die wackligen einstöckigen Häuser standen um einen großen Innenhof voller Unrat, rostiger Fahrräder und verwahrloster Blumentöpfe.

Samis Vater war sehr groß und hatte viele Muskeln und wenig Verstand. Er trank abends über den Durst und war immer laut. Seine Mutter dagegen war eine zierliche Frau mit schönen Augen und einem blassen Gesicht. Meine Mutter sagte, Samis Mutter hätte eigentlich allen Grund, das traurigste Gesicht der Welt zu tragen, aber ihr Lachen zeige, was für eine große Frau sie sei. Tapfer nehme sie das bittere Schicksal auf sich, mit solch einem Grobian leben zu müssen.

Samis Mutter lächelte mich immer an, wenn ich Sami besuchte, und als ich noch ein Kind war, streichelte sie mir oft den Kopf. Ohne die Worte meiner Mutter hätte ich sie für die glücklichste Frau der Welt gehalten. Sie war ein lieber und lustiger Mensch. Und ihre ärmliche Behausung war voller Gäste, wenn ihr Mann nicht da war. Auch meine Mutter saß oft bei ihr.

Das Wissen der Frauen bleibt ihr Geheimnis und der Austausch untereinander ist ihre Macht. So kommen sie mit vielem zurecht. Doch wenn der Kontakt zu anderen Frauen fehlt, geht es ihnen schlecht. Deshalb litt meine Tante Mariam sehr in Saudi-Arabien. Weil die Ehe nach zehn Jahren immer noch kinderlos geblieben war, hatte sie ihren Mann begleitet, als er dort Arbeit bekam. Er fand auf der Baustelle bald Freunde, sie aber blieb gefangen in einer winzigen Wohnung. Die Nachbarinnen waren von den Philippinen, aus Pakistan, Indien und Korea, und sie verstanden kein Wort, deshalb litt sie sehr und hatte Sehnsucht nach anderen Frauen. Zwei Jahre später weigerte sie sich nach einem Besuch in Damaskus, wieder mit nach Saudi-Arabien zu fahren, und so kehrte der Onkel alleine zurück, und sie lebte zufrieden in Damaskus.

Ich bin leider abgeschweift, nun aber zurück zu meinem Freund. Ich nannte ihn nie Narben-Sami, und weil wir Freunde waren, erzählte er mir die Geschichte von jeder Narbe. Es waren oft witzige kleine oder große Abenteuer, und mochte auch die Hälfte gelogen sein, ich liebte seine Geschichten. Er merkte es und schmückte sie aus. Und als hätte jede Narbe eine Nummer, brachte er die Geschichten nie durcheinander. Die meisten Kinder glaubten ihm kein Wort, aber das störte ihn wenig. Er erzählte. Nur wenn sich Georg, der Sohn des Geheimdienstlers Chalil, dazugesellte, verstummte Sami. »Er lacht an den falschen Stellen«, erklärte er. Auch mich nervte Georgs Wiehern in den Momenten, in denen ich am liebsten weinen wollte.

Doch alle Geschichten waren nichts gegen die, die ich höchstpersönlich miterlebt hatte, wie jene, als der kleine Sami seine Mutter gegen seinen Vater verteidigte, davon erzähle ich dir gleich, oder wie er sich bei der Rettung einer Katze eine Narbe eingehandelt hatte. Wir waren beide neun oder zehn Jahre alt.

An jenem Frühlingstag sah ich Sami in die Gasse kommen. Er war vollkommen durchnässt und an seinem rechten Knie klaffte eine große Wunde. Und er trug eine kleine Katze auf dem Arm. Sie zitterte erbärmlich. Jemand habe die Katze ertränken wollen und sie in den Fluss geworfen, erzählte er. Er sei ins Wasser gesprungen und habe sie gerettet. Als er aus dem Wasser kletterte, sei er ausgerutscht und habe sein Knie an einer Glasscherbe verletzt, erklärte er mir, als ich auf die Wunde zeigte, die ihn nicht zu interessieren schien. Ich dachte, Sami würde, wann immer ihn später jemand nach dieser Narbe fragte, die Rettung der Katze schildern.

Aber das hat er nie getan. Es war auch gar nicht nötig, denn die Nachbarn erzählten auch so von Samis Katze – genau wie ich heute, fast zwölf Jahre später.

Sami pflegte das kleine Geschöpf wie eine Mutter ihren Säugling. Er verbrachte viele Stunden mit ihr. Ich setzte mich oft zu ihm, doch ich muss gestehen, sein endloses Gerede über die Katze langweilte mich manchmal. Die Katze habe dies, die Katze habe jenes gemacht oder nicht gemacht, gedacht, gemeint oder auch nicht. Aber Samis Katze sah nach einer Weile wirklich prächtig aus, sie war das einzige Wesen in seinem Haus, das Gesundheit und Wohlstand ausstrahlte. So weit also Samis Geschichte mit der Katze.

Irgendwann sah man Sami immer seltener in der Gasse. Er hatte sich dazu entschlossen, Karate zu lernen, und trainierte hart. Wenn er wiederauftauchte, hatte er oft blaue Flecken, aber er verriet nur mir, weshalb er sich so quälte. »In drei Jahren werde ich meinen Vater daran hindern, meine Mutter zu schlagen.«

Ich schaute diesen ausgemergelten kleinen Burschen ungläubig an. Er bemerkte meine Zweifel sofort. »Komm her«, sagte er, als er schon etwa ein Jahr trainiert hatte, »und versuch, mit diesem Stock auf das Holzfass hinter mir einzuschlagen. Das ist meine ängstliche Mutter, die sich in der Ecke zusammenkauert, und du bist mein Vater.«

Ich nahm den großen Stock und holte zu einem kräftigen Schlag aus, doch ehe ich michs versah, lag ich auf dem

Boden und meine rechte Hand war mir auf den Rücken gedreht. Es schmerzte und ich wurde wütend.

»Das gelingt dir vielleicht mit mir, weil wir gleich groß sind, aber deinen Vater, diesen Koloss, kannst du nie im Leben umwerfen. Er macht dich zum Zahnstocher und fuhrwerkt damit in seinen faulen Zähnen herum«, sagte ich trotzig und noch etwas benommen.

»Kann er nicht. Ich richte seine Kraft gegen ihn. Das ist das Geheimnis der Japaner und Chinesen. Weil sie so klein sind, mussten sie etwas erfinden, um ihre übergroßen Gegner zu besiegen. Sie kehren deren Kraft einfach um, das ist der ganze Kniff.«

Ich nickte, aber ich glaubte ihm nicht.

Doch das Schicksal ließ Sami nicht die Zeit, die er brauchte, um unbesiegbar zu werden. Er war nicht einmal zehn oder elf, als er handeln musste. Wir spielten bei ihm zu Hause mit Murmeln, als wir Geschrei im Hof hörten.

Sami stürzte hinaus, die Katze und ich folgten ihm. Die Nachbarn standen im Kreis, ohne sich zu rühren, und sahen zu, wie der betrunkene Vater mit einem Stock auf die Mutter einschlug. Sami stürzte sich auf seinen Vater und versetzte ihm einen solchen Tritt in den Schritt, dass dieser von der Mutter abließ. Erstaunt, ja fast erschrocken, sah er seinen Sohn an, der sich zwischen ihn und seine Frau gestellt hatte.

»Geh mir aus dem Weg, du Wurm«, forderte der Vater, als er sich wieder gefasst hatte.

Sami breitete die Arme aus und schrie so laut und schrill, dass alle Gläser in der Umgebung zerbarsten und die Uhrwerke stillstanden. Doch schlimmer als das war der Knall von über dreißig Glühbirnen. Die Kette von ohrenbetäubenden Explosionen hörte sich an wie ein Maschinengewehr. Die Nachbarn und der Vater hielten sich die Ohren zu und verfluchten Sami.

Und als hätten sie alle den Verstand verloren, versteckten sich die Nachbarn Schutz suchend hinter dem Vater. Nur ich stellte mich zu Sami, der wie ein Tiger vor seiner Mutter stand. Und ich sah, wie die Mutter sich aufrichtete und stolz lächelte. In diesem Moment kam die Katze und schmiegte sich an Samis Bein.

»Er ist wahnsinnig geworden«, sagte der Vater mit trockener Kehle.

»Niemand rührt meine Mama an!«, schrie Sami.

Und wirklich tat sein Vater seiner Frau nie wieder etwas zuleide. Es wird erzählt, die Nachbarn hätten ihn später gezwungen, alle Gläser und Glühbirnen zu bezahlen, denn letzten Endes sei es seine Schuld gewesen, dass sie kaputtgegangen waren. Samis Mutter strahlte noch tagelang über das ganze Gesicht und fühlte sich von da an beschützt. Und die Katze?

Von diesem Tag an lief sie Sami immer nach, wenn er in der Gasse unterwegs war, in die Stadt ging oder einfach nur in den Eissalon schlenderte. Immer sah man hinter Sami die Katze. Sie war die einzige Katze in Damaskus, die einem Menschen hinterherging. »Sie folgt mir nicht, sondern sie begleitet mich. Seit jenem Tag bin ich für sie kein Mensch mehr, sondern ein Tiger, der sich vor zwanzig Nachbarn nicht fürchtet.«

Die Nachbarn aber erzählten, dass sie durch den gewaltigen Schrei noch lange schlechte Ohren hatten und die Katze dadurch den Verstand verloren hätte. Und wenn Katzen debil würden, verwandelten sie sich – nach Aussage der Nachbarn – in Hunde, und Hunde folgen nun einmal immer den Menschen.

Und noch etwas ist an diesem Tag passiert. Ich habe es fast vergessen. Onkel Elias, der Postbote, war damals noch im Dienst. Er trug gerade die Briefe aus und wunderte sich über eine große Reisegruppe in bunten Kleidern, die den Eingang des Gnadenhofs versperrte. Neugierig beeilte er sich. Da er fließend Französisch sprach, erkannte er, dass es französische Touristen waren. Einer aber sah wie ein Chinese aus, mit schweren Augenlidern, schwarzen glatten Haaren und großem Schnurbart, der ihm an den Mundwinkeln herunterhing. Typisch chinesisches Gesicht, dachte Onkel Elias und fragte den Mann höflich und vorsichtig, ob er ein Asiate sei. Nein, erwiderte der Mann und zündete sich eine selbst gedrehte Zigarette an, er sei ein Deutscher, lebe aber als Bildhauer in Paris.

Als Sami seinen schrillen Schrei ausstieß, legten die Touristen entsetzt ihre Hände auf die Ohren, bis auf den Bildhauer, der begeistert rief: »Quelle voix fabuleuse!«

Aber Onkel Elias war hundert Prozent sicher, der Mann war, wenn überhaupt ein Deutscher, dann chinesischer Abstammung.

4.

Dort, wo die Zeit wohnt

oder
Die Vertreibung aus dem Paradies

Ich weiß nicht, ob du jemals in einem öffentlichen Bad, dem Hammam, gewesen bist. Aber für uns, für Sami und mich, war das, als wir noch Kinder waren, ein Vorgeschmack auf das Paradies.

Du musst wissen, weder in Samis Behausung noch in unserem alten Haus mit den kleinen Mietwohnungen gab es ein Bad. Wir wuschen uns in der Küche. Dieses Waschen war nur die Pflicht. Aber jeden Mittwoch durften wir, als wir noch klein waren, unsere Mütter zum Hammam begleiten. Ich weiß nicht, ob du es jemals genossen hast, als Junge am Frauentag im Hammam zu sein. Es war wirklich wie ein schöner Traum.

Wie ich hier in Deutschland gesehen habe, haben die Leute oft eine Badewanne. Die Badewanne konnte nur in Ländern erfunden werden, in denen es viel Wasser gibt. Du weißt, bei uns in Syrien ist Wasser eine Rarität, man ging mit ihm, wie mit einem Heiligtum, respektvoll um. Der

Hammam ist so erdacht und aufgebaut, dass man nur so wenig Wasser wie nötig verbraucht und trotzdem so sauber und entspannt wie möglich herauskommt. Daher gibt es dort drei Kammern. Man kommt an und zieht sich in einem gut temperierten Raum aus, wandert zu einem feuchten und sehr heißen Raum und entspannt sich dort eine Weile. Das ist wie eine Sauna. Der Dampf lockert den Dreck und der Schweiß löst ihn größtenteils. Dabei beginnt hier in der Stille auch die innere Reinigung. Die Welt draußen entfernt sich immer mehr. Danach geht man weiter in die nächste Halle zum Einseifen, Waschen und wieder Entspannen. Wer will, kann sich für ein paar Piaster massieren und kneten lassen. Ist man fertig, hüllt man sich in schneeweiße Tücher und genießt zum Abschluss einen Tee am Brunnen vor dem Eingang.

Das Bad ist wie eine Kathedrale der Träume, ein Tempel der Sinnlichkeit. Der Bau ist prächtig, hat Marmorböden und mit Marmorintarsien bedeckte Wände. Höchste architektonische Kunst bei der Gestaltung der Räume mit prächtigen Bögen, buntem Glas und Ornamenten macht alles zu einer Augenweide. Ein Springbrunnen im Empfangsraum verkündet schon, dass man in einer anderen, erhabenen Welt ist, die statt Staub Wasser in Hülle und Fülle bietet.

Der Hammam ist für jedermann zugänglich und in der Nacktheit der Menschen verschwinden die Unterschiede der Schichten. An einem solchen Ort lagen arme Leute wie wir, und wir kamen uns, ohne übertriebene Fantasie, wie in einem Palast vor. Das Gefühl der Erhabenheit wurde noch verstärkt durch die Hingabe und Höflichkeit des Personals. Baden im Hammam war für Menschen mit wenig Geld wie der Eintritt in eine Traumwelt, wie ein Leben in einem dreidimensionalen Film. All das hat die Moderne zerstört, ohne Ersatz dafür zu bieten. Die meisten Hammams verschwanden.

Ein Bettler erzählte meinem Vater, er mache jede Woche extra drei Bettelrunden mehr, um das Geld für ein paar Stunden im Hammam zusammenzubekommen. Und oft lagen neben ihm die reichen Händler, die ihm das Geld gegeben hatten, freuten sich, dass er die Zeit im Bad genießen konnte, und unterhielten sich ganz selbstverständlich mit ihm. Draußen dagegen hätten einige dieser Händler ihn nicht einmal mit Handschuhen angefasst. Die Nacktheit scheint eben alle gleich zu machen.

Aber bei aller Liebe zu meinem Vater, den ich in späteren Jahren in den Hammam begleitete – die Männertage können niemals mit den Frauentagen im Hammam verglichen werden.

Die Männer entspannen und säubern ihren Körper, sie reden über alles, nur nicht über sich, und halten Distanz zueinander. Die Frauen nicht. Sobald sie nackt sind, verschmelzen sie zu einer Gemeinschaft. Und wir, die Kinder, Mädchen wie Jungen, wurden Freunde und spielten ausgelassen stundenlang. Ja, so lange hielten sich die Leute im Hammam auf.

Ich denke heute, Zeit ist ein unvergleichlicher Reichtum, den es zu erstreben gilt. Wer Geld und keine Zeit hat, ist ein armseliger Mensch, der nicht einmal seine Armut erkennt. Alles, was Zeit hat, wird schön, Bauten, Bäume wie Seelen. Schau die Pyramiden, die Kathedralen, die Hammams, die Moscheen und die alten Paläste an, dort wohnt die Zeit und bringt diese Schönheit hervor.

Sami und ich genossen es, als wir klein waren, Woche für Woche unsere Mütter zu begleiten und dort zu spielen, aber auch zuzuhören, was die Frauen einander erzählten, wie sie sich trösteten, berieten und stärkten, wie sie Tricks austauschten, mit denen sie der rohen Gewalt des Mannes die elegante List der Frauen entgegensetzen konnten. Wir haben als kleine Jungen nicht viel verstanden, aber wir genossen das Spiel mit den Mädchen. Hier haben sich Amira und Sami ineinander verliebt. Aber davon erzähle ich dir später …

Irgendwann aber kommt für jeden Jungen der Augenblick der Vertreibung aus dem Paradies, nämlich dann, wenn er seine sexuellen Regungen nicht mehr verstecken kann. Sobald die Arglosigkeit durch Erotik vertrieben wird, merken das die anderen Frauen, und sie sprechen die Mutter des ertappten Jungen ganz offen an.

Meine Mutter akzeptierte es sofort, als unsere Nachbarin

ihr beim Abschied zurief: »Kamila, du kannst schon eine Braut für Scharif suchen.« Ich begriff das nicht gleich, sondern verstand es zuerst als ein Lob für mein gutes Benehmen an dem Tag. Kurz darauf hörte ich Sara, Samis Mutter, auf ihren Sohn deutend, zu einer Frau sagen: »Aber er ist doch noch vollkommen arglos.«

»Arglos! Schau seinen Blick an.«

Als sich Sara stur stellte, pflichtete eine andere Frau der ersten bei und sagte: »Du kannst am nächsten Mittwoch ja gleich deinen Mann mitbringen. Der ist argloser als Sami.« Samis Mutter lachte. Auch wenn sie es nicht glauben wollte, verstanden hatte sie die Botschaft natürlich. Sami dagegen kapierte das Ganze genauso wenig wie ich.

Am nächsten Mittwoch standen wir dann wie geschlagene Hunde auf der Gasse, als unsere Mütter uns nicht mitnahmen. Zur Erklärung trillerten sie nur fröhlich: »Ihr seid zwei schöne Männer und werdet euch ab jetzt mit euren Vätern am Männertag im Hammam vergnügen!«

Uns war elend zumute. Ich weiß nicht, wie Sami darauf kam. Er murmelte vor sich hin: »Heute erst begreife ich, wie sich Adam beim Rausschmiss aus dem Paradies gefühlt hat.« Wir hatten damals im Religionsunterricht die zwei Abschnitte gelesen: *Der Sündenfall* und *Die Vertreibung aus dem Paradies*.

5.
Eine Kaserne namens Schule
oder
Von schwarzen und weißen Syrern

Unsere Schule erinnerte eher an eine Kaserne und hatte mit einer Bildungseinrichtung für freie Menschen wenig zu tun. Hier wurden die Schüler gedrillt auf die Liebe zum »Präsidenten« und den Hass gegen seine Feinde. Das ist zwar Schwachsinn, aber wenn du dreihundert Mal im Jahr diesen Schwachsinn wiederholst, geht er dir ins Blut. Diktaturen und Werbung sind miteinander verwandt. Jeden Morgen vermischten sich die Rufe für das Vaterland mit den absurden Reimen auf die Namen der Herrschersippe und auf die der Heimat. Die unzähligen Synonyme eines jeden arabischen Wortes erlauben es, mit jedem Namen Reime zu bilden, die ihn adeln. Vom Löwen haben wir fünfhundert Synonyme, vom Schwert mehr als zweihundert und vom Wein mehr als hundert.

Wir riefen also täglich am frühen Morgen: »Unser Präsident herrscht ewig«, und »Er ist der Vater unserer Heimat«. Damit wurde das großartige Land Syrien nach dem Modell

Nordkoreas auf den Diktator reduziert. Wer ihm nicht gehorchte, war ein Verräter des Vaterlandes. So simpel machte die Schule unser Denken. Und wehe, wenn ein Lehrer, ein Spitzel oder Parteimitglied einen der Schüler erwischte, der abfällig lächelte, falsche Sprüche ausrief oder nicht mitbrüllte.

Das Lernen geschah an unserer Schule nicht, um Neugierde, Wissen, Forschen anzuregen und zu entwickeln, sondern bestand im stupiden Auswendiglernen, als ob Chemie oder Mathematik aus Koranversen bestünden.

Auch von echter Wissensvermittlung konnte keine Rede sein. Wir waren bereits in der siebten Klasse, als Sami mir erzählte, er habe in einer ausländischen Zeitung gelesen, dass in Syrien viele verschiedene Völker und Religionsgemeinschaften existierten. Ich kannte bis dahin nur Muslime, Juden und Christen. Woher sollte ich wissen, dass in unserem Land Kurden, Schiiten, Ismailiten, Drusen, Juden, Jesiden, Alawiten, Sunniten, Tscherkessen, Assyrer, Armenier, Aramäer, Turkmenen und Palästinenser lebten? In der Schule lernten wir bis zum Abitur kein Wort darüber.

Der Vergleich unserer Schule mit einer Kaserne ist nicht übertrieben. Wir trugen Uniformen, und ab der sechsten Klasse wurden wir militärisch gedrillt und der Hass gegen »Feinde des Vaterlands« wurde geschürt – und das konnten durchaus Syrer sein, die einfach nur eine andere Meinung hatten als das Regime.

Unsere Grundschule wie auch die Oberschule sind nur für Jungen. Deshalb rannten die Jugendlichen, natürlich auch Sami, zum Ausgang der Mädchenschule und freuten sich, ihrer Angebeteten einen heimlichen Luftkuss oder verliebten Blick zuzuwerfen und ihr manchmal mutig wie ein todesgeweihter Kamikaze-Flieger ein Briefchen zuzustecken. Sami war oft dabei. Mir war das zu blöd.

Jede Klasse hatte einen Aufseher. In der Regel war das ein charakterloser oder ein bärenstarker Schüler. Über ihm standen die »Aufseher der Disziplin« und der Oberaufseher, beide waren Beamte in der Schulverwaltung. Über alle Aufseher wachte der Direktor und über den Direktor wiederum der Parteivertreter, und der stand in direkter Verbindung mit dem Geheimdienst, der alles kontrollierte.

Außerdem gab es wie in jeder Kaserne Spitzel. Sie wurden belohnt, wenn sie aufrührerische Schüler aufspürten und vor allem Witzeerzähler und Gerüchteverbreiter anzeigten. Daher provozierten oder verführten diese Spitzel manchmal harmlose Schüler, irgendeinen Witz gegen das Regime zu erzählen, um sie dann anzuzeigen.

Unseren Schulkameraden Marwan zum Beispiel erwischte es gnadenlos. Er war ein mutiger Kerl bis zu dem Tag, an dem er schlicht aus Freude am Lachen seiner Zuhörer etwas erzählte, was dem Regime missfiel. Wir standen in der Pause gelangweilt herum, da kam Marwan auf uns zu und sagte, er habe im Internet einen guten Witz gelesen: Ein Brite, ein

Franzose und ein Syrer sitzen zufällig nebeneinander an der Theke einer Bar. Im Gespräch stellen sie sich die Frage, was für sie Glück sei. Der Brite sagt: »Glück ist für mich, nach einem deftigen Abendessen am Kamin zu sitzen und einen Scotch und eine Pfeife zu genießen.« Der Franzose erklärt: »Glück ist für mich, nach getaner Arbeit mit Freunden oder einer Geliebten in einem schönen Lokal zu essen und zu trinken.« Der Syrer aber meint: »Glück ist, wenn ich mitten in der Nacht Lärm an der Wohnungstür höre und öffne, und da stehen zehn Geheimdienstler wie schwer bewaffnete Soldaten aus dem Film *Star Wars*, die einen gefährlichen Gegner eliminieren sollen. Sie fragen: ›Bist du Mahmud Derani?‹, und ich antworte: ›Nein, der wohnt im vierten Stock.‹«
Wir lachten.

Marwan wurde noch am selben Tag verhaftet. Bald wurden auch seine Eltern verhaftet und gefoltert. Er kam einen Monat später frei und war völlig verändert – ängstlich und schweigsam. Die schlimmste Strafe kam aber erst danach. Fast alle Nachbarn mieden Marwan und seine Eltern, als wären sie verseucht. Sami und ich trösteten ihn und besuchten ihn öfter als früher. Und bei jedem Besuch sahen wir seine Mutter mit ihrem traurigen Gesicht. Kurz vor Ende des Schuljahrs wanderte seine Familie aus.

Wie ich vorhin erzählt habe, mussten wir also jeden Morgen laut rufen: »Unser Feind ist der Imperialismus, die Reaktion und der Kolonialismus.« Dabei verstand keiner von uns, was »Reaktion« und »Imperialismus« bedeutet. Ehrlich gesagt, ich konnte mit all diesen Begriffen nichts anfangen. Für mich war, als Junge von zehn oder zwölf Jahren, ein Feind etwas Fassbares aus Fleisch und Blut.

Ein besonders übler Feind war für uns der Autofahrer, der lachend Samis Katze überfuhr und danach auch noch laut hupte. Zwei Monate suchten wir nach ihm, und als ich ihn und seinen Sportwagen erkannte, lag die Strafe auf der Hand. Sami und ich zerstachen ihm die vier teuren Reifen und tätowierten das polierte Blech mit scharfen Messern. Samis Katze miaute an dem Tag fröhlich im Katzenparadies.

Meine Feinde hatten immer Gesichter und Namen: Mein Feind war der Sohn des Schuldirektors, der den anderen Schülern alles wegnehmen durfte – Taschengeld, Brote, schöne Stifte. Auf mich hatte er einen besonderen Hass. Ich wusste nie, warum, und ging ihm aus dem Weg. Aber er erwischte mich immer wieder, nahm mir mein Brot weg und schleuderte es auf das niedrige, total verdreckte Dach der Toiletten am Ende des Schulhofs.

Dabei gab sich meine arme Mutter immer besondere Mühe mit den liebevoll gefüllten Fladenbroten, die sie mir täglich in die Schule mitgab, weil ich mir ein gekauftes Sandwich genauso wenig hätte leisten können wie Sami. Meine Schulbücher hatten deshalb einen anderen Geruch als normale Bücher. Sie rochen nach Oliven, Brot, Sesam, Paprika und

Thymian, und Flecken übersäten die billig gestalteten und bedruckten Umschläge.

Wenn der Sohn des Direktors wieder einmal eines meiner leckeren Brote geraubt und weggeworfen hatte, lachte dieser Sadist und warf sich in eine Siegerpose, als hätte er den Weltmeister im Diskuswerfen besiegt. Ich hasste ihn weniger wegen des Hungers, der mich bis zum Mittag plagte, denn Sami war in diesen Fällen sofort zur Stelle und teilte sein Brot mit mir brüderlich – trotz seines ewigen Hungers und seiner Essenslust. Ich hasste den Übeltäter, weil er die Mühe meiner Mutter zunichtegemacht hatte und ich sie aus Mitgefühl jedes Mal belügen musste, wenn sie mich fragte: »Na, mein Junge, hat dir das Brot heute geschmeckt?« Ich antwortete »Ja« und schämte mich.

Das Monster war drei Klassen über mir und selbst schon fast erwachsen, schämte sich aber nicht, kleinere Jungen zu quälen. Und die Lehrer und Schulaufseher? Sie wurden bei seinem Anblick blind und taub. Manch ein kleiner Junge weinte so laut und bitterlich, dass ihn noch die Japaner hätten hören können. Aber der Aufseher rauchte nur seine Zigarette und schaute stumpfsinnig in die Ferne.

Was für ein Fest der Freude wurde heimlich im Herzen vieler Schüler gefeiert, als ein Aufseher eines Morgens nach dem Fahnengruß und dem Gebrüll gegen die Feinde des Vaterlandes verkündete, wir sollen eine Schweigeminute einlegen. Er meinte, wir sollen damit unsere Trauer um den am Wochenende verunglückten Sohn des Direktors zeigen. Das Gesicht des Aufsehers und der Lehrer wurden blass, als all die Gequälten auf dem Schulhof erleichtert auflachten. »Ruhe!«, brüllte er. Aber man merkte ihm an, dass er Angst hatte. Eine vor geheucheltem Mitleid triefende Ruhe trat ein. Erst eine Woche später erfuhren wir, dass der widerliche Kerl bei einem Wettrennen mit dem Motorrad auf der Autobahn unter die Räder eines Lastwagens gekommen war.

Solche Schulen wie unsere waren für das einfache Volk gedacht, für die Kinder der Sklaven, die man auch die »schwarzen Syrer« nannte. Die Herrscherelite, die »weißen Syrer«, schickten ihre Kinder auf teure Privatschulen und besorgten für sie vorsichtshalber die Fragen der Abiturprüfung, damit sie die besten Noten bekamen und mit Stipendien im europäischen Ausland studieren konnten. Diese Schicht, vielleicht drei bis fünf Prozent der Bevölkerung, folgte anderen Regeln und Gesetzen – sie hatte ihre eigenen.

Uns blieben in den normalen Schulen nur die armseligen Lehrer, die keiner wollte. In den Golfstaaten verdienten die Lehrer bis zu zehn Mal mehr als in Syrien und die übrig gebliebenen besseren Lehrer unterrichteten lieber und bequemer in den Privatschulen. Wie sollte man das einem guten Lehrer auch übel nehmen, wenn ein normales Monatsgehalt an unseren Schulen nicht mal für ein armseliges Leben reichte?

Auch die Universitäten folgten diesem System. Das Lehren von Wissen lag ihnen fern. Sie dressierten die Jugendlichen, damit sie als Erwachsene gute Untertanen wurden. Die Privatuniversitäten boomten, aber sie waren nur für die »weißen Syrer« da. Auch da versorgte man die Doofen unter den Studenten mit den Prüfungsfragen, aus Sorge, dass es diese unfähigen Sprösslinge der sogenannten Elite sonst nicht schaffen würden.

Dazu erzählte man sich die Geschichte vom Geheimdienstchef, der am Prüfungstag mit seinem Sohn in die Universität gekommen war und beim Dekan der medizinischen Fakultät anklopfte, der rechtzeitig über den Besuch des Generals informiert worden war. Der Geheimdienstchef trat ein und befahl dem Dekan, seinen Assistenten zu beauftragen, die Prüfungsantworten aufzuschreiben und das Papier mit dem Namen des Sohnes zu versehen. Der Dekan rief den Assistenten und schickte ihn mit dem Sohn in ein Nebenzimmer. Als er mit dem Geheimdienstchef allein war, äußerte er untertänig seine Bitte, einen Neffen aus dem Gefängnis freizulassen, und bat um eine schriftliche Erlaubnis des Geheimdienstes, dass er anschließend das Land verlassen könne.

»Das ist zu viel für ein Medizinexamen«, hatte der Geheimdienstchef erwidert. »Aber ich kam ohnehin mit einem weiteren Wunsch. Sie wissen ja, meine Tochter trägt den Titel ›Doktor der Wirtschaft‹, sie hat ihn in Moskau erworben. Mein Sohn wird heute ›Doktor der Medizin‹. Aber was

bin ich? Ich habe damals, da ich aus Patriotismus im Untergrund kämpfte, nur die Mittlere Reife erreicht. Besorgen Sie
mir einen anständigen Titel, der niemandem wehtut, und
Ihr Neffe ist heute noch draußen.«

»Und an welches Fach denken Sie?«

»Wenn Sie so fragen, dann wäre Geschichte gut. Wissen
Sie, ich habe so gerne die Geschichten meiner Großmutter
gehört und wollte immer Geschichtenerzähler werden.«

Der Dekan wollte den Geheimdienstchef nicht belei-
digen, indem er ihm erklärte, dass das Fach Geschichte
nichts mit den Geschichten seiner Großmutter zu tun hatte. Der General war Herr über Leben und Tod. Die Eltern
des gefangenen Neffen waren am Ende mit ihren Nerven,
und seine Schwester, die Mutter, würde langsam verrückt
werden, wenn ihr einziger Sohn nicht aus dem Gefängnis
käme.

Er bat die Sekretärin um zwei Kaffee und telefonierte
kurz, und noch bevor der Sohn des Generals mit Unterstützung des Assistenten all seine Prüfungsfragen beantwortet
hatte, händigte der Dekan dem glücklich strahlenden General ein hübsches Zertifikat aus, unterschrieben von seinem
Kollegen und Freund, dem Dekan der Fakultät für Geschichte. Der Herr General, »Doktor der Geschichte«, hielt Wort:
Der Neffe war innerhalb von Stunden zu Hause und eine
Woche später in Paris.

Sami und ich haben uns keinen einzigen Tag gefreut, in

die Schule zu gehen. Wir versuchten, so viel zu lernen, dass wir nicht sitzen blieben. Wir wussten, ohne Abitur könnten wir nie aus der Misere unserer Armut ausbrechen.

Unser Wissen über Geschichte, Natur, Gesellschaft, Religion oder auch Computer haben wir uns selbst angeeignet. Davon erzähle ich dir noch …

6.

Warum eine Narbe »Quittengelee« heißt

oder
Für wen Sami alles riskierte

Sami hatte zwei Schwestern, Fadia und Nadia. Sie waren sechs Jahre jünger als er. Fadia und Nadia waren Zwillinge, doch sie sahen sich nicht ähnlich. Fadia, die drei Minuten jünger als ihre Schwester war, schlug nach der zierlichen Mutter und war Samis Liebling. Nadia dagegen sah schon bei der Geburt kräftig wie der Vater aus und wog fast doppelt so viel wie ihre Schwester. Sie war behäbig und ein wenig einfältig.

Fadia war sehr witzig und nicht selten frech, auch deshalb liebte Sami sie ganz besonders. Er sagte, wenn sie die Milch einer Ziege aus dem Himalaja-Gebirge verlangen würde, würde er sie ihr holen. Ich wusste nicht, ob Ziegen im Himalaja lebten, aber ich war sicher, Sami würde alles für Fadia tun.

Und warum sie Fadia und Nadia hießen? Weil seine Mutter Musik liebte, und da sie vermutete, dass sie später, ähnlich wie alle Mütter unserer Gasse, oft »Ya«* ausrufen würde, wählte sie Namen, die im Klang gut zu »Ya« passten.

Eines Tages saßen wir vor der Haustür und langweilten uns, da schlug ich vor, zum Osttor zu gehen, wo immer irgendwelche Jungen auf dem staubigen Platz Fußball spielten. Doch so weit kamen wir nicht. Die Jungen unserer Gasse waren bereits auf dem Weg zurück und machten halt vor dem großen Anwesen des alten Sedawi. Das prächtige Haus lag kurz vor der Mündung unserer Gasse in die Hauptstraße. Sedawi war durch den Handel mit Sesam und Anis steinreich geworden, war aber so geizig, dass er aus Angst vor den Hochzeitskosten lieber ledig blieb. Geschichten über Geschichten erzählte man über den Geizkragen, aber ich will nicht abschweifen …

Das Haus besaß zwar einen großen Garten, aber Herr Sedawi wollte auch den Gärtner sparen und hatte lange alles mehr schlecht als recht eigenhändig gepflegt. Als er mit siebzig von der Leiter fiel und sich die Hüfte brach, durfte er nie wieder hart arbeiten oder schwer tragen. Da er weiterhin keinen Gärtner engagierte, verwilderte der Garten schnell und wurde zu einem Dschungel, in dem zwei gefährliche Hunde rund um die Uhr herumliefen. Die Mauer war hoch und glatt, und das Tor hatte oben am Bogen eine

* *»Ya« arabisch »O!« im Sinne von »O Gott, O mein Freund«. Das Wort wird oft mit Namen gebraucht, wenn z. B. genau diese Person aufmerksam werden oder gar zum Rufenden kommen soll.*

Krone aus Stacheldraht, die es wie den Eingang zu einer Militärkaserne aussehen ließ.

Als Sami und ich das Grundstück erreichten, beschimpften die Jungen die gegnerische Mannschaft, die sie besiegt hatte, als einen hoffnungslosen Haufen von Schlägern und Mauleseln, die dauernd austreten. Eine halbe Stunde später kam Adnan dazu. Adnan, der Angeber, wie er genannt wurde, war der Sohn des Goldschmieds Abdullah. Seine Familie wohnte in einem der wenigen Steinhäuser unserer Gasse. Unsere armseligen Behausungen waren immer offen, und er besuchte mich oder Sami, wann er wollte, aber wir durften nie sein Haus betreten. Das erlaubte sein Vater nicht.

Adnan gesellte sich zu uns, als wir gerade unsere Lieblingsgerichte und unser Lieblingsobst aufzählten. Als Sami an der Reihe war, sagte er, er würde für sein Leben gerne Hommos und Falafel essen und die Aprikose sei seine Lieblingsfrucht. Ich nannte den herrlichen Tabbuleh-Salat und für einen Granatapfel gäbe ich alle Früchte der Welt her. Auch die anderen beschrieben, was ihr Herz begehrte. Da schlurfte plötzlich die somalische Hausdienerin von Adnan mit ihren müden Füßen über die Straße, um ihm das Nachmittagsbrot zu bringen. Sie war seit dreißig Jahren bei der Familie, und meine Mutter hatte, ebenso wie viele andere Frauen der Gasse, Mitleid mit der armen Dienerin. Sie wurde wie eine Sklavin behandelt. Und auch Adnan behandelte sie immer schlecht und war unverschämt zu ihr.

An diesem Tage brachte sie ihm ein herrliches gewickeltes Fladenbrot mit Quittengelee. Josef, Georg und Suleiman lachten Adnan aus, er sei ein Schokoladenkind und seine »Mama« würde ihn mit belegten Broten noch bis ins Ehebett verfolgen und dergleichen mehr an derben Späßen und Worten, sodass Adnan das Brot zwar an sich nahm, aber die Bedienstete, die älter war als seine Mutter, anschrie, sie solle verschwinden. Sie zuckte ängstlich zusammen und suchte das Weite. Michel sagte dann auch noch irgendetwas Beleidigendes zu Adnan, ich weiß heute nicht mehr, was das war, aber Adnan standen die Tränen in den Augen. Er schaute in die Runde. »Wer will das Brot mit Quittengelee?«

Quittengelee, das Beste, was man aus dieser Frucht machen kann: Diese strahlend gelbe und wunderbar duftende Frucht war in Damaskus beliebt und teuer, weil die Ernte der Damaszener Obstgärten wegen des Wassermangels bescheiden war. Wenn man einen Damaszener fragte, welche Marmelade er am meisten lieben würde, so thronte die Quitte über allen Früchten. Sie schmeckt auch herrlich. Bei uns gab es nur sonntags eine winzige Schale mit dem begehrten Gelee, und wenn man nicht schnell genug war, saß man nach ein paar Minuten vor einer blank ausgeleckten Schale. Ich war zwar Einzelkind, aber bei diesem Gelee wurden sogar meine Eltern zu Kindern. Bei Sami gab es nicht ein einziges Mal solchen Luxus. Und Fadia, seine geliebte Schwester, mochte nichts auf der Welt so sehr wie Quittengelee.

Daran hätte er aber hier in der Runde nicht laut denken sollen, denn das war der erste Schritt zu einer neuen Narbe. Später erzählte er mir, dass er in dem Augenblick die Stimme seiner Schwester Fadia in seinem Herzen hörte: »Ich, bitte ich!«, soll sie gerufen haben.

Sami beeilte sich also, Adnan, dem Idioten, zu sagen, dass sich seine Schwester über das Brot freuen würde. Drei oder vier andere Jungen, genau erinnere ich mich nicht mehr daran, riefen ebenfalls: »Ich, ich!!!« Selbst Josef, der Adnan gerade noch verhöhnt hatte, wurde von seiner Gier gezwungen, »Ich« zu rufen.

Adnan grinste teuflisch. Er schleuderte das mit Pergamentpapier gut eingewickelte Brot in hohem Bogen über das Tor in den Garten von Sedawi. Dort blieb es im Gras liegen.

Von den zwei Hunden war weit und breit keine Spur zu sehen oder zu hören. Eine bedrohliche Stille lag drückend über dem Garten und verwandelte den feurigen Mut der Jungen in eiskalte Angst. Keiner mehr wollte das Brot, und Josef, dieses Großmaul, begann, über die Schädlichkeit von Marmelade und Zucker zu faseln. Doch Sami hörte in seinem Herzen Fadia ausrufen: »Ich, ich! Und meinetwegen wirst du keine Angst haben! Glaube mir, es passiert dir nichts!« Als wenn der Gedanke an sie ein Ofen wäre, schmolz das Eis der Angst, und ein Feuer loderte in Samis Herzen. Er spürte nicht nur Mut, sondern auch Lust, das Brot zu holen und es seiner Schwester feierlich zu überreichen, wie in diesen amerikanischen Filmen, wo der Held seine Goldmedaille dem im Rollstuhl sitzenden Vater übergibt und sagt: »Dad, ich verdanke alles dir!« oder, noch kitschiger, »Daddy, ich habe es für dich getan.«

Also ging Sami zum Tor des alten Sedawi und kletterte, ohne ein Wort zu verlieren, daran hoch. Ich hörte, wie die Jungen versuchten, ihre Kommentare zu unterdrücken, und flüsterten: »Er ist doch verrückt, der Narben-Sami. Das ist lebensgefährlich, und alles nur wegen dem Brot.«

Die Jungen spielten und stritten mit Sami schon lange Zeit, doch niemand kannte ihn und die Liebe zu seiner Schwester so gut wie ich.

Das Klettern machte ihm seit seiner frühen Kindheit kein Problem, bald war er im Garten. Sami tat einen Schritt auf das Brot zu, gebückt, wie er das aus den Filmen gelernt hatte, und plötzlich sah er die zwei Monster, nicht einmal zehn Meter entfernt, unter einem alten Aprikosenbaum schlafen. Er richtete sich auf, drehte sich zu uns um, und legte den Zeigefinger auf die Lippen, mit Blicken flehte er uns an, keinen Ton von uns zu geben. Wir verstanden Sami und erstarrten zu Gipsfiguren. Aber in dem Augenblick, als er sich zum Brot bückte, klopfte der verfluchte Adnan, diese Teufelsbrut, mit einem Stock gegen die Gitterstangen des Tors. Sami steckte das gewickelte Brot in den Ausschnitt seines Hemdes, dort war es in Sicherheit und er hatte die

Hände nun frei. Er raste auf das Tor zu, die zwei Hunde stürzten wie ein Gewitter auf ihn los. Mit einem Sprung war er hoch genug, ihre tödlichen Gebisse erwischten ihn nicht. Die Hunde bellten wie verrückt und schnappten nach ihm. Er kletterte schnell höher und sah dabei, wie Josef und ich auf Adnan einprügelten, weil er Samis Leben gefährdet hatte und einfach ein feiger Verlierer war, und das war das schlimmste Vergehen in unserer Gruppe. Die Hunde sprangen gegen das Tor, sodass es unter dem Gewicht ihrer monströsen Körper wackelte. Sami konnte sich kaum halten, rutschte auch einmal fast ab, und als er oben auf die andere Seite klettern wollte, schlitzte der Stacheldraht wie eine Rasierklinge seine rechte Wade auf. Er achtete nicht darauf.

Sami und ich rannten sofort zu ihm nach Hause, er mit dem wunderbaren Brot in der Hand. Fadia umarmte und küsste ihn für das Brot und biss genüsslich hinein. Erst dann bemerkte sie die Wunde und begann zu weinen. So etwas habe ich nie wieder erlebt: wie Fadia das gerollte Brot mit Quittengelee Biss für Biss genoss und es so anschaute, als wünschte sie sich, dass es länger statt kürzer würde, und wie sie zugleich vor Rührung weinte.

»Wir müssen zur Apotheke«, sagte ich, weil ich merkte, dass Sami alles, auch mich, vergessen hatte.

Keuchend kamen wir dort an. Der Apotheker, ein zynischer Mensch, kannte Sami sehr gut. Er rief Barbara, seine Gehilfin, zu sich und sagte laut lachend zu ihr: »Herr Sami bringt uns seine neueste Trophäe. Nehmen Sie ihn mit in die Küche. Hier erschreckt er nur die Kunden.«

Die alte Barbara winkte uns zu sich. Ich zögerte ein wenig, ging dann aber mit. Die Küche und ein kleines Zimmer für die Kaffeepause lagen hinter dem Verkaufsraum der Apotheke. Die alte Frau lachte Sami freundlich an und sagte ihm, er solle sich nichts daraus machen, »Müsiööö Louis«, wie sie den Apotheker nannte, sei heute schlecht gelaunt. Sie wollte wie immer wissen, wie und wo sich Sami verletzt habe. Er erzählte von dem Brot und der Freude seiner Schwester. Sie küsste ihn auf die Stirn, säuberte die Wunde, legte ihm einen Verband an, gab Sami und mir ein Vitamin-C-Bonbon und rief ihm zum Abschied »Bis zur nächsten Wunde!« nach. Mir aber flüsterte sie zu: »Pass auf ihn auf, Junge.«

Wir gingen zu Sami nach Hause. Ich sage dir ehrlich: Ich werde noch eine Menge vergessen, aber nicht das fröhliche Gesicht seiner Schwester Fadia beim Anblick des Verbandes.

»Du bist ein Held«, sagte sie und küsste ihn.

»Du duftest nach Quitte, hmmm, ich würde dich gerne auffressen«, sagte er, und sie rannte glucksend vor Vergnügen weg.

Als eine Nachbarin Samis Mutter von seinem Mut vorschwärmte, schimpfte seine Mutter mit ihm, weil sie dachte, er hätte es aus Angeberei getan. Sami erwiderte nichts. Er stand mit gesenktem Kopf da, und ich brachte nur einen

Satz mit größter Mühe über die Lippen: »Sami ist kein Angeber«, aber seine Mutter war viel zu wütend, um mein Flüstern auch nur zu hören. Als ihr Fadia aber den Grund erklärte, nahm ihn seine Mutter in den Arm und küsste ihn auf die Augen. Und sie schwor, die Freundlichkeit der Apothekengehilfin nicht zu vergessen, die Sami dauernd zusammenflickte, wie sie sagte.

Und in der Tat vergaß Samis Mutter die alte Frau nicht. Am 4. Dezember, dem Tag der heiligen Barbara, rief sie ihn zu sich und gab ihm einen großen Teller voller Teigtaschen, mit Walnuss, Zucker und Zimt gefüllt, die man an diesem Tag aß. Er trug ihn zur Apotheke, und ich war sein Leibwächter, damit keiner der Jungen auf dumme Gedanken käme.

Louis, der Apotheker, schaute Sami an, lachte und sagte: »Wir müssen den Fotografen holen. Sami ist gewaschen und gekämmt und bringt keine Wunde, sondern Süßigkeiten.«

Aber Barbara, seine Gehilfin, war zu Tränen gerührt. »Pass auf dich auf, mein Junge«, sagte sie zu ihm, sodass es die ganze Kundschaft hören konnte, »aber sollte etwas passieren, habe ich immer genug Verbandszeug für dich«, fügte sie etwas leiser hinzu.

In der Tat liebte die kinderlose Apothekengehilfin diesen einen Jungen, Sami. Ich habe ihn ja immer wieder bei Verletzungen zur Apotheke begleitet.

7.

Schafe bedienen nie den Metzger

oder

Vom Leid, ein entrechteter Schüler zu sein

Die Schule war das Gegenbild, die Gegenwelt zu allem, was frei, glücklich, gelassen sein kann. Angst umhüllte uns, Freundschaft schließen war fast unmöglich in einer Atmosphäre der Bespitzelung. Ich verließ mich lieber auf die innige Freundschaft mit Sami. Und wenn er aus irgendeinem Grund fehlte, war ich einsamer als ein Beduine in der Wüste.

So schäbig die Schulen waren, so eisern waren sie auch organisiert vom Schuldirektor bis zum Pförtner. Ich hasste die Schuluniform und später die militärischen Übungen auf dem asphaltierten Schulhof. Meine Knie schmerzen heute noch bei der Erinnerung. Wir, Schüler wie Lehrer, wussten, dass Schlagen seit einer Ewigkeit in der Schule per Gesetz verboten war, und es wurde täglich geschlagen, ohne dass einer dagegen klagte. Was halfen da Verbote!

Der Mathematiklehrer in der vierten Klasse erreichte einen Grad des Sadismus, dass ich im Nachhinein denke, er war psychisch krank und hätte in eine geschlossene Anstalt gehört. Aber, und das sagte Sami, was ist unsere Schule anderes als eine geschlossene Anstalt? Nur aus Mangel an Geld lassen sie uns zu Hause schlafen und essen. Nun, dieser Lehrer hatte keinen Schlagstock. Er ließ die Schüler aus dem nahen Garten einen fingerdicken Zweig eines Granatapfelbaums holen. Die Zweige sind berühmt dafür, dass sie elastisch sind und kaum brechen.

Eines Tages gab er einem sehr armen und zierlichen Schüler sein Taschenmesser und schickte ihn hinaus mit dem Befehl, einen Zweig von einem Meter Länge zu holen. Der arme Junge ging hinaus. Bald kehrte er mit dem Zweig zurück. Er musste sich in die Ecke auf den Boden setzen und den Zweig mit dem Taschenmesser von allen kleinen Ästchen und Blättern befreien. Sobald er fertig war, stand er da mit gesenktem Kopf und reichte dem Lehrer das Taschenmesser und den langen Zweig. Den Anblick des Jungen werde ich nie vergessen. Es war kalt und er trug Sandalen mit Socken. Der große Zeh schaute aus dem Sockenloch wie eine schüchterne Schildkröte.

»Wir sind blöder als Schafe, oder hast du je ein Schaf gesehen, das dem Metzger das Messer bringt?«, flüsterte Sami.

Sami wird sich noch gegen das Schlagen auflehnen, so wie er es schon bei seinem Vater gewagt hat, ein gefährliches Unterfangen. Es ist eine unglaubliche Geschichte, die ich dir bald erzählen werde, aber du merkst, dass ich immer wieder auf das Schlagen in der Schule komme. Es ist eine Demütigung der Kinderseele. Auch ich wurde oft in der Schule geschlagen. Meine Angst und meine Scham vor meiner Ohnmacht und vor den Zuschauenden haben viele diese Momente für immer in mein Gedächtnis eingebrannt. Aber nun zurück zum armen Jungen aus unserer Klasse.

»Gut gemacht«, sagte der Lehrer und schlug mit dem Zweig wie ein Wahnsinniger auf den Jungen ein. Er wurde beim Schlagen ein anderer, ein sabberndes Monster. Der Junge schrie und einige Schüler begannen zu weinen. Die Rettung kam von unerwarteter Seite. Der Direktor ging zufällig an unserer Klasse vorbei und hörte das Gebrüll des Lehrers, das Schreien des Jungen und das Jammern der Schüler. Er öffnete die Tür und stürzte auf den Lehrer zu, packte ihn von hinten, hob ihn hoch und drehte ihn im Kreis zweimal herum und setzte ihn dann ab. Der Lehrer schnaufte noch und war unfähig, auf die Frage des Direktors zu antworten: »Was ist schon wieder in dich gefahren?«

Der Lehrer sackte zusammen und hielt sich am Pult fest, um nicht auf den Boden zu stürzen, und hechelte nach Luft. Er war nur ein Haufen Elend. Wir waren erschrocken. Zum ersten Mal begriffen wir mit neun oder zehn Jahren, dass er verrückt war. Aber der Schüler war gerettet.

Zwei Wochen später kam der Lehrer nicht mehr in die Schule. Wir hörten, dass er in einem Bus mit ein paar Jugendlichen gestritten hätte und von ihnen aus dem fahrenden Bus gestoßen worden wäre. Andere Gerüchte verbreiteten sich, nach denen er Selbstmord begangen hätte.

Sein Nachfolger war ein netter Kerl und ohne ihn wären Sami und ich später nie große Liebhaber der Mathematik und Informatik geworden. Er war witzig und machte aus Gleichungen Geschichten, fast Krimis. Ein Jahr lang hatten wir das Vergnügen mit ihm. Ist das nicht ein Wunder? Keiner wurde beschimpft oder bestraft. Deshalb mochten ihn die Schüler. Auch die schlechtesten unter ihnen bemühten sich und wurden besser in Mathematik, nur um ihm zu gefallen. Doch dann verabschiedete er sich, weil er sich in eine Kanadierin verliebt hatte. Er lebt heute als angesehener Mathematikprofessor in Kanada.

Der Schlimmste unter den Lehrern war der militärische Ausbilder. Das war ein Mann von geringem Verstand mit eisenharten Muskelpaketen. Man flüsterte und lästerte, dass er ein Unteroffizier gewesen sei, der einen Soldaten grob behandelt hatte, ohne zu wissen, dass dieser um sieben Ecken mit einem General verwandt war. Er wurde bestraft und aus der Armee entlassen. Kurz darauf meldete das Kultusministerium einen Bedarf an Militärausbildern. Und so bekamen wir den Schrott.

Er stand am Rande des Schulhofes und ließ uns kriechen, kämpfen und Hautabschürfungen kassieren, während er ständig seine geölten Haare kämmte. Er war ein Sadist. Hier konnte er seine kranke Seele befriedigen, ohne Angst haben zu müssen, denn keiner von uns hatte prominente Verwandtschaft.

Der Musiklehrer konnte weder Musik machen noch Noten lesen oder singen. Er hatte keine Ahnung von der Entwicklung der Musik auf der Welt. Die einzige Musik, die in seinem Kopf tönte, war der Schrei seiner Frau nach Haushaltsgeld und das Weinen seiner Kinder, die in Armut lebten. Aber er war ein friedlicher Versager.

Der Kunstlehrer hatte mit Kunst so viel Erfahrung wie ich mit Chinesisch, nämlich keine. Er hatte sich dieses Fach ausgewählt, weil es – nach seiner Überzeugung – kaum einer Vorbereitung oder Anstrengung bedurfte. Monate ließ er uns mit irgendwelchen langweiligen Vergrößerungen von patriotischen Bildern und Münzen vergeuden. Und wenn ihm nichts anderes einfiel, ließ er uns das langweilige Gesicht des Präsidenten malen, und wehe, einer erlaubte sich einen Spaß und das Bild wurde lustig oder sogar eine Karikatur. Ein Schulkamerad wurde bestraft, weil er das Gesicht des Präsidenten lila, die Haare gelb und die Lippen grün gemalt hatte. Es sah kurios aus, als wenn es von Andy Warhol gewesen wäre. Aber der Lehrer unterstellte dem vor Angst blass gewordenen Schüler, er wolle damit andeuten, unser Präsident sei schwul. Er wurde eine Woche aus der Schule ausgeschlossen und bekam von seinem Vater viele Schläge.

Ich habe einmal eine Strafe kassiert, als ich die syrische Fahne malen musste und am Ende der senkrechten Fahnenstange eine kleine Maus zeichnete, die strammstand. Ich liebte damals Mäuse sehr. Fünfzig Mal die Nationalhymne abschreiben, so viel hat mich der Spaß gekostet.

Übrigens hing in jeder Klasse das Bild des hässlichen Präsidenten. Und nicht selten standen Worte wie »Held« und »Befreier« darunter. Was für ein Held? Er hat nie einen Krieg gewonnen. Er fürchtet sich vor Israel, wie wir uns vor dem Schlagstock des Lehrers fürchten. Sami flüsterte mir seine giftige Antwort zu: »Doch, er ist ein Held. Er kann Israel nicht besiegen, aber er hat unser Land und uns besiegt.«

8.

Der Hammel des Direktors

oder

Warum keiner Sami ärgern durfte

Samis Vater Basil war, bevor er als Gefängniswärter bei der Polizei aufgenommen wurde, schon mehrmals Polizist gewesen. Er wurde hinausgeschmissen und nach einer Weile wieder aufgenommen. »Nur Gott weiß, warum einer wegen Korruption aus dem Dienst entlassen und dann durch Bestechung wieder aufgenommen wird«, sagte mein Vater.

Basil hatte also zwischendurch in vielen anderen Berufen gearbeitet. Die Nachbarn in der Gasse nannten ihn »den Mann mit den sieben Berufen«. Und das war die Bezeichnung für einen unsteten und gescheiterten Mann. Sami wusste genau, was der Grund dafür war. Sein Vater sei nur nebenberuflich korrupt. Im Hauptberuf sei er Choleriker, erzählte er mir. »Und das können sich arme Leute sonst nur zu Hause leisten. Aber jetzt, als Wärter im Gefängnis, kann er es. Er darf sich austoben und dazu verdient er durch Bestechung doppelt so viel wie sein Gehalt. Sein massiger Körper ist stark genug, um bei den Gefangenen Eindruck zu schinden, ansonsten schläft er dort den ganzen Tag.«

Sein Vater war auch Schaffner gewesen, aber nicht lange, weil er die Fahrgäste verprügelt hatte. Als Arbeiter auf einem Bauernhof taugte er wenig, denn er versteckte sich auf dem weitläufigen Gelände mit den vielen Scheunen und aß den ganzen Tag. Am Zahltag schließlich tat es ihm der Bauer gleich und versteckte sich ebenfalls. Er ließ ihm mitteilen, Basil schulde ihm drei Monatslöhne für all das Obst und Gemüse, das er verschlungen, und die zwei Hühner, die er geklaut hatte.

Samis Vater war außerdem Seemann gewesen. Er hatte aber stets zu viel getrunken und in jedem Hafen Ärger gemacht, sodass ihn sein Kapitän entnervt in einem tunesischen Gefängnis zurückgelassen hatte. Davor war er Schustergehilfe und Gepäckträger, sogar als Schäfer arbeitete er zwischendurch zwei Jahre lang. »Und da habe ich mir diese Narbe geholt«, erzählte Sami jedem, der es hören wollte, und zeigte eine ziemlich lange Narbe an seinem rechten Ellbogen.

Mir brauchte er die Geschichte nicht zu erzählen. Ich war zufällig dabei gewesen. Und wie er sich die Narbe zugezogen hatte, das ist eine Geschichte für sich …

Sami hatte mit mir, wie ich ja schon erzählt habe, die Schule für arme Kinder besucht, diese üble Anstalt, wo die Kinder wie Sklaven behandelt wurden. Wir wurden geschlagen und gequält, und noch dazu erlaubten sich die Lehrer, die Schüler für private Botengänge und in ihrem Haushalt wie Bedienstete einzusetzen, so oft sie wollten. Die Kinder mussten alle Aufgaben erledigen und waren schon froh, wenn sie ein paar Schläge weniger bekamen oder ein Lächeln ergatterten. Für Noten interessierten sie sich nicht. Sie wussten, nach sechs Pflichtschuljahren in der Grundschule würden sie sich eh anderen Dingen und Berufen zuwenden und alles wieder vergessen.

Sami und ich aber wollten weiter in eine höhere Schule, wo man nach noch einmal sechs Jahren das Abitur macht. Wie wir beide in unserer Armut auf den Gedanken kamen, Abitur zu machen, ist mir bis heute schleierhaft.

Aber diese ersten sechs Jahre zu überleben, das war eine Kunst. Denn so wie die Lehrer die Schüler wie Sklaven behandelten, so drangsalierten die stärkeren Schüler die schwächeren. Sami war klein und dürr, deshalb stand er mit mir und weiteren vier, fünf anderen Schülern auf der untersten Stufe. Bis zu dem Tag, an dem der Schuldirektor ihn zu sich rufen ließ.

Wir waren bereits in der vierten Klasse. Laut rief der Pförtner über den ganzen Pausenhof nach Sami und eine unsichtbare bleierne Decke legte sich über die Schüler, erstickte noch das letzte Flüstern. Mitleidig sah ich ihm hinterher, wie er sich über den Hof schleppte. Denn der Direktor ließ nur dann nach jemandem rufen, wenn die Schultoilette, eine Kloake, zu putzen war. Der Direktor behielt es sich vor, diese üble Bestrafung selbst zu erteilen. Die Treppe, die zu seinem Büro im ersten Stock führte, kam Sami höher als der Himalaja vor, wie er mir später erzählte.

Und dann die Überraschung – der Direktor strahlte ihn an. »Da bist du ja«, sagte er. Samis Herz kletterte von der Kniekehle, wo es sich sicherheitshalber versteckt hatte, in seinen Brustkorb zurück. »Du bist doch Sami Farah, oder? Ist es wahr, dass dein Vater Schäfer ist?«

»Ja«, antwortete Sami leise.

»Tust du mir einen Gefallen? Ein guter Freund von mir, der Vater eines Schülers, hat mir ein Lamm geschenkt. Da ich aber in der Stadt lebe und meine Frau keine Tiere leiden kann, muss jemand anderes das Lamm für mich aufziehen. Nimm es mit zu deinem Vater. Er soll es mit der Herde laufen und fressen lassen. Das ist keine allzu große Mühe. Anfang der Sommerferien, Ende Juni, haben wir ein Familienfest, bis dahin ist dann ein Hammel aus ihm geworden, den ich schlachten lassen kann. Als Dank und Lohn bekommt dein Vater das Fell. Was meinst du?«, fragte der Direktor gerade so, als könnte es ein Schüler je wagen, zu erwidern, was ihm auf der Zunge liegt. In diesem Fall also: Was gehen mich deine korrupte Seele und das lausige Lamm an?

Stattdessen antwortete Sami, wie alle Schüler an seiner Stelle geantwortet hätten: »Selbstverständlich, Herr Direktor. Mein Vater würde sich sehr freuen!«

Samis Vater freute sich tatsächlich, aber aus einem ganz anderen Grund, den noch niemand ahnen konnte.

»Du bist ein braver Junge«, sagte der Direktor und wandte sich mit diesen Worten an den Pförtner, der mit verschränkten Armen an der Tür stand wie eine ägyptische Statue. »Und du machst diesen Hurensöhnen da unten klar: Wer den Jungen noch ein Mal anfasst, hat es sich mit mir verdorben.«

Sami wusste nicht genau, wen der Direktor mit den »Hurensöhnen« meinte. Aber von diesem Tag an blieb er von Lehrern und Schülern verschont. Diese Gnade wurde ihm nur bis zum Ende des Schuljahres gewährt. Das wusste Sami aber nicht. Auch nicht, dass der Schuldirektor Ende des Jahres in Pension ging.

Am selben Tag noch erlaubte ihm der Direktor, vorzeitig, mit dem Lamm, nach Hause zu gehen. Den drei Schülern, die sich beim Direktor eingeschleimt hatten, befahl der Pförtner, Sami zu begleiten, damit Leib und Seele des Lammes von einer Eskorte geschützt wurden. Ich wollte nicht mit. Ich fand es lächerlich. Die Jungen marschierten los und fütterten das Lamm unterwegs mit allerlei Kräutern und Gemüse, das sie von den Gemüsehändlern auf der Geraden Straße erbetteln, ergaunern oder stehlen konnten. Das Lamm fühlte sich wohl, und vergnügt hüpfte es mit ihnen den ganzen Weg bis zum Gnadenhof, wo Sami wohnte.

Dort versammelte sich im Nu eine Traube von Mädchen

und Jungen, Eltern und Großeltern und bewunderte das gut genährte Lamm. Die Mädchen streichelten und küssten es. Der eine oder andere Erwachsene aber begann, zum Ärger der Kinder, genüsslich Gerichte mit Lammfleisch aufzuzählen.

Als Samis Vater abends nach Hause kam, hatte sich der Hof wieder beruhigt, und das Lamm, das vor der Haustür angebunden war, hatte einen wahren Futterberg gespendet bekommen. Sami erzählte seinem Vater vom Wunsch des Schuldirektors. Der lachte, und am nächsten Tag nahm er das Lamm mit, als er sich auf den Weg zur Weide vor der Stadt machte. Und Sami teilte dem Direktor mit, sein Vater habe sich sehr gefreut und das Lamm werde nur das beste Futter bekommen.

Später sollte Sami erzählen, dass er sein Abitur einem Lamm zu verdanken hatte, was viele seiner Schulkameraden für einen Witz hielten. Es war aber die reine Wahrheit. Denn dank des Lamms wurde Sami für einige Monate zum Liebling des Direktors, bekam einen Platz ganz vorne im Klassenzimmer und jeder Lehrer bemühte sich um ihn. Nicht eine einzige Kopfnuss bekam er, geschweige denn eine Ohrfeige. Und Sami wäre nicht Sami gewesen, wenn er nicht darauf bestanden hätte, dass ich genauso behandelt wurde. »Sonst werde ich zum Herrn Direktor gehen«, sagte er süffisant lächelnd.

Da begann die Schule Sami und mir Spaß zu machen. Wir

entdeckten plötzlich, dass man in dieser Anstalt auch etwas lernen konnte. Und Sami war ein kluges Köpfchen. Er wurde zum Klassenbesten. Ich habe auch nicht schlecht abgeschnitten.

Der Direktor fragte immer wieder nach seinem Lamm, und Sami antwortete routiniert: »Bestens, Herr Direktor. Es ist ein kräftiger junger Hammel geworden.« Sami war sich sicher, dass er damit nicht weit von der Wahrheit entfernt war. Zumal sein Vater nichts Gegenteiliges erzählte. Und Sami wollte ihm nicht dauernd mit irgendwelchen Fragen auf die Nerven gehen, wie das Lamm gedieh.

Seine Annahme aber lag ungefähr so weit von der Wahrheit entfernt wie der Nordpol vom Südpol. Nur erfuhr Sami das erst einen Monat vor den Sommerferien. An diesem Tag rief ihn der Direktor zu sich. Sami hüpfte die Treppe, immer zwei Stufen auf einmal, hinauf. Dann klopfte er und trat ein.

Freudestrahlend trat der Direktor ihm entgegen. Drei Lehrer, die beim Herrn Direktor Mokka tranken, nickten Sami freundlich zu. »Na, Sami, gefällt es dir in unserer Schule?«, fragte der Direktor.

»Ja, Herr Direktor, sehr«, sagte Sami, ohne zu lügen.

Die Lehrer grinsten. »Er ist der Beste«, sagte der Arabischlehrer.

»Und meinem Hammel? Geht es ihm gut?«, fragte der Direktor weiter, und noch bevor Sami nicken konnte, fuhr der Direktor fort: »Grüße deinen Vater und sag ihm, er soll dem

Hammel von nun an viel Thymian und Basilikum ins Futter geben, das macht das Fleisch so würzig. Es sind nur noch ein paar Wochen und dann ist es so weit.«

»Ich richte es ihm aus, Herr Direktor. Er wird sich freuen«, erwiderte Sami. Und zur Belohnung bekam er eine kleine Praline. Sami eilte hinaus, und vor der Tür hörte er den Direktor sagen: »Wenn nur zehn Schüler so artig wären wie Sami, hätte alles seine Ordnung in der Schule.«

Der Schock sollte am Abend kommen. Sami richtete seinem Vater wie befohlen aus, er solle dem Lamm viel Thymian und Basilikum zu fressen geben.

Der Vater starrte seinen Sohn mit ziemlich verblödetem Blick an. »Was für ein Lamm?«, fragte er geistesabwesend.

Sami dachte, sein Vater würde scherzen. »Das Lamm des Herrn Direktors, das du vor drei Monaten in die Herde aufgenommen hast.«

»Ach, das kleine Ding«, erwiderte Samis Vater, als er sich wieder daran erinnerte. »Das haben wir zwei Wochen später gegrillt. Ein paar Freunde sind gekommen, haben Arak und Salate mitgebracht und am Lagerfeuer gebraten schmeckte es nicht schlecht.«

»Was? Du hast das Lamm gegessen?«, rief Sami entsetzt und sah sich schon im Schulhof am Eichenstamm festgebunden und von allen Schüler bespuckt.

»Ja, aber es war ein mickriges kleines Ding. Der Direktor wollte es bestimmt nur loswerden.«

»Nein!«, schrie Sami entsetzt, »er wollte, dass du ihm das Lamm mästest, damit er zum Ferienanfang einen Hammel bekommt, der nach Thymian und Basilikum duftet und den er schlachten kann.«

Sami konnte nicht an sich halten und begann zu weinen. Sein Vater lachte. »Hör auf zu winseln, sag ihm, dass das Lamm einen Herzinfarkt bekommen hat oder gegen ein Auto gerannt ist oder von einem Blitz getroffen wurde oder am besten alles zusammen.«

Sami begriff, dass sein Vater gar nicht wusste, was er ihm da angetan hatte. »Er wird mich kreuzigen«, sagte er.

»Und wenn schon. Dann werden ein paar Witwen Kerzen für dich anzünden und dich anbeten«, sagte er und lachte widerlich.

In den darauffolgenden Tagen lief Sami kreidebleich in der Schule herum, aber nur ich wusste, warum. Als der Pförtner nach ihm rief, wäre er am liebsten gestorben. Er flüsterte mir zu, er würde alles dafür geben, wenn ihm in diesem Moment sein einziger Wunsch von einer gnädigen Fee erfüllt werden würde – die Erde solle sich auftun und ihn verschlingen. Aber es war weit und breit keine Fee zu sehen. Und so ging er langsamen Schrittes zum Direktor.

»Na, Sami, was macht der prächtige Hammel?«, empfing ihn der mit so lauter Stimme, dass Sami fast Ohrenschmerzen bekam. »Er muss inzwischen prächtig sein. Frisst er gut, hat er genug Fett und saftiges Fleisch angesetzt? Wahrscheinlich ist das Tier gar nicht mehr wiederzuerkennen, oder?«

»Wahrscheinlich, Herr Direktor, wahrscheinlich«, sagte Sami und dachte dabei an das elende Häuflein Knochen neben einem Lagerfeuer.

Dem Schuldirektor lief schon das Wasser im Mund zusammen, im Gegensatz zu Sami, dessen Kehle spröde wie Holz zu sein schien.

Zwei Wochen lang nervte der Direktor Sami mit Fragen nach seinem Hammel. Und wenn Sami seinem Vater davon erzählte, wusste der nichts Besseres zu sagen, als dass Sami einfach nicht mehr in die Schule gehen solle, und dann solle dieser Angeber es nur wagen, ihn, den Vater, nach seinem Hammel zu fragen.

Aber Sami wollte die Schule ganz bestimmt nicht verlassen. »Schlechte Väter« können ungewollt ein Ansporn dafür sein, dass ihre Kinder um Himmels willen nicht wie sie werden wollen und sich dadurch bemühen, anders zu werden.

Sami und ich beratschlagten lange, was er machen könne, aber alle Wege zu einer Rettung verwandelten sich bald in Sackgassen. Da fragte Sami seine Mutter um Rat und sie hatte wie immer die rettende Idee. Sie wisse, sagte sie, dass der Vater draußen auf der Weide immer eine Siesta mache. »Und wenn du dir beim Metzger eine Handvoll Fleischreste und Knochen holst und sie dem alten Hund hinwirfst, der die Herde bewacht, dann vergisst der schwerhörige alte Köter alles und stürzt sich auf seinen Fraß. Da könntest du die ganze Herde mitnehmen.«

Sami und ich putzten dem Metzger den Laden so sauber, dass er uns lachend die Tüte mit Fleischresten und Knochen gab. »So glänzend wie bei einem Friseur. Ich muss aufpassen, auf dem blanken Boden nicht auszurutschen.«

Wir machten uns auf den Weg. Und in der Tat schnarchte Samis Vater im Schatten unter dem Walnussbaum.

»Bleib hier«, sagte Sami zu mir, denn er fürchtete, zu zweit würden wir Hund und Herde aufschrecken.

Ich versteckte mich hinter einem Granatapfelstrauch. Der Hund kannte Sami und kam ihm schwanzwedelnd entgegen. Sami streichelte ihn und legte ihm die Fleischreste in eine Mulde, sodass der Hund nicht sehen konnte, was Sami tat, und kein schlechtes Gewissen zu haben brauchte.

Einen Augenblick lang dachte Sami daran, den herrlichen Leithammel zu nehmen, aber sein Fell war viel zu bunt gefärbt und er trug eine große Glocke. Sami nahm ein Büschel Kräuter und Gräser und einen frischen Maiskolben, den er aus einem nahe gelegenen Gemüsegarten geklaut hatte. Er musste den von ihm ausgewählten Hammel gar nicht locken. Der rannte geradezu hinter ihm her. Und nicht nur er. Auch drei Schafe wollten an das saftige Grün, aber Sami wimmelte sie ab.

Ich sah sie kommen: Brav lief der Hammel hinter Sami her, die ganze Strecke, bis sie mein Versteck nahe der Straße erreichten. Von da aus waren es nicht einmal tausend Meter bis zur Schule. Aber plötzlich hupte es neben uns. Viele Damaszener hupen einfach zum Vergnügen. Und da drehte der Hammel durch. Er raste, als ob ihm jemand einen Spieß in den Hintern gesteckt hätte, Staub aufwirbelnd den ganzen Weg zurück. Ich wusste nicht, was ich tun sollte, verfluchte den Autofahrer und blieb stehen.

Sami rannte hinter ihm her, stolperte, richtete sich auf, rannte weiter. Erst als er den Hammel eingefangen hatte, merkte er, dass er an seinem linken Ellbogen blutete. Der Hammel ließ sich nach einiger Zeit beruhigen. Sami und ich zogen ihn, dieses Mal sicherheitshalber mit dem Seil, das Sami mitgebracht hatte, hinter uns her.

Eine halbe Stunde später strahlte der Direktor angesichts des prächtigen Hammels. Er ließ Samis Wunde am Ellbogen vom Pförtner verbinden. »Das machen wir nächstes Jahr wieder«, sagte er beim Abschied zu seinem Schüler.

»Gerne, Herr Direktor, gerne auch zehn Lämmer. Mein Vater wird sich wirklich sehr freuen«, antwortete Sami und lachte, als er sich vorstellte, wie sein Vater einen Spieß mit den zehn Lämmern des Direktors über einem großen Feuer drehte.

Eine Woche später wurde Basil als Schäfer entlassen, weil die Herde immer kleiner wurde, und weil es die Wölfe, die der Vater dem Besitzer aufzählte, gar nicht gab. Der letzte Wolf war im 18. Jahrhundert in der Nähe der Stadt gesichtet worden. Einen Monat später kehrte Samis Vater wieder zur Polizei zurück. Seitdem war er Gefängniswärter.

Der verkalkte Direktor aber hatte vergessen, dass er Ende des Jahres in Pension gehen sollte. Das verriet uns der Pförtner. Als Sami sein Zeugnis mit den besten Noten überreicht bekam, versicherte sich der Direktor erneut: »Also zehn Lämmer!«

Sami antwortete nicht einmal.

9.

Ausflug mit Folgen

oder
Wie ein Plan ins Chaos führt

Wir waren in der fünften Klasse, als der neue Schuldirektor eines Morgens in die Klasse kam und verkündete, die Schüler der fünften und sechsten Klasse sollten am nächsten Tag fein gemacht in die Schule kommen und ihre Bücher und Schulranzen zu Hause lassen. Es werde einen Ausflug geben und alle sollten wir leichten Schrittes, ohne den Ballast der Schulranzen gehen. Die Schüler freuten sich und kamen am nächsten Tag gewaschen, gekämmt und bunt gekleidet. Sie sahen aus wie Schmetterlinge, die gerade aus dem einheitlichen Kokon der Schuluniform geschlüpft waren.

Es war Ende April, doch es war fast sommerlich und die Welt blühte auf. Meine Eltern beneideten mich. Ich habe an dem Tag – bestimmt wie viele Jungen in meiner Klasse – beim Erzählen meine Wünsche und Fantasien mit eingeflochten, als hätte der Direktor sie ausgesprochen: »Es ist ein Ausflug, und wir werden im Freien grillen, und wenn wir brav sind, gibt es anschließend ein Eis«, schwelgte ich.

Mein Vater leckte sich die Lippen. »Meine Güte, ihr habt es gut. Bei uns gab es nur Schläge«, jammerte er.

Am nächsten Morgen kam der Direktor, seinerseits mit Anzug und Krawatte. »Jungs«, rief er, und seine Stimme war nicht feierlich, sondern bedrohlich. »Ihr sollt der Welt zeigen, wie patriotisch ihr seid. Ihr dürft mich auf unserem Ausflug nicht blamieren, deshalb werden wir jetzt üben.« Einige glaubten immer noch, der Direktor würde nun in der Klasse ein Feuerchen entfachen und grillen, um mit ihnen zu üben, wie man artig Fleischspieße isst, ohne sich einzusauen. Doch es kam anders.

»Wir marschieren durch die Straßen«, setzte der Direktor seine Rede fort, »ich gehe euch voraus, der Lehrer hinter euch her. Wenn ich meine rechte Hand hebe, ruft ihr spontan: ›Unser Präsident herrsche ewig!‹, dann lächelt ihr die Passanten an und klatscht dreimal kräftig in die Hände. Und wenn ich nach einer Weile die linke Hand hebe, ruft ihr aus vollem Hals: ›Die Feinde unseres Präsidenten sollen elendig verrecken!‹, und ihr hebt eure geballten Fäuste und schaut die Passanten grimmig an, als wären sie eure Feinde. Verstanden?«

»Ja ... Herr ... Direktor«, kam die zögerliche Antwort. Sie triefte vor Enttäuschung.

Das gefiel dem Direktor nicht. »Was seid ihr für schlaffe Socken! Wehe euch, ihr blamiert mich, da lasse ich euch bei der Rückkehr meinen Stock schmecken. Euer Lehrer Ismail wird die Namen von allen aufschreiben, die Unsinn rufen oder schweigen. Habt ihr verstanden?«

Wir nickten sprachlos. Das gefiel unserem eifrigen Lehrer nicht. »Erlauben Sie, Herr Direktor«, schleimte er und sagte zu uns: »Was ist das für ein schläfriges Nicken! Eure Antwort soll doch das Gebäude erschüttern, und sie lautet: ›Ja, Herr Direktor!‹ Eins, zwei, drei!«

»Ja, Herr Direktor!«, riefen wir aus Angst so laut, dass ich Ohrenschmerzen bekam.

Etwa achtzig Schüler zählten die fünfte und sechste Klasse zusammen. Wir marschierten durch die Straßen, brüllten, klatschten, lachten, ballten die Fäuste und starrten die arglosen Passanten grimmig an, je nachdem, wie unser Dirigent es mit seinen Händen befahl. Die Passanten staunten nicht lange, denn aus jeder Schule marschierten etwa hundert Schüler und Schülerinnen. Es war ein Sternmarsch zum Märtyrerplatz mitten in der Stadt.

Es gab ein Verkehrschaos, weil die Schülerzüge die Fahrbahn besetzten. Ein ohrenbetäubendes Hupkonzert begleitete uns, und keiner merkte, wenn die Schüler aus Müdigkeit und Hunger nichts mehr riefen. Es dauerte eine Stunde, bis wir den großen Platz erreichten. Normalerweise schaffe ich es spielend in zwanzig Minuten. Dort gab es für uns billige Lutscher, die Durst und Hunger aber nicht linderten, sondern eher verstärkten.

Mehr als fünftausend Schüler besetzten den Platz. Der

Straßenverkehr brach zusammen. Man merkte aber die Enttäuschung des Schuldirektors. Nicht der Kultusminister war gekommen, sondern irgendein Nobody, ein Stellvertreter des Stellvertreters des Stellvertreters des Ministers.

Die Reden waren langweilig und der Lärm der Schüler und der Autos würgte die Worte der Redner ab. Sami und ich lachten sehr, als mir ein Schüler einer anderen Schule, der neben uns stand, ein lustiges Erlebnis erzählte. Sein Vater, ein Beamter im Einwohnermeldeamt, musste ihn vor drei Jahren auf eine ähnliche Demonstration mitnehmen. Das war ein Befehl, jede und jeder sollte ein Kind mitbringen. Tausende von Beamten und deren Kinder mussten am Präsidentenpalast vorbeiziehen. Die Massen defilierten vorbei, als kämen sie spontan, und der Präsident winkte vom Balkon und tat überrascht und glücklich, als hätte er nicht gewusst, dass sein Geheimdienst das alles organisiert hatte. Die arabischen Diktatoren sind misstrauisch, deshalb wollen sie jede auch noch so harmlose Aktion ihrer Geheimdienste oder Minister im Voraus wissen.

Ein kleiner Junge, der seinen Vater begleitete, fragte diesen laut, gerade als beide unter dem Balkon waren: »Ist das nicht der Mann, über den du immer schimpfst, wenn er im Fernsehen ist?« Der Vater war zu Tode erschrocken, hob den Jungen hoch und fragte laut: »Wer hat dieses Kind verloren?«

Auf dem Rückweg unterhielt sich unser Direktor mit einem

anderen, ebenfalls enttäuschten Kollegen und beide sprachen erregt miteinander und wirbelten mit ihren Händen in der Luft. Vielleicht waren die wild fuchtelnden Hände unseres Dirigenten oder die Müdigkeit oder der Hunger der Grund, weshalb wir durcheinanderkamen. Wir ließen jedenfalls den Präsidenten elend verrecken und seine Feinde ewig herrschen. Der Lehrer konnte nicht genug Ohrfeigen und Kopfnüsse verteilen, weil einige Schüler gar nichts mehr rufen wollten. Sie weinten statt zu lachen und winkten den Passanten zu, statt ihre Fäuste zu ballen. Einige fingen an, wie betrunken, kitschige Lieder zu singen. Mehrere verließen geistesabwesend und verhungert den Schülerzug und stellten sich bei einem Falafel-Imbiss an. Sie wurden vom aufmerksamen Lehrer am Ohr gezogen und in die Reihe zurückgebracht.

Als wir die Schule erreichten, hatten wir alle Angst vor dem zornigen Direktor, doch der stand am Tor und schaute uns nur entsetzt an, als wäre er überrascht, dass wir immer noch hinter ihm herliefen. »Was macht ihr noch hier? Haut ab«, rief er. Nichts anderes wollten wir alle.

Meine Mutter lachte Tränen über meinen Hunger und brachte mir mein Lieblingsgericht, frisch frittierte Kartoffelchips. »Langsam, Junge, langsam«, wiederholte sie, »wir haben noch einen Sack Kartoffeln!«

10.

Der Preis der Fotografie

oder

Das Elend schminken

Meine Familie ist nicht sonderlich groß, nicht nur bin ich das einzige Kind meiner Eltern, sondern auch sie, mein Vater und meine Mutter, hatten keine Geschwister. In zwanzig Jahren besuchten uns meines Wissens nur zwei Onkel dritten und eine Tante zweiten Grades, die nicht einmal meine Eltern kannten.

Anders Sami. Er hatte zwar nur zwei Schwestern, die Zwillingschwestern Nadia und Fadia. Aber ich habe selten einen Menschen getroffen, der so viele Verwandte hat wie er. Unzählige Tanten und Onkel ersten, zweiten, dritten und weiß der Teufel welchen Grades.

Sami kannte sie nicht alle, aber als sich eines Tages plötzlich ein Onkel siebten Grades ankündigte, bei ihnen zu Mittag aß und nach dem Mokka weiter nach Saudi-Arabien fuhr, sagte Sami zu mir, er würde sich nicht wundern, wenn sogar in Südafrika oder am Nordpol Cousinen, Onkel oder mindestens eine Tante zwölften Grades leben würde. »Mir kommt unsere Wohnung wie eine Bahnhofshalle für Verwandte vor«, fügte er hinzu und lachte. Er konnte seine Onkel und Tanten nicht ausstehen, deshalb war er der Einzige unter uns, der den Postboten Elias aus Liebe nicht »Onkel«, sondern »mein Freund« nannte. Elias lachte darüber. Er wusste als Postbote über Samis gewaltige Sippe Bescheid.

Einmal spielten wir auf der Gasse mit den anderen Kindern Murmeln. Plötzlich schaute Sami auf und zwinkerte mir zu, ich solle ihm unauffällig folgen. Das machte er immer, wenn er mir alleine etwas zeigen wollte. Er sagte, er habe keine Lust mehr zu spielen, und ging einfach. Ich spielte, wie immer, noch fünf Minuten weiter, dann ging ich nach Hause, zählte bis hundert, nahm eine Tüte, als wollte ich etwas einkaufen, und ging an den spielenden Kindern vorbei. Ich verdrehte die Augen etwas, so als würde mich der Auftrag meiner Mutter nerven. Kaum war ich um die Ecke, wickelte ich die Tüte zusammen, steckte sie in die Hosentasche und ging zu dem heruntergekommenen Hof, wo Samis Familie genau wie die zehn anderen Familien in einer Bruchbude lebte.

Der Trick funktionierte immer. An diesem Tag wartete Sami bereits vor dem Hofeingang auf mich.

»Die Zeitschrift *Dunia* hat einen Fotowettbewerb ausgeschrieben und das schönste Foto einer glücklichen Familie gewinnt hundert Lira, stell dir das vor, h u n d e r t L i r a !!!«

Sami sprach das Wort betont langsam. Er wusste so gut wie ich, dass keiner der Männer in diesem elenden Hof für arme Christen hundert Lira im Monat verdiente. »Und mein Onkel Farhan will daran teilnehmen«, sagte er und zeigte auf die Wohnung des dürren Mannes, der im Kino arbeitete.

»Farhan ist dein Onkel?«

»Vierten Grades und ein Angeber ersten Grades.«

»Und wo ist der Fotograf?«

»Der sollte längst da sein«, sagte Sami.

»Und womit will er den Fotografen bezahlen?«, erkundigte ich mich.

»Das habe ich mich auch gefragt. Meine Mutter sagt, er hat mit dem Fotografen ausgemacht, dass sie den Gewinn fifty-fifty teilen.«

Es war der erste sonnige Tag nach wochenlanger nasser und trüber Kälte. Wir warteten fast eine halbe Stunde. Das Warten war nie meine Stärke. Ich wollte schon nach Hause gehen, als der Fotograf doch noch den Hof betrat. Er hatte seinen beeindruckenden, auf einem Dreifuß montierten Fotoapparat geschultert. Sein Gehilfe, ein buckliger kleiner Mann mit vernarbtem Gesicht, schleppte eine zusammengerollte, teppichgroße Leinwand.

Der Fotograf fragte nach Farhan, dem Kinodirektor. Majda, die Witwe, die gleich am Eingang des Hofes ein kleines Zimmer mit ihren unendlich vielen Erinnerungsstücken bewohnte, musterte den Mann misstrauisch. »Direktor? Hier soll ein Direktor leben?«, fragte sie, schüttelte den Kopf und wollte gehen, doch dann hielt sie inne. »Kino, sagst du? Ja, Farhan da drüben reißt im Kino die Karten ab«, fügte sie hinzu und schlurfte in ihr Zimmer.

Der Fotograf sah sich um, stellte das Stativ mit der riesigen Kamera auf und klopfte bei Farhan, während sein Gehilfe umständlich versuchte, die Leinwand an einer Mauer zu befestigen. Bald umringten den Fotografen die zehn Kinder des Kinoangestellten. Sie waren alle fein gemacht, gewaschen und gekämmt. Kurz darauf erschien ihre Mutter, Madiha, vor der Tür, auch sie feierlich angezogen und schön geschminkt. Sie rief Farida, die älteste Tochter, zu sich, ein hübsches Mädchen in unserem Alter. Sami hatte sich mit sechs, sieben Jahren in sie verliebt und sich deswegen fast täglich mit ihrem widerlichen Bruder Maurice geprügelt. Das Traurige war nur, Farida wollte von Sami nichts wissen. Sie träumte von einem Prinzen, der auf einem Schimmel geritten oder in einer Limousine gefahren käme und sie aus diesem Elend befreite, und erzählte das auch noch allen. Sie wurde später von einem Eisverkäufer geschwängert und ist mit ihm abgehauen. Und Sami würde sich bald in Amira verlieben. Aber das ist eine andere Geschichte. Nun zurück zum Fotografen.

Er werkelte an seiner Kamera. Madiha flüsterte ihrer Tochter etwas ins Ohr, und die ging zu ihrer jüngsten Schwester Maha, ein dickliches zweijähriges Mädchen, das dauernd hinfiel, klopfte ihr den Dreck vom weißen Kleidchen und hob sie hoch. Die Kleine protestierte und griff mit ihren schmutzigen Händen nach Nase und Mund der Schwester. Farida schrie auf vor Schmerz und Ekel. Der drittälteste Sohn Butros gab der kleinen Widerspenstigen einen Schlag auf den Hinterkopf, die nun laut weinte und unbedingt von Faridas Arm herunterwollte, was ihr aber nicht gelang, weil die sie fest an sich drückte. Daraufhin lief Butros weg und versteckte sich.

Maurice, der älteste Sohn, dem das Geschrei auf die Nerven ging, suchte den Täter und ließ seinen Blick prüfend über den Hof wandern. Butros hatte sich hinter dem buckligen Gehilfen versteckt, der immer noch bemüht war, die Leinwand vor der armseligen Behausung aufzuspannen. Wir, Sami und ich, konnten schon einen blaugrauen See und einen weißgelben Schwan sehen. Da aber der eingeschlagene Nagel das Gewicht der Plane nicht aushielt, fiel sie herunter und verriet den versteckten Butros. Maurice, ein Grobian, warf mit einem Stück Holz nach ihm und traf den Flüchtenden hart auf dem Rücken. Butros stolperte und fiel zu Boden, konnte aber den Sturz noch mit den Händen abfedern.

Genau in dem Augenblick kam sein Vater, Samis Onkel, aus der Wohnung. Farhan trug einen dunklen Anzug, ein weißes Hemd mit Rüschen und Fliege und gestärkten Manschetten. Er sah wie ein Bräutigam aus, dem die Hochzeitszeremonie auf die Nerven ging. Sami flüsterte mir zu, Farhan habe diese Verkleidung aus dem Leihhaus für vier Lira geborgt.

Sobald Butros seinen Vater sah, begann er laut zu weinen. Das konnte er sehr gut. Er war der einzige Junge der Gasse, der auf Befehl herzerweichend weinen konnte. Das machte er manchmal sogar für eine Walnuss oder für eine Murmel.

»Was ist denn mit dir?«, fragte sein Vater zornig und hielt seinen Kopf seltsam steif, um den stark gestärkten Kragen nicht zu knicken.

»Maurice hat mich geschlagen!«, heulte Butros und zeigte auf das Holzscheit.

»Und warum hat der Herr seinen kleinen Bruder geschlagen?«, fragte Farhan den Täter betont ruhig, weil er vor dem Fotografen vornehm erscheinen wollte.

»Der Esel hat die kleine Maha gehauen«, antwortete Maurice laut, da klatschte auch schon die Hand seines Vaters auf sein Gesicht. Maurice ging erschrocken ein paar Schritte rückwärts und um ein Haar wäre er in den alten Springbrunnen gefallen. Gerade noch rechtzeitig hielt er an, machte kehrt und ging gesenkten Hauptes in die Wohnung. Dort blieb er und wollte nicht mehr herauskommen. Auch nicht, als die malerische Leinwand mit Schwan, See, der Terrasse einer Villa und Zypressenallee endlich stabil hing.

Da rannte der Vater wutentbrannt hinter ihm her und kurz darauf hörte man Maurice aus dem Haus um Hilfe schreien.

Der Fotograf versuchte unterdessen seinerseits, ein paar aufdringliche Kinder von der versammelten Familie und seiner teuren Kamera fernzuhalten. Aber sie wollten alle mit auf das Foto und drei Mädchen posierten schon vor der Linse und grinsten.

»Kinder, das geht nicht. Das Foto nimmt an einem wichtigen Wettbewerb teil«, rief er und drängte die Kinder zur Seite.

»Wettbewerb!?«, wiederholten die Größeren und wollten jetzt erst recht mit auf das Bild.

Als man wieder Schläge hörte und dann das Schreien von Maurice, flüsterte der Fotograf mit seinem Gehilfen und schickte ihn ins Haus. Die Mutter fing an, den Wettbewerb und die Zeitschrift, die ihn ausgeschrieben hatte, zu verfluchen, da das versprochene Glück offensichtlich nur Unglück bringe. Sie wolle nun endlich anfangen zu waschen.

Der bucklige Helfer kam jetzt mit dem verheulten Maurice, dem er unentwegt den Kopf streichelte, wieder zurück. Ihnen folgte der Vater.

Nun standen alle wie geschlagene Hunde vor der Kamera. Der Fotograf betrachtete sie und sagte: »Ja, was ist? Wollt ihr gewinnen oder die Redaktion mit einem Beerdigungsfoto erschrecken? Bitte freundlich lachen!«, rief er, zog seine Ohren mit beiden Händen vom Kopf weg, schielte und streckte die Zunge heraus.

Er sah wirklich komisch aus, so komisch, dass Farhan,

seine Frau und der älteste Sohn Maurice lächeln mussten. Die fünf Kinder in der ersten Reihe aber brüllten vor Lachen und machten Grimassen, und weil sie so laut waren, fing die Kleinste auf dem Arm ihrer Schwester Farida wieder vor Schreck zu kreischen an, so schrill, dass die Kinder in der ersten Reihe vor Vergnügen auch kreischten.

Ob durch die Energiewellen der hohen Töne oder wegen des schlechten Mörtels, jedenfalls löste sich der Nagel wieder, und die Leinwand fiel erneut herunter. Der Fotograf schaute misstrauisch zum Himmel, der sich anfing zu verdunkeln. »Ruhe!!!«, schrie er und drückte auf den Auslöser.

Was aus dem Foto geworden war, erfuhr Sami erst später. Sein Onkel Farhan war so entsetzt von der Aufnahme, vor allem von den Gesichtern seiner Familie, dass er sich weigerte, das Foto anzunehmen und zu bezahlen. Einen Preis gab es nicht zu teilen.

Die Geschichte wäre hier eigentlich zu Ende, aber nicht für den beleidigten Fotografen. Als er eine Woche später auf dem Hof auftauchte und Farhan lauthals einen Betrüger nannte, waren Sami und ich zur Stelle. Samis Onkel prügelte auf den Fotografen ein, und als hätte der damit gerechnet, sahen wir seinen Gehilfen beim Lebensmittelhändler Salman telefonieren. Wir ahnten, dass er die Polizei anrief. Bald radelten zwei Polizisten in den Hof. Farhan hörte zwar auf, den Fotografen zu schlagen, blieb aber trotzig stehen. Als die Polizisten den Gegenstand des Streits sahen, mussten sie lachen. »Was soll er denn damit?«, fragte der Ältere der Beamten, guckte den schnaubenden Fotografen an und zeigte grinsend auf das Foto.

»Einen Wettbewerb gewinnen. Und den Preis mit mir teilen.«

Der Polizeimeister lachte. »Mit diesem Bild wird er die Jury nur erschrecken, und sie wird ihm dafür fünfzig Schläge versetzen, deinen Anteil hat er dir gerade vorausbezahlt. Warum störst du also unsere Mittagspause?«

Der Fotograf wurde steif vor Zorn. Erst als die Polizisten davonradelten und auch Farhan in seine Wohnung zurückging, rührte er sich wieder. Er verfluchte sich und die ehrlose Kundschaft, die korrupte Polizei, die idiotische Zeitschrift und sein Unglück. Als er merkte, dass das niemanden auf dem Hof interessierte, nicht einmal Sami und mich, machte er sich niedergeschlagen auf den Weg zu seinem Fotostudio.

11.

Ein Wettrennen der besonderen Art

oder

Warum ein Sieger verschwand

Wir waren zwölf Jahre alt, als nach dem Vorbild der ehemaligen Ostblockländer Jugendfestspiele veranstaltet wurden. Jugendsport wurde großgeschrieben, weil wir der Welt zeigen sollten, dass die Syrer ein gesundes Volk sind, so unser Direktor, aber wenn man ihn als Vertreter des gesunden syrischen Volkes auf einen Wettbewerb geschickt hätte, hätte man nur Lacher kassiert. Seine Finger und sein Schnurrbart waren vom Rauchen vergilbt, er hatte kaputte Zähne und die schlechte Laune anscheinend auf Lebenszeit abonniert.

Gäbe es Medaillen für Tricks, hätte ich Gold, und gäbe es welche für Mut, so hätte Sami alle in die Schranken gewiesen. Aber leider sind Tricks und Mut keine olympischen Disziplinen. Der beste Läufer aus unserer Schule war Sadik. Er ließ sowohl beim Hundert- als auch beim Zweihundertmeterlauf alle Schüler hinter sich Staub schlucken.

Der Sportlehrer Fares war ein Sadist, der uns dauernd mit Liegestützen und seinem Geschwafel über seine Leistungen vor zwanzig Jahren quälte. Er wäre angeblich beinahe Weltmeister im Turnen geworden. Mit wäre, könnte und sollte sind wir in Syrien sehr stark, aber damit hat noch kein Land etwas gewonnen. Der Sportlehrer war stolz auf Sadik, als hätte er die Beinmuskeln des athletischen Jungen Faser für Faser gemeißelt.

Und dann kam der große Tag. Das Stadion war voll, zu neunzig Prozent mit Schülern, die hierhergeschleppt worden waren, sich aber darüber freuten, immerhin einen schulfreien Tag zu haben. Da tauchte die Frau des Präsidenten in Begleitung ihres zehnjährigen Sohnes auf. Die Rufe gellten zum Himmel hinauf:

»Gott hat uns den Präsidenten geschenkt.«

»Bis in alle Ewigkeit soll er herrschen.«

»Gott schütze seinen Jungen, unseren zukünftigen Herrscher.« Das Stadion bebte vor solchen und ähnlich verlogenen Parolen, die wir in der Schule geübt hatten.

Die First Lady nahm auf der Ehrentribüne Platz und das Rennen begann – erst die Qualifikation, dann der Wettkampf um die Medaillen. Sadik raste und wurde als Einziger drei Mal Sieger im Hundertmeterlauf, und, aus Übermut oder wegen irgendwelcher überirdischer Kräfte, wurde er auch beim Vierhundertmeterlauf Erster.

Wir freuten uns sehr für Sadik, dessen Familie sehr arm war, denn für jede Goldmedaille gab es tausend Lira Preisgeld. Wir warteten auf die Siegerehrung, die erst am Ende des Tages vorgesehen war. Es standen noch eine Menge Wettkämpfe auf dem Programm. Doch plötzlich hieß es kurz vor der Medaillenverleihung, der zehnjährige Sohn des Präsidenten wolle gegen Sadik antreten. Das hatte es noch nie gegeben. Später erfuhren wir, dass das kleine Monster so lange seine Mutter gequält hatte, bis sie nachgab. Man erzählte auch, sie habe ihren Mann angerufen, und der habe ihr befohlen, dem Jungen den Spaß doch zu gönnen.

Sofort wurden für den kleinen Kerl Turnschuhe und Sporthose – alles Weltmarken – organisiert, dann marschierte er an den Zuschauern vorbei zum Spielfeld herunter, umgeben von drei menschenähnlichen Gorillas.

Sadik wurde umgehend von einer Gruppe von Männern umzingelt, und wir sahen, wie sie auf den immer blasser werdenden Jungen einredeten. Auch der Sportlehrer Fares gestikulierte heftig, Sadik saß nur still da und betrachtete ängstlich die Männer um sich.

Dann verkündete der Lautsprecher die Sensation: Der Sohn des Präsidenten fordere den dreifachen Sieger im Hundertmeterlauf heraus. Beide Jungen gingen auf die Startlinie zu – es sah so lächerlich aus, der Athlet Sadik neben dem kleinen Jungen.

Ein Schuss. Sadik lief vier, fünf Meter ganz langsam. Als aber der Sohn des Präsidenten ihn überholte, raste er davon. Nach ein paar Sekunden war Sadik so weit entfernt, dass der Sohn des Präsidenten chancenlos zurückfiel. Im Stadion herrschte absolute Stille, unterbrochen von unterdrücktem Jubel oder von Schreien des Entsetzens.

Sadik kam ins Ziel und wartete. Nach einer Weile erreichte auch der Präsidentensohn die Ziellinie. Wie auf Kommando, es erinnerte an die Lachkonserven in den amerikanischen Serien, brach Jubel aus.

Sadik wurde von zwei Männern aus dem Stadion geleitet. Der oberste Wettkampfrichter trat ans Mikrofon und verkündete, Sadik habe sich gesundheitlich übernommen und sei ins Krankenhaus gebracht worden. Damit sei er als Sieger ausgefallen und deswegen bekomme der zweite Läufer die Extra-Goldmedaille. Elftausend Schülerinnen und Schüler hatten jedoch gesehen, dass Sadik quicklebendig war. Keine Spur von Schwäche!

Wir kehrten geknickt zurück. Sami fürchtete, Sadik würde umgebracht. Seine Eltern bekamen im Innenministerium nur die knappe Nachricht, ihr Sohn sei in Behandlung und dürfe nicht gestört werden. Selbst die Eltern durften ihn also nicht sehen!

Einen Monat später kam Sadik wieder in die Schule. Er war verändert, sehr dick und elegant. Er sei verwöhnt worden, lautete seine Antwort auf die vielen Fragen nach dem Grund seines Verschwindens. Ihm war das Rennen egal und er wollte kein Wort darüber verlieren. Er sei dem Präsidenten zutiefst dankbar, wiederholte er seelenlos, als wenn er unter Drogen stünde. Auch seine Eltern sangen das Loblied auf den Präsidenten, denn sie hatten statt der vorgesehenen dreitausend Lira fünftausend bekommen.

Von nun an wollte Sadik keinen Sport mehr treiben, und der wahrscheinlich eingeweihte Sportlehrer gab ihm immer die besten Noten, obwohl Sadik nur am Rande saß, dauernd irgendetwas kaute und immer dicker wurde.

»Kein Wunder«, sagte Onkel Elias, als er das hörte, »dass wir auch im Sport auf Weltebene nichts werden.«

12.

Die Strafe

oder Wie man Lehrer erzieht

Sami war unschuldig. Das wusste die ganze Klasse. Die Dummheit des Lehrers Sabadani war der Grund. Er war ein unberechenbarer Zwerg. Sein Erdkundeunterricht war in der Schule bekannt als der langweiligste. Nach sechs Jahren verließen wir diese verdammte Schule. Wir wussten die Länge der wichtigsten Flüsse der Welt und die Höhe aller berühmten Berge auswendig, aber von der Erde und ihren Völkern hatten wir keine Ahnung. Wie können eine Milliarde Chinesen so friedlich in einem Land leben? Warum sind die Japaner so erfolgreich? Warum haben Länder in Nordafrika so linealgerade Grenzen? Warum leben Menschen in der Eiseskälte? Warum sind die Menschen in Ländern, die an Rohstoffen so reich sind, so arm? Warum ertragen die Nomaden den Durst der Wüste? Was essen die Inder? Wie trauern die Schweden? Wie feiern die Südafrikaner? Warum sind die Deutschen so ernst? Gibt es überhaupt Inder, Nigerianer und Südafrikaner oder sind in jedem dieser Länder mehrere Völker? Das ist Erdkunde.

Von den fünfzig Kindern unseres Jahrganges schafften es nur fünf, in die Oberschule zu kommen: Sami, ich und drei andere.

Ich dachte, das Schlagen würde mit der Grundschule verschwinden, aber auch in unserer neuen Schule wurden die Kinder mit Kopfnüssen, Ohrfeigen und Tritten traktiert. Die Lehrer drehten ihnen das Ohr um, zogen sie an den Haaren und ließen sie bis zur Erschöpfung mit dem Gesicht zur Wand und erhobenen Armen stehen.

Meine Mutter war einmal ungehalten, als ich zu Hause von der Quälerei erzählte, die ich an jenem Tag ertragen musste, und sagte, das seien keine Lehrer, sondern Folterer. Mein Vater wurde blass im Gesicht und rief: »Um Gottes willen, willst du uns in Schwierigkeiten bringen?« Er stand auf und schloss das Fenster. »Öffne es wieder. Ich sage nichts mehr«, flüsterte meine Mutter mit brüchiger Stimme.

Viele Schulen hielten sich an die Verordnung und quälten die Schüler nicht, aber unsere Schule schien auf einem anderen Planeten mit eigenen Gesetzen zu liegen.

Heute, ein Jahrzehnt später, weiß ich, diese Männer waren einfach Sadisten. Sie empfanden Genuss dabei, uns zu schlagen. Einige ließen sich vom Tischler sogar extra einen Stock herstellen mit einem runden, aufgerauten Griff, damit er fest in der Hand des Lehrers lag, und flach wie ein Schwert mit gerundeter Spitze. Mit solchen Stöcken schlugen die Lehrer auf die kleinen Hände der Schüler.

Onkel Elias, der Postbote, bei dem wir uns ständig ausweinten, sagte, diese Lehrer lebten selber im Elend. Er kenne sie alle und er bringe ihnen mehr Mahnungen und Strafbescheide als Liebesbriefe oder Gratulationen. »Und im Grunde schämen sie sich, in dieser Schule für arme Teufel zu unterrichten. Auch deshalb sind sie so erbarmungslos, nicht nur aus Hass, sondern auch, um sich über das Elend zu erheben. Ein weiser Lehrer hätte hier seine Liebe entfaltet, aber diese Trottel bilden sich ein, durch ihre Hochnäsigkeit sind sie etwas Besseres.«

Lehrer Sabadani war einer der Schlimmsten. Er sprang fast beim Schlagen, um die Schlagkraft zu erhöhen. Es sah wirklich komisch aus, denn von Schlag zu Schlag schwoll sein Gesicht an und wurde bald dunkelrot.

An jenem Tag war es eine Kollektivstrafe, die wir bekamen, denn außer drei, vier Strebern hatten alle anderen die Hausaufgabe entweder nicht gemacht oder eilig und schlecht ausgeführt. Der Lehrer ließ alle nach vorne an die Tafel kommen und teilte sie in zwei Gruppen: die »Verweigerer«, wie er sie nannte, standen links und die »Pfuscher« rechts. Sami gehörte zu den Pfuschern, ich zu den Verweigerern.

Die Aufgabe hatte darin bestanden, Ägyptens Landkarte farbig zu zeichnen. Ich hatte es schlicht vergessen. Sami hatte alles schön gemacht, das Mittelmeer im Norden und das Rote Meer im Osten blau, die Wüste in leuchtendem Gelb, die Städte durch rote Kreise genau platziert. Nur der Nil stimmte bei ihm nicht. Das war seine Sünde. Statt ihn mit einem blauen Strich vom Süden in den Norden zu zeichnen, der sich nahe dem Meer zu einem Delta verzweigt, ließ er den Nil durch erfundene Staudämme zwanzig kleinere Seen bilden und vom Osten nach Westen durch Ägypten fließen, bevor er ins Meer mündete.

»Was ist das?«, brüllte Sabadani.

»So wird der Nil nützlicher und Ägypten schöner«, sagte Sami stolz.

»Falsch!«, sprach Sabadani wie ein Roboter.

Nun stand die Preisliste fest: sechs Schläge auf die Hand für die Verweigerer und zwei für die Pfuscher. Sabadani nahm jeweils einen Schüler aus der rechten und danach einen aus der linken Gruppe und die Kinder jaulten ohrenbetäubend vor Schmerz. Es fehlte nicht an Theater: So schmiss sich Sarkis, der Sohn der Kioskbesitzers, nach jedem Schlag auf den Boden, wälzte sich und rief die heilige Maria zu Hilfe.

Sarkis war ein exzellenter Torwart, und seine Art, sich auf den Boden zu werfen, konnte kein anderer nachmachen. Er war der stärkste Schüler der Klasse, und deshalb wurde er beauftragt, die Klasse in Abwesenheit der Lehrer zu beaufsichtigen. Wie ich bereits erzählt habe, wurden diese Schüler Aufseher der Klasse genannt. Wer Krach machte, wurde aufgeschrieben und bekam vom Lehrer eine Strafe.

Das verlieh Sarkis eine zusätzliche Macht über uns, aber niemals gegenüber den Lehrern. Auch bei Sabadani nicht. Wenn Sarkis also sein Schauspiel aufführte, zog ihn Sabadani an den Schultern hoch. »Mein Sohn, das haben wir gleich hinter uns«, sagte er grinsend.

Dann kam Edward an die Reihe. Sein Vater war ein Geheimdienstler, der schon allen Regierungen Syriens gedient hat. Er war ein korrupter, gewissenloser Halunke. Edward war zart von Gestalt und hübsch wie ein Mädchen. Lehrer Sabadani kannte und fürchtete wie viele seinen Vater und hatte Angst, der könnte ihn mit der Beschuldigung verhaften, er habe unseren Präsidenten beschimpft und ihn Hosenkacker genannt. Und Edwards Vater hätte im Nu genug Zeugen dafür gehabt. Unsere Klasse wäre geschlossen aufgetreten und hätte bedenkenlos die Hand auf die Bibel gelegt und es geschworen. Dafür wäre Sabadani für Jahre im Gefängnis verschwunden, wo man ihm alle Karten der Welt mit Peitschen auf den Rücken tätowiert hätte.

»Ach, Edward. Auch du hast die Aufgabe nicht gemacht? Das glaube ich nicht. Du hast sie bestimmt zu Hause vergessen, nicht wahr?« Der Schüler nickte. »Dann wollen wir das gelten lassen, dafür gibt es als Erinnerung nur zwei Schläge, und die würde ...«, sagte er und schaute Sami an, »der gute Sami großzügig für dich übernehmen. Aber bitte vergiss nicht, die Aufgabe morgen mitzubringen. Geh auf deinen Platz.«

»Und nun zu dir, Sami. Was macht zwei plus zwei?«

Samis Gesicht verdüsterte sich. Er stand steif da, seine Hände hielt er hinter dem Rücken.

»Ah, du weißt es nicht? Streck deine rechte Hand aus und zähle mit mir«, befahl er. Sami schüttelte den Kopf. Seine wortlose Weigerung ließ die Klasse erstarren.

»Streck die Hand aus, hörst du schlecht?«, brüllte Sabadani so laut, dass der Direktor am Ende des kleinen Ganges die Worte mit Sicherheit verstehen konnte, wenn er nicht gerade taub war.

Sami schüttelte den Kopf. Da drehte Sabadani durch und schlug erbarmungslos auf ihn ein. »Raus mit dir! Raus!«, rief er mit Schaum vor dem Mund.

Sami ging vor Schmerz gebeugt zu seinem Platz, nahm seine Stofftasche, die als Schulranzen diente, und ging eiligen Schrittes nach Hause. Sabadani führte seine Strafen so gründlich aus, dass er, nachdem er über vierzig Schüler durchgeprügelt hatte, entkräftet an seinem Pult saß und wie ein alter Hund hechelte. Danach konnte er nur noch das Fenster anstieren und wir litten unter den Schmerzen der Schläge länger, als die Unterrichtstunde dauerte. Von Erdkunde war an diesem Tag keine Rede mehr.

Das war brutal und schwachsinnig gewesen, aber was danach kam, verschlug uns die Sprache. Kurz bevor wir nach Hause gingen, kam der oberste Sadist, der Direktor der Schule. Er war der Cousin des Bischofs, sonst wäre er nicht einmal als Schuhputzer geeignet gewesen. Sabadani musste ihm von Samis Rausschmiss erzählt haben.

»Kinder«, sagte er, »Sami wurde für eine Woche aus der Schule geworfen, weil er unverschämt war und den großartigen Lehrer Sabadani beleidigt hat. Ja, ich weiß, Kollege Sabadani ist gezwungen, hart zu sein, damit das Wissen in eure Köpfe dringt. Ich lege meine Hand ins Feuer für ihn. Sollte Sami noch einmal diese Unverschämtheit an den Tag legen, fliegt er endgültig von der Schule. Wer die Gnade nicht schätzt, dass ihr kostenlos lernen dürft, der verdient sie nicht.«

Das war aber Sarkis' Stunde. Nun muss man wissen, dass der Junge der Größte und Stärkste in der Klasse war. Er hat einmal sogar die kräftigen Zwillingsbrüder Schahin zu Boden geworfen, als sie ihn ärgerten. Seitdem kuschten sie, und Sarkis war von nun an der Samson der Klasse. Nie aber hätte man ihm eine solche Aktion zugetraut. Doch er liebte Sami mehr als seine eigenen Brüder. Die Idee hätte von mir kommen müssen, aber ich hatte viel zu viel Angst und auch gar keine Macht oder Autorität in der Klasse.

»Das war gemein gegenüber Sami«, sagte Sarkis am nächsten Tag in der Englischstunde, als wir auf den Lehrer warteten. Der junge Englischlehrer war seit Anfang des Jahres wie ausgewechselt. Kurz zuvor war seine Frau mit einem UNO-Offizier abgehauen, einfach so ohne Abschied und Erklärung. Er kam oft verspätet und manchmal gar nicht.

»Dass Sabadani Schiss vor deinem Vater hat, das wissen wir«, fuhr Sarkis fort und fixierte Edward mit seinem Blick. »Aber dass er dafür Sami mehr Schläge verpasst, ist gemein. Oder wie findest du das?«

Edward nickte ängstlich. Fünfzig Augenpaare richteten sich auf ihn und erwarteten nichts anderes.

»Brav«, belohnte Sarkis ihn jovial. »Ich habe die ganze Nacht nicht geschlafen und überlegt, wie man so einen dummen Lehrer und Petzer bestraft, ohne dass es für uns gefährlich wird, und ich habe einen guten Plan.« Und er erklärte uns seinen wirklich teuflischen Plan, den man mit wenigen Worten zusammenfassen kann: den Lehrer nicht zur Kenntnis zu nehmen, ihn wie Luft zu behandeln.

Zum Glück fehlte der Englischlehrer die ganze Stunde, und wir, die Schüler, übten und fanden heraus, dass es am besten war, wenn keiner lachte. Drei Mal konnten wir noch für jeweils eine Viertelstunde üben. Und sollte es uns auf diese Weise gelingen, Samis Rückkehr zu erzwingen, so wollte Sarkis als Aufseher der Klasse niemanden mehr aufschreiben. Das war nicht schlecht und merkwürdigerweise fürchtete Sarkis nicht einmal den Verrat durch einen Spitzel. Er mochte die Schule ohnehin nicht und wollte unbedingt eine Lehre bei seinem Vater in der Schlosserei anfangen.

Das war ein Schock für den Sadisten Sabadani am nächsten Tag. Er kam herein, die Klasse war ruhig, aber die Schüler unterhielten sich ernst und leise miteinander, als wäre

er gar nicht da. Sie schauten durch ihn hindurch und re-
deten weiter und Sabadani staunte. Er hörte Gesprächsfet-
zen, wie schlecht er sei, wie brutal er zuschlage und dass
man es langsam den Eltern erzählen müsse. Er rief wütend:
»Ruhe«, doch keiner beachtete ihn. Er schaute die Klasse an.
»Ja, was? Ja, was?«, murmelte er. Nichts veränderte sich. Er
klopfte kräftig auf das Pult, erst mit der Hand, dann mit
dem Stock, doch keiner zuckte auch nur mit der Wimper.
Total verunsichert stand er da. Dann sprang er vom hohen
Pult hinunter und packte Farid, den Sohn des Schusters, am
Kragen und schüttelte ihn, doch der schaute durch ihn hin-
durch.

»Um Gottes willen! Habt ihr was genommen, Kinder?«
Keine Antwort, stattdessen hörte er dauernd den Namen
Sami. Wie ein Echo ging der Name flüsternd durch die Reihen. »Ich hole den Direktor«, rief er, und man sah die Angst
in seinem Gesicht.

Als er mit dem Direktor herbeieilte, war die Klasse darauf vorbereitet. Die fünfzig Schüler standen auf und riefen:
»Guten Morgen, Herr Direktor, guten Morgen, Herr Sabadani«, und setzten sich artig.

»Was hast du denn?«, hörten sie den Direktor den Lehrer
leise, aber entnervt fragen.

»Ich schwöre es, sie waren wie unter Drogen«, sagte Sabadani verzweifelt und wurde immer kleiner, vielleicht wegen
des zornigen Blicks des Direktors.

»Ich weiß nicht, wer hier unter Drogen steht, aber ich habe Wichtigeres zu tun«, rief der und verließ die Klasse.

Im Nu kehrten wir Schüler zur ersten Phase zurück, wir beachteten den Lehrer nicht. Eine Viertelstunde versuchte er es gütig, erpresserisch, mild und streng, doch wir ignorierten ihn. Und von Minute zu Minute wuchs unser Mut, weil wir den Erfolg spürten. Sabadani zitterte regelrecht. Als Sabadani aber den Stock in die Hand nahm und rief: »Ich zähle bis drei, wenn ihr dann euer dummes Spiel weitertreibt, gibt es für jeden Schläge«, war er bereits am Ende. Er brauchte nur einen kleinen Stoß, damit er umfiel.

»Wenn Sie das machen, werde ich meinem Vater erzählen, dass Sie uns gesagt haben, unser Präsident ist dumm, weil er in Erdkunde nicht aufgepasst hat.« Wir hatten Edward diesen Satz eingebläut – ich hatte mit ihm zehn Mal geübt, bis er den Satz furchtlos aussprach. Sabadani hatte aber nicht vom Präsidenten, sondern allgemein von den arabischen Politikern gesprochen, doch wie sollte er das beweisen, wenn fünfzig Schüler Zeugen waren?

Sabadani brach zusammen. Wie ein Mehlsack saß er auf dem Stuhl und schaute verwirrt die Schüler an. Da stand Sarkis auf und ging festen Schrittes auf ihn zu, um ihm den Wunsch der Klasse ins Ohr zu flüstern. Er machte das mit englischer Höflichkeit.

Und so geschah es, dass eine halbe Stunde später der Pförtner zu Sami radelte und ihm mitteilte, er könne sofort in die Schule zurückkommen. Nichts anderes wollte Sami.

Als wir einen Tag später zu Onkel Elias gingen, strahlte er uns an. »Das habt ihr toll gemacht«, sagte er.

Meine Mutter hatte ihm alles stolz erzählt. Aber er wollte die Geschichte in all ihren Details von uns hören und servierte uns dafür Erdnüsse und Tee. Er schüttelte sich vor Lachen über das dumme Gesicht des Lehrers. Dann aber spielte er uns als Belohnung leidenschaftlich eine wunderschöne Melodie auf seiner Ud. Normalerweise tat er das nur, wenn wir ihm einen guten Kinofilm erzählt hatten. Als wir ihn darauf aufmerksam machten, lachte er. »Was ist Kino im Vergleich zu eurem Abenteuer? Dieser Sarkis ist ein genialer Regisseur.«

13.
Die Narbe der Liebe

oder

Wie Liebe als Verbrechen missverstanden wird

Sami konnte gut erzählen. Das war in der Gasse unumstritten. Damit eroberte er auch Amiras Herz. Erzählen ist ein Zauber, ja, ich bin sogar davon überzeugt, dass im Vergleich zu einem guten Erzähler jeder Zauberer im Zirkus blass erscheint. Beim Erzählen steht ein Mensch still, ohne Glitzer und doppelten Boden, und kann Kinder wie Erwachsene zum Lachen und Weinen bringen. Er entführt sie aus ihrer Stadt, aus den Fesseln von Trauer und Kummer, und sie wandern mit ihm in ferne Welten und sind plötzlich mit den Helden so vertraut, dass sie sich freuen, wenn diese glücklich werden, und mitleiden, wenn die Heldinnen und Helden Unrecht erfahren oder sterben. Das nennt man echten Zauber und nicht die Mogelei mit gezinkten Karten oder wenn jemand einen Hasen aus einem Zylinder herauszieht, in dem der Hase nie gesessen hat.

Sami verliebte sich irgendwann in Amira. Wir waren nicht älter als neun oder zehn. Das weiß ich deshalb so genau, weil wir danach nicht mehr mit unseren Müttern am Frauentag in den Hammam gehen durften. Als wäre das gestern geschehen, erinnere ich mich sehr genau daran, wie Sami neben mir auf dem Steinboden saß und sich einseifte, als er Amira erblickte. »Schau dir diesen Engel an«, sagte er.

Amira war schüchtern. Sie kam zum ersten Mal in unseren Hammam, sie war mit ihren Eltern erst vor ein paar Wochen in unser Viertel gezogen. Sie stammten aus einem christlichen Dorf in den Bergen. Als wir sie anschauten, hielt sie die Hand ihrer Mutter, und die ermunterte sie, zu uns zu gehen. Wir waren etwa zehn Kinder, Mädchen und Jungen, die im Kreis saßen, lachten und badeten. Amira wollte nicht, da führte die Mutter sie entschlossen zu uns und drückte mit beiden Händen liebevoll auf die Schultern der Tochter. »Hier kannst du sitzen. Und ihr Kinder«, wandte sie sich an uns, »ihr fresst meine schöne Amira nicht auf. Einverstanden?«

»Ja«, brüllten wir und lachten. Fünf Minuten später lauschten wir schon Samis Geschichte, die ihm angeblich ein Kutscher erzählt hatte. Sie war sehr spannend, und wenn der Gauner innehielt, knisterte die Luft vor Spannung. Amira hatte nur noch Augen für Sami.

Und von nun an kam sie jeden Mittwoch und die beiden verschwanden zusammen im weitläufigen Hammam. Seine und Amiras Mutter lachten vergnügt über die zwei, die Händchen hielten.

»Ich bin ein Teil von ihr. In Amira stecken drei Viertel von Sami«, sagte er mir nach einer Weile.

»Stecken ist gut«, erwiderte ich und lachte gemein.

»Nein, nicht, wie du denkst ... Ihr Name AMI-RA besteht zu drei Fünfteln aus drei Vierteln meines Namen S-AMI.«

Bis auf ihren Vater wusste alle Welt von den zwei Turteltauben. Ich erinnere mich heute nicht mehr, wie lange Amira und Sami ein verliebtes Paar blieben.

Sami erzählte mir auch, dass sie oft heimlich ins Kino gingen und sich dort im Dunkeln küssten. Sie schworen sich ewige Treue. Das hatten sie in den Liebesschnulzen gesehen, die in Damaskus zuhauf gezeigt wurden. Als ich später, nach dem dramatischen Ende dieser Liebe, den geknickten Sami damit tröstete, diese Liebesschwüre seien doch nur dazu da, die Tränen der Zuschauer zu melken, lächelte er, aber sein Lächeln konnte seine Verbitterung nicht verbergen. Nein, das sei nicht ganz richtig, sagte er. Er habe sich bei seinem Schwur, dass er nur Amira liebe, eher wie ein Indianer gefühlt, der eine Weiße liebe, denn Amira war fast blond. Und wenn er nicht Angst gehabt hätte, dass Amira ihn auslachen würde, hätte er diese Szene mit Blutsbrüderschaft besiegelt, wie man es in den Western und Indianerfilmen macht. »Schade«, sagte er und senkte seinen traurigen Blick, »dann hätte sie immerhin eine Narbe von mir.«

Als Amira etwa zwölf Jahre alt war, fuhr sie in den Sommerferien ins Dorf ihrer Eltern. Sie blieb den Sommer über dort und kam zu Schulbeginn völlig verändert zurück. Sami erfuhr von ihr, dass ihre Eltern sie mit einem Cousin verlobt hatten, der sieben Jahre älter war und die Bedingung ihres Vaters akzeptiert hatte, dass Amira erst heiraten durfte, wenn sie achtzehn Jahre wurde. »Bis dahin ist es noch eine Ewigkeit«, sagte Sami zu ihr. Beide beschlossen zu fliehen.

Ich fand das reichlich bedenklich, denn wohin sollten diese mittellosen Jugendlichen flüchten? Doch so weit kam es nicht.

Eines Tages gingen beide im fernen Suk al-Hamidije Eis essen. Beim Hinausgehen überfielen Sami zwei junge Männer und verletzten ihn mit einem Messer an der linken Schulter. Sein Glück war, dass die Klinge nicht tief eindrang. Vielleicht war das aber auch Absicht.

»Wenn wir dich noch einmal mit Amira erwischen, steckt das Messer bis zum Griff in deiner Brust, hast du verstanden?«, hatte der ältere der beiden ihm ins Gesicht gefaucht und ihn mit seinem Mundgeruch fast betäubt. Es waren Schläger im Auftrag des Bräutigams.

Das alles beeindruckte Sami nicht. Er hatte nun auch an der Schulter eine Narbe, doch es schmerzte ihn viel mehr, dass Amira ihn nie wieder treffen wollte. Nicht einmal auf der Gasse wollte sie mit ihm reden. »Als wäre ich verseucht«, sagte er wütend.

Das war aber übereilt und wie alles Übereilte ungerecht.

Erst meine und dann auch seine Mutter fanden heraus, dass Amiras Vater sie mit dem Tod bedrohte, sollte sie je wieder mit Sami sprechen. Ihr Bräutigam war der Sohn seines verstorbenen Bruders. Zwei Jahre später zog die Familie wieder von Damaskus weg.

14.

Der Traum der Raupe

oder
Wie man Hoffnungen zerstört

Es war in der siebten Klasse, als ich eine kurze Geschichte geschrieben und veröffentlicht hatte. »Veröffentlichen« ist vielleicht zu viel gesagt. Unser neuer Arabischlehrer, Farid Kabbani, kam auf die Idee, eine Wandzeitung in der Schule zu machen. Eines Tages brachte er eine dünne Holzplatte mit in die Klasse, sie war etwa zwei Meter breit und einen Meter hoch. »Das wird unsere Zeitung«, sagte er, und wir lachten blöd. Er erklärte uns aber geduldig, dass wir alle gemeinsam die Tafel mit Geschenk- und Schokoladenpapier, bunten Bildern aus Zeitschriften und Werbeprospekten als buntem Hintergrund bekleben sollten. Und dann dürfe sich jeder in der Klasse daran beteiligen. Es werde keine Noten dafür geben. Die Wandzeitung würde sicher bald bekannt werden, weil sie interessant und vielleicht sogar lustig werde.

Von ungefähr vierzig Schülern meldeten sich fünfzehn für das Schreiben und drei für die Gestaltung. Einer von ihnen, Bassam, der Sohn eines armen Kalligraphen, wurde später ein berühmter Designer. Er übernahm die Aufgabe, die Überschriften der Geschichten und Artikel schön und bunt zu kalligraphieren. Manche schrieben Witze. Und ich entschied mich für eine Kurzgeschichte über eine Raupe, die im letzten Augenblick ihres Daseins, und noch während sie sich verpuppt, schon weiß, wie sie sich als Schmetterling aus dem Kokon befreien wird.

Der Text war eine Seite lang. Ich nannte die Geschichte pathetisch: *Ich will frei sein.* Der Lehrer lobte die Geschichte, empfahl mir aber, den Titel *Der Traum der Raupe* zu nehmen. Und er meinte, ich solle das Ende der Geschichte offen lassen, denn ich hätte, wie alle Kinder der Welt, ein Happy End für die Raupe gewünscht und geschrieben.

»Soll sie denn im Kokon sterben?«, fragte ich.

»Nein«, erwiderte er. »Das ist zu dramatisch. Unterbrich die Geschichte einfach dort, wo die Raupe gerade mit dem Weben ihres Kokons fertig ist und vom Schmetterlingsflug träumt«, sagte er, dachte kurz nach und sagte dann einen Satz, den ich erst Jahrzehnte später verstehen sollte: »Wir träumen alle davon, Schmetterlinge zu werden, doch man will uns nur als Raupen leben lassen.«

Mehr sagte er nicht. Erst später begriff ich, dass die Herrschenden unseren Kokon wollen, den wir fleißig produzieren. Ein Schmetterling aber zerstört den Kokon und fliegt. Er ist unschuldig, weil die Sonne und die frische Luft ihn verführen, aus dem dunklen, engen Kokon auszubrechen.

Doch seine Freiheit kostet die Herrscher den gewinnträchtigen Seidenfaden.

Nicht nur mit mir redete der Lehrer so, er besprach auch jeden anderen Text mit dessen Autor, korrigierte die letzte Fassung und ließ sie dann von den Schülern mit der schönsten Schrift abschreiben. Nach zwei Wochen hatten wir Schlussredaktion und staunten, wie schön die Wandzeitung aussah. Wir nannten sie »Haltestelle«, weil an den Bushaltestellen oft Plakate, Bilder, Werbung und Sprüche zu sehen sind. »Haltestelle« ist im Arabischen (Maukef) auch ein Synonym für Haltung. Wir klebten alles fest und hängten die Holzplatte feierlich an die Wand, in den vor Wind und Wetter geschützten Innenhof der Schule.

Am nächsten Tag glaubte ich meinen Augen nicht: Schüler und Lehrer drängelten sich vor der Zeitung. Und das blieb auch so in den nächsten Wochen. »Wir machen im Monat eine Nummer«, erklärte uns unser Arabischlehrer seinen Plan. »Die Redaktion muss nicht alles selbst schreiben, sondern kann auch Beiträge der Schüler aus anderen Klassen annehmen und beurteilen oder Wartelisten für gute Themen machen, die keinen Platz finden.« Wir staunten nicht schlecht über seine Prophezeiung, denn Tage später regnete es Witze, Geschichten, Tagebuchnotizen, kritische Texte über Lehrer und miserable Zustände an der Schule. »Ihr sollt selber entscheiden, was passt und was nicht. Seid ein wenig streng, denn ihr tretet für die Qualität und den

Ruf der Zeitung ein und dürft nicht für eure Freunde parteiisch sein. Es hilft auch euren Freunden nicht, wenn ihre Geschichten schlecht und die Witze geschmacklos sind. Nur über eines dürft ihr nicht schreiben – Politik«, sagte Herr Kabbani.

Von nun an schrieb ich nicht mehr, sondern lernte mit Genuss, wie man Texte beurteilt. Der Lehrer Kabbani begleitete uns bei jeder Redaktionssitzung und die Wandzeitung konnte nach ein paar Monaten zwei Mal im Monat erscheinen. Beiträge gab es mehr als genug.

Dann geschah es eines trüben Tages: Wir merkten am frühen Morgen erst nicht, dass die Wandzeitung verschwunden war. Lehrer Kabbani kam in die Klasse und brachte die Zeitung mit. Er sah blass aus.

»Der Pförtner war so freundlich und hat die Zeitung von der Wand heruntergeholt, bevor sie der Direktor sieht. Schaut euch das an«, sagte er und stellte die Holzplatte auf das Pult, sodass wir alle sehen und lesen konnten, wie einer an mehreren Stellen die Artikel mit seinen getippten Beiträgen überklebt hatte. Es waren Beschimpfungen gegen Christen, gegen die Regierung und vulgäre Beleidigungen der Frau des Präsidenten. Vier oder fünf kurze Beiträge waren es. Alle sauber getippt und mit dem Pseudonym Seif al Islam, also Schwert des Islam, unterschrieben.

Wir klebten Fotos und Karikaturen über diese Beleidigungen und hängten die Wandzeitung wieder im Innenhof auf. Doch zwei Wochen später war die neue Ausgabe mit noch mehr Sprüchen und Beschimpfungen gegen das Regime und den »ungläubigen Lehrer« übersät. Diesmal ging der Pförtner direkt zum Direktor, der die Wandzeitung verbot.

Ich habe selten so viel Hass gegen die Islamisten erlebt wie in meiner Klasse damals. Herr Kabbani schwieg wie ein Grab. Er nickte nicht einmal, als Sami ihn fragte, ob er glaube, die Täter seien Islamisten. Er schaute mit unendlich traurigen Augen in die Ferne.

Im nächsten Jahr kam Farid Kabbani nicht wieder, und wie ich von einem seiner Verwandten hörte, fand er eine lukrative Stelle in Kuwait. Von nun an herrschte drei Jahre Wüste im Arabischunterricht: Grammatik, Auswendiglernen von langen Gedichten aus dem siebten Jahrhundert und dergleichen. Bis Adel Fahman kam. Sami und ich waren inzwischen in der zehnten Klasse, zwei Jahre vor dem Abitur, als dieser merkwürdige Lehrer in unserer Schule auftauchte.

Vom ersten Augenblick an eroberte er unsere Herzen. Er stammte aus Aleppo. Sein Vater war Syrer, seine Mutter Französin. Er wollte weder in den Golf gehen noch nach Frankreich, sondern gezielt arme Schüler unterrichten.

Er beschimpfte keinen von uns, zeigte auch keinen beim Schuldirektor an und übte mit uns auf so lustige Art und Weise Grammatik, dass wir bald Spaß daran hatten. Wir durften Gedichte erfinden und Geschichten erzählen. Dass unsere Klasse auf die Pause verzichtete, um länger bei ihm zu bleiben, gehörte zu den Weltwundern.

Ich weiß nicht, wie er es schaffte, die Genehmigung für eine Theatergruppe zu kriegen, doch bald konnte er sich kaum noch retten vor dem Andrang der Schüler, die alle mitspielen wollten, obwohl das Üben auf Kosten der freien Zeit nach der Schule ging. Dreimal die Woche spielten wir, Sami und ich, mit. Und der Lehrer kitzelte unsere schauspielerische Spiellust und Begeisterung bei jeder Übung heraus. Er gab sich nicht leicht zufrieden und pochte auf Perfektion. Und all das machte er so geschickt, dass jeder von uns den Wunsch verspürte, seine Rolle so gut wie möglich zu spielen.

Das Stück war eine Komödie über Heiratsschwindler. Der Direktor lobte den Lehrer, als der nach einem halben Jahr das Stück uraufführte. Unsere Eltern durften dabei sein und so war die große Aula mit fünfhundert Plätzen zum Bersten voll. Über siebzig Zuschauer standen sogar entlang der Wände, weil es keinen Platz mehr für Stühle gab. Wir spielten alle leidenschaftlich und es gab so viel Beifall, so viel Lachen wie noch nie seit Gründung der Schule.

Der Schule wurde vom Kultusminister gratuliert. Da wusste ich, das konnte nicht mehr lange gut gehen. Woher ich das wusste, kann ich bis heute nicht erklären. Ob ihn Neider denunzierten oder der Geheimdienst unseren Arabischlehrer für gefährlich hielt, blieb ein Rätsel.

Wir begannen also nach unserem Erfolg ein neues Theaterstück vorzubereiten. Es ging um einen Prozess, in dem alle Zeugen lügen. Der Richter ist aber ein Schlitzohr und findet durch Frage und Antwort die Wahrheit heraus. Es war ein lustiges Stück über Wahrheit und Lüge. Das Stück sollte zum Abschluss des Schuljahres gezeigt werden und wir übten so leidenschaftlich wie nie.

Anfang Juni, kurz vor Ende des Schuljahres, verschwand unser Lehrer Adel Fahman. Es hieß offiziell, er sei krank. Sami und ich aber wussten, wo er wohnte, weil wir ihn mehrmals besucht hatten, und gingen dorthin. Er lebte als Mieter in einem bescheidenen Zimmer. Die Wirtin, eine alte Witwe, erkannte uns. Sie erwiderte, ganz blass, unseren Gruß. Als wir uns nach unserem Lehrer erkundigten, begann sie bitterlich zu weinen. »Sie haben ihn in der Morgendämmerung abgeholt«, flüsterte sie. Sie mochte den Lehrer. Wir umarmten die alte Frau und gingen wie geschlagene Hunde nach Hause zurück. Ohne Abschied trennten Sami und ich uns in unserer Gasse.

In der elften Klasse interessierte mich die arabische Sprache dann nicht mehr. Wir, Sami und ich, hatten uns seit der achten Klasse mit Computern beschäftigt und in den drei Monaten der Sommerferien in verschiedenen Computerläden gejobbt. Zwei Jahre später hatte jeder von uns einen eigenen Computer, es gab viele gute gebrauchte Exemplare, weil die Leute immer das Neueste haben wollten. Wir rüsteten unsere Geräte auch sehr gut auf, alles kostenlos, mit Teilen von abgestoßenen Apparaten.

Sami wurde langsam zum Internetexperten. Er lernte tausendundeinen Trick, wie man die staatliche Kontrolle überlistete. Ich war der Mann für die Hardware. In der zehnten und elften Klasse wussten wir so viel, dass wir bei den anderen als Experten galten, und das machte die Schule für uns wieder erträglich. Wir verdienten Geld mit PC-Spielen und mit Reparaturen von Computern und verrieten keinem, wie gut wir uns schon auskannten – aus Angst vor Spitzeln.

Für Sami und mich öffnete sich durch den Computer und das Internet ein Fenster in eine Welt ohne Zensur. Wir lernten täglich mehr. Die Schule und das Lernen für die Prüfungen interessierte uns nicht mehr. Wir blieben zwar im Mittelfeld, aber nur, um die Schule erfolgreich zu Ende zu bringen.

15.

Der Taschentrickser und der Schläger

oder

Wie man zu seinem Brot kommt

Sami lachte gerne, aber so wie an jenem Tag habe ich ihn nie zuvor und nie wieder danach lachen hören. Ich weiß es noch, als wenn es gestern gewesen wäre. Wir hatten am Vortag einem reichen Arzt beim Umzug geholfen und er zeigte sich großzügig. Seine Frau schenkte Sami auch noch Vitamintabletten. Also beschlossen wir, Onkel Elias zu einem Tee und einer Kleinigkeit zu essen in das kleine Restaurant nahe unserer Gasse einzuladen. Sami sollte die Einladung aussprechen, da sich der stolze Postbote – weil er arm war – von niemandem, ausgenommen Sami, ein Essen im Restaurant spendieren ließ. Er habe keine Lust, war seine erste Reaktion, aber Sami musste ihm nur einmal über den Kopf streichen, schon gab der alte Mann nach, weil er angeblich einen kleinen Hunger in einer Ecke seines Magens entdeckt hatte.

Im Restaurant schlugen wir uns zu dritt die Bäuche mit Falafel und Hommos voll und tranken Tee. Onkel Elias lobte uns auf dem Rückweg für unsere Großzügigkeit. Als wir in unsere Gasse einbogen, sahen wir eine Menge Nachbarn, die sich um einen Zauberer versammelt hatten. Auch die Fenster im ersten Stock der umliegenden Häuser waren besetzt mit alten und jungen Zuschauern.

Mich und Sami haben solche Taschentrickser nie interessiert. Wir wollten uns gerade den Weg durch die Zuschauer bahnen, da packte uns Onkel Elias am Arm. »Wartet, wartet. Ich kenne den Kerl. Er ist einer der Besten«, sagte er. Und wenn der ewig skeptische Onkel Elias jemanden gut fand, so musste er einmalig sein, also lohnte es sich allemal, haltzumachen.

Wir standen ziemlich günstig. Als ich dem Mann zuguckte, schoss mir ein Spruch meiner Mutter durch den Kopf: »Wer in unserer Gasse ein Publikum überzeugt«, hatte sie einmal gesagt, »der kann auch auf der größten Bühne in New York auftreten.« Meine Mutter war nie in New York gewesen und wusste nur, dass diese Stadt in Amerika sehr groß war, aber sie kannte die Leute meiner Gasse – die geborenen Besserwisser. Und sie hat nicht übertrieben: Willst du bei uns ein Mädchen mit einer Geschichte oder einem Kartentrick beeindrucken, wirst du dauernd unterbrochen und lächerlich gemacht, sodass du am Ende zusammensackst und aufgibst. Auch deshalb erlebten wir hier selten einen Straßenzauberer oder Trickspieler, denn der eine würde in unserer Gasse keinen Zauber vollbringen und der andere eher sein Geld verlieren, als Leute um ihre Groschen bringen.

An jenem Tag war es genauso. Der hagere, kleine Mann führte ein paar gute Taschenspielertricks vor, aber seine Zuschauer waren weder bereit, etwas Geld zu spenden, noch, den Mund zu halten. Die meisten wussten angeblich, wie alle seine Tricks funktionieren. Man merkte seinen Ärger. Ein beleibter Nachbar setzte dann noch eins drauf: »Das kannst du deiner kurzsichtigen Großmutter vorführen«, rief er ihm zu, und alle lachten. Auch wir beide. Nur Onkel Elias nicht.

Langsam hatte der Straßenzauberer die Nase voll, und er beschimpfte das undankbare Publikum: »Im Theater zahlt ihr Hornochsen viel Geld, um einfache Tricks zu sehen, der Zauberer steht weit weg von euch, hat einen Vorhang und eine Bühne, die mit Falltüren und Kisten mit doppeltem Boden ausgerüstet ist, und es gibt ein Licht, das euch blendet. Hier aber stehe ich mitten unter euch und werde von allen Seiten, sogar von oben, beobachtet«, rief er und zeigte auf die Frauen und Kinder, die in den Fenstern der Häuser lagen. »Und ich stehe auf dem Asphalt neben einer stinkenden Mülltonne und bemühe mich, aber ihr seid undankbare Barbaren.«

Gerade als der Zauberer diese Worte aussprach, drängte sich ein großer Mann durch die Zuschauermenge und stellte sich rücksichtslos und breitbeinig in die erste Reihe. Er war ein bekannter Schläger im Viertel, und man erzählte sich hinter vorgehaltener Hand, hauptberuflich sei er Folterer in den Gefängnissen des Geheimdienstes. Der Zauberer beäugte ihn und sah die Furcht in den Augen der Zuschauer. Er lächelte diabolisch.

»Jetzt passt gut auf«, sagte Onkel Elias, als hätte er das schon einmal erlebt oder den Blick des Gauners verstanden.

Der Zauberer beäugte den goldenen Ring am Finger des Mannes und rief laut: »Nun werdet ihr eine ganz besondere Nummer erleben. So etwas habt ihr noch nie gesehen.« Er machte eine kleine Pause und ließ seinen Blick langsam über die erstaunten Gesichter wandern, dann wandte er sich an den Schläger: »Gib mir deinen Ring, bitte.«

Der Muskelprotz zog langsam den Ring von seinem Finger, übergab ihn dem Zauberer und flüsterte ihm zu: »Pass auf, Junge, das ist ein Geschenk meines besten Freundes. Er wurde von Halunken kaltgemacht, und ich trage ihn so lange, bis ich die Bande erledigt habe. Kapiert? Wenn der Ring verschwindet, wirst du dein Gesicht nicht mehr erkennen.«

»Keine Sorge«, sagte der Zauberer, holte aus einem kleinen Jutesack einen Hammer, kniete sich mitten im Kreis der Zuschauer hin und schlug den Ring mit dem Hammer zu einem Klumpen.

Der Koloss erstarrte. »Was? Was machst du da?«, sagte er mit trockener Kehle und so leise, dass man ihn trotz der eintretenden Stille kaum hörte.

»Das Tollste kommt noch«, rief der Zauberer und warf den Klumpen mit großer Wucht in die Ferne über die niedrigen Häuser der Gasse. Die Zuschauer konnten kaum noch atmen. Man hörte einen unterdrückten Ruf: »Um Gottes willen, was ...?«

»Und nun, meine Damen und Herren, liebe Kinder«, rief der Zauberer heiter, »nun habe ich Hunger. Spendet mir ein deftiges Mittagessen und der Ring kommt zurück. Und Vorsicht, mein Herr«, sagte er und wandte sich an den blassen Koloss, »wenn du mir statt Essen eine Ohrfeige gibst, vergesse ich die komplizierte Zauberformel, und du hast den Ring für immer verloren. Da hilft dir mein zerknautschtes Gesicht auch nicht.«

Ein großer Tumult brach unter den Zuschauern aus. »Was will er? Essen? Das fehlt noch! Essen? Er spinnt, oder?«

Nur der Schläger war still und fahl im Gesicht. Plötzlich erwachte er, als er sah, wie sich einige Zuschauer in den hinteren Reihen leise davonstehlen wollten. »Hiergeblieben!«, brüllte er. Die Zuschauer erstarrten. »Der Mann hat recht. Jeder von euch, auch ihr da oben, spendiert etwas, sonst bekommt ihr es mit mir zu tun.« Totenstille! »Und du da«, sagte der Schläger zu einem blassen Jungen mit einer großen Mütze in seiner Nähe, »gehst herum und sammelst von jedem etwas ein, nur Kinder dürfen gratis zuschauen. Die Erwachsenen zahlen, und wenn einer nicht zahlen will, rufst du einfach: Hier! Ich kümmere mich dann drum und der Typ ist bald nicht mehr unter uns. Verstanden?«

Der Junge nickte und sah der Aufgabe fast freudig entgegen. Er ging mit der Mütze herum. Wir zahlten auch für Onkel Elias mit.

»Worauf wartet ihr da oben?«, rief der Koloss. »Oder soll ich eure Haustür in Stücke zerlegen? Ich will meinen Ring!«

Es vergingen keine drei Minuten, und es regnete aus den Fenstern kleine Münzen, die die Kinder einsammelten und dem Zauberer übergaben. Als der Junge mit der reichen Spende der Zuschauer zurückkehrte, nahm der Zauberer das Geld und stopfte es bis auf zehn Lira, die er dem Jungen gab, in die Tasche. »Hole mir zwei Spieße Kebab auf einem Brot«, sagte er. »Und grüß den Metzger und sag ihm, die Spieße sind für Abu Ali, dann macht er sie besonders gut. Ich will meinen Ring«, fügte der Koloss hinzu.

Der Junge kehrte bald mit den duftenden Spießen zurück. Der Zauberer aß seelenruhig, dann stand er auf und machte mit seiner rechten, zur Faust geballten Hand eine tanzende Bewegung durch die Luft, und als er sie öffnete, lag der kleine Metallklumpen in ihr. Der Zauberer schüttelte den Kopf unzufrieden. »Ich muss mich weiter bemühen, aber wir sind auf dem richtigen Weg.« Und er drehte sich und tanzte im Kreis. Er nahm den Klumpen in die Hand und schleuderte ihn über die Köpfe der Zuschauer in die Ferne. »Hole mir den richtigen Ring«, rief er hinter dem Klumpen her. Er klatschte in die Hände und ballte sie beide zu Fäusten.

»Klopf auf meine Hand«, befahl er dem Schläger, und der führte, wie ein gut erzogener Junge, aus, wie ihm gesagt wurde. Der Zauberer öffnete die Hand und der schöne goldene Ring war für alle sichtbar. Der Koloss lächelte, nahm den Ring an sich, und noch bevor er sich richtig freuen konnte, war der Zauberer weg. Mit eiligen Schritten verließ er unsere Gasse.

»Ein verflucht kluger Teufel. Er hat uns alle verarscht«, sagte der dicke Nachbar, der vorher dem Zauberer so giftig geraten hatte, seiner kurzsichtigen Oma die Tricks vorzuführen.

»Nein«, antwortete ich. »Es war seine Aufnahmeprüfung für ein Theater in New York.«

Da explodierte Sami vor Lachen, erst leise, dann immer lauter, bald konnte er nicht mehr stehen. Er setzte sich auf den Boden und lachte und lachte.

»Was hat er denn?«, fragte der Koloss, als Samis Lachen auch die anderen ansteckte.

Onkel Elias antwortete mit gespielt sorgenvollem Gesicht: »Ein Anfall ... der Junge hat immer wieder solche Anfälle, wenn er das Wort New York hört. Das ist erblich.«

Bei diesen Worten lachte Sami noch heftiger, dass sogar ich bald Angst um ihn hatte.

16.

Girgis Beichte

oder

Wenn eine Strafe Freude macht

Sami und ich bekamen eine Strafe. Heute weiß ich nicht mehr genau, weshalb, aber die Strafe und was wir erlebt haben vergesse ich nie. Ich vermute, dass wir im Unterricht gelacht haben. Pfarrer Markos hasste das Lachen. Er betrachtete das Leben auf Erden als eine Kette von Qualen und eine einzige Buße für die Erbsünde und alle anderen Sünden der Menschheit. Deshalb verachtete er Lachen, gutes Essen, Spielen und andere Vergnügungen.

Am Samstag sollten wir zur Strafe der Putzfrau helfen, die Kirche zu reinigen, da am darauffolgenden Tag der Palmsonntag groß gefeiert werden und alles glänzen sollte. Im Falle einer Weigerung gäbe es Notenabzug. Unsere mageren Noten aber vertrugen keine Diät.

Nun, ich habe dir von so vielen Ähnlichkeiten zwischen Sami und mir erzählt, aber in einem Punkt, einer Eigenschaft, waren wir grundverschieden – er war ein Langschläfer. Ich war und bin dagegen Frühaufsteher. Meine Mutter erzählte mir, ich hätte bereits als Baby wenig geschlafen, immer wach dagelegen und hätte das Licht im Innenhof verzaubert angeschaut.

Es ist auch ein besonderes Licht, und Damaskus sieht am schönsten in der Morgendämmerung aus, der Stunde der Unschuld, wie ich sie nenne, wenn man gerade anfängt, einen schwarzen von einem weißen Faden zu unterscheiden. Auch der uralte Jasminstrauch in unserem Innenhof duftete nur am Morgen so rein wie die Seele der Babys, danach bedeckten die aufdringlichen Zwiebel-, Knoblauch- und Bratölfahnen seine schüchternen Liebeserklärungen. Als ich erwachsen wurde, schlich ich mich manchmal leise aus dem Haus und der Stadt hinaus, um einen Blick zurück zu werfen und zu erleben, wie Damaskus aufwacht. Die Muezzin und die Glocken der Kirchen waren ihr Wecker.

An jenem besagten Samstag tat ich das auch. Und nach einem ausgiebigen Spaziergang klopfte ich bei Sami. Seine Mutter wunderte sich. Es war gerade kurz nach sieben.

»Weck ihn lieber selber. Nur bei dir motzt er nicht. Aber sag mal, was für ein Abenteuer steht uns denn wieder bevor?«, fragte sie. In diesem *uns* steckte alles.

»Wir gehen in die Kirche«, antwortete ich. Seine Mutter hielt kurz inne und musterte mich skeptisch. Sie dachte wohl, wir gingen zum Gottesdienst. Das hatte ich nicht gesagt, aber ich ließ sie in dem Glauben.

Um acht Uhr kamen wir zur Kirche. Der Kirchendiener versprach, uns am Ende der Arbeit eine Bestätigung auszustellen. Die Putzfrau musterte uns mit scharfem Blick. »Warum sollt ihr mir helfen?«, fragte sie misstrauisch, als wären wir der erste Schritt zu ihrer baldigen Arbeitslosigkeit.

»Weil wir im Religionsunterricht gelacht haben.«

Ihr Blick veränderte sich augenblicklich und strahlte Mitleid und Zärtlichkeit aus. »Fürs Lachen wird man bestraft! Heilige Maria, das sind schlechte Zeiten. Dann putzt ihr zuerst den Raum für Beichtstühle, denn ab neun kommen die Gläubigen, danach putzt ihr die Sakristei, und wenn ihr fertig seid, geht ihr nach Hause zum Spielen, Jungs«, sagte sie und lächelte uns an. Und wir hörten, wie sie leise auf die Schule schimpfte, die das Lachen bestrafte. »Wenn Jesus das nur hören würde«, seufzte sie empört.

In unserer katholischen Kirche in Damaskus standen die Beichtstühle nicht wie in Deutschland an der Seitenwand im Kirchenraum. Sie waren in einem kleinen Raum an der Seite untergebracht, der einen eigenen Eingang direkt vom Kirchhof hatte. Der Raum war einst ein Teil der Sakristei gewesen, man hatte ihn aber mit einer Holzwand abgetrennt, die so angestrichen war, als wäre sie aus Stein. Sami und ich putzten also den schmutzigen Steinboden im Beichtraum, aber mit Besen, Bodenlappen und Wasser brachten wir ihn wieder zum Glänzen.

Bald kamen die Gläubigen. Wir waren inzwischen in der

Sakristei und hörten den Lärm, und als die Stimmen in leises Murmeln übergingen, wussten wir, dass die beiden Pfarrer in den Beichtstühlen Platz genommen hatten. Der eine Beichtstuhl war etwas weiter weg, aber der andere stand unmittelbar vor der Holzwand. In ihm hockte Pfarrer Gabriel, ein strenger und oft lauter Pfarrer, den alle Schüler fürchteten. Wir konnten alles mithören, was gesprochen wurde, denn in der Sakristei waren wir alleine. Der Raum war nun sauber, wir liefen herum und wischten den unsichtbaren Staub von den Tischen, Stühlen, Schränken und Fensterbänken. Wir erkannten die Stimmen der Beichtenden kaum, und manche sprachen so leise, dass wir nur aus den Kommentaren des Pfarrers ahnen konnten, wie schwer die Sünde war.

Es gab eine Preisliste – für jede Sünde ein bestimmtes Gebet: Gegrüßet seist du, Maria, Vaterunser, Bußgebet. Die leichteste Strafe war fürs Obstklauen. Ich habe oft gebeichtet, ich hätte einen Apfel vom Baum der Nachbarn geklaut: »Einmal Gegrüßet seist du, Maria und einmal Bußgebet«, sagte der Pfarrer darauf. In unserer Nachbarschaft gab es aber keinen einzigen Apfelbaum. Doch bis heute mag ich keine Äpfel. Sie erinnern mich an meine Lügen. Wie auch immer, wir horchten und rätselten, welche Sünden die Leute wohl erzählt haben mochten, wenn sie zu leise waren, um sie zu verstehen

Dann aber kam der schwerhörige Steinmetz Georg, den

alle Girgi nannten. Er war angeblich der Schulkamerad von Pfarrer Gabriel. Trotzdem erlaubte der Pfarrer niemandem, ihn im Beichtstuhl mit seinem Namen anzusprechen.

»Herr Pfarrer, ich habe diese Woche nicht gesündigt.«

»Hast du nie geschimpft oder geflucht? Denk nach, vielleicht im Suff oder im Zorn?«, wollte der Pfarrer nachhelfen.

»Ich!!! Ich trinke nie!«

»Hast du deine Frau nicht betrogen?«

»Nein, um Gottes willen, das tue ich nie«, antwortete der Steinmetz so laut, als wolle er diese Nachricht seiner Frau ohne Internet zukommen lassen.

»Ich weiß, die Zeiten sind schlecht und du bist seit einer Weile arbeitslos. Hast du in deiner Not etwas gestohlen?«, versuchte der Pfarrer, ihm eine Sünde schmackhaft zu machen.

»Lieber verhungere ich«, erwiderte Girgi.

»Dann rufe ich den Kirchendiener Josef, er soll dich auf dem Altar aufstellen als neuen Heiligen. Oder hast du irgendeine Sünde begangen?«

»Ich begehe immer nur eine Sünde, Herr Pfarrer.«

»Und die wäre?«, fragte der Pfarrer.

»Ich lüge gern«, antwortete Girgi, und wir mussten uns den Mund mit beiden Händen zuhalten, damit unser Lachen die Trennwand nicht umwarf.

Sami und ich hörten fast eine Stunde lang Sünden. Es war eine spannende Erfahrung. Wir überlegten uns, im Religionsunterricht öfter zu lachen, aber wir fürchteten, Pfarrer Markos käme dahinter, und dann bekämen wir eine wirklich schlimme Strafe.

Im Nachhinein denke ich, solch ein Pfarrer verlängert den Weg zu Gott, statt ihn zu verkürzen. Er ist nicht fromm, sondern frömmelt, denn es steht in keinem Evangelium: »Sei schlecht gelaunt«. Jesus hat Kinder über alles geliebt und Kinder lieben das Lachen.

Als wir Onkel Elias von Girgis Beichte erzählten, lachte er. Er sei zwar katholisch und manchmal besuche er den Gottesdienst, aber er gehe nie beichten, sagte er. Wieso sollte ein beschränkter Mensch, wie es die Mehrheit der Pfarrer war, zwischen ihm und Gott vermitteln? »Außerdem glaube ich nicht an die Hölle. Die Vorstellung von der ewigen Qual in der Hölle kann nur ein wahnsinniger Despot erfunden haben, denn was wäre das für ein gerechter Gott, der einen Menschen für ein miserables, kurzes Leben mit ein paar Sünden zu einer grenzenlosen und ewig andauernden Qual verurteilt?«

17.

Die Prophezeiung des Süßigkeitenverkäufers

oder

Warum ein Chinese vom Erdbeben sprach

Der Unterschied zwischen einem Propheten und einem Angeber ist, der Prophet weiß etwas im Voraus, der Angeber im Nachhinein. So war es auch mit dem Aufstand der Syrer, der im März 2011 ausbrach. Viele behaupteten im Nachhinein, sie hätten das kommen sehen und sogar vorhergesagt. Alles gelogen. Niemand hat das gewusst, nicht einmal die fünfzehn Geheimdienste des Regimes, die unsere Fürze zählten.

Und doch hat es einer sogar viele Jahre im Voraus bei einem epileptischen Anfall gesehen und beim Erwachen erzählt: Hassan der Süßigkeitenverkäufer.

Hassan lag an diesem Tag in seinem weißen Gewand am Boden. Sami und Onkel Elias waren vor mir da, denn ich musste an diesem Tag meine Mutter zum Gemüsemarkt begleiten, ich sollte ihr beim Tragen helfen. Sie wollte eine Menge Gurken und Rüben kaufen, um sie sauer einzulegen, und auf dem Markt waren Gemüse und Obst dreißig, vierzig Prozent billiger als beim Gemüsehändler in der Nähe.

Ich brachte die Körbe mit dem Gemüse nach Hause und beeilte mich, um zu den Leuten zu kommen, die sich um den bewusstlosen Hassan versammelt hatten, nicht weit von dem Hof, wo Sami wohnte. Wie ich später erfuhr, war Sami auf dem Weg zu seinem Onkel Burhan, um ihm im »Café M« zu helfen. Von diesem außergewöhnlichen Café erzähle ich dir noch … Hassan lag auf dem Boden und zuckte heftig, sein Kasten mit den Süßigkeiten war an der Seite abgestellt. Der Postbote Elias stand neben der Nachbarin Afifa.

Hassan war ganz anders als alle Straßenverkäufer der Stadt. Er war immer glatt rasiert, trug ein schneeweißes Gewand und balancierte auf dem Kopf einen glänzenden Kasten aus Metall und geschliffenem Glas, in dem auf mehreren Glasböden winzige Portionen seiner Süßigkeiten nebeneinander aufgereiht waren. Wie ein Juwel blitzte der Kasten auf seinem Kopf und wie bunte Edelsteine sahen seine Leckereien aus. Sein Singsang und sein Lobpreisen verkündete schon aus weiter Ferne seine Ankunft.

Wenn jemand etwas kaufen wollte, stellte Hassan den Kasten auf ein aufklappbares Gestell aus dünnen weißen Metallrohren, er trug es die ganze Zeit auf der Schulter, ohne dass man seinem Gang etwas anmerkte. Wenn Hassan die Tür des Glaskastens aufklappte, schaute er selbst fast verliebt seine Süßigkeiten an. Er trug immer weiße Glacéhandschuhe, und trotzdem berührte er die Sachen niemals mit der Hand, sondern nahm sie mit einer silbernen Zange und legte sie dem Kunden auf ein kleines Stück Pergamentpapier.

Er besang seine Süßigkeiten ganz leise und im Gegensatz zu den anderen Straßenverkäufern nie auf Arabisch, sondern auf Französisch, Italienisch oder Spanisch. Seine arabische Aussprache hatte eine irakische Färbung. Angeblich waren seine Eltern vor Jahrzehnten schon von Bagdad nach Damaskus ausgewandert. Man hielt seine Sprachkünste für Schwindel, aber mehrere Nachbarn, die Spanisch oder Französisch sprechen konnten, bestätigten, dass sein Englisch, Französisch und Spanisch charmant, fehlerfrei und fast literarisch waren.

Hassan verlangte viel für seine Süßigkeiten und bekam, was er verlangte, weil sie exzellent schmeckten. Er sprach ein seltsames Arabisch, das nur aus Sprüchen und Sprichwörtern zu bestehen schien. »Bei mir kaufst du Klasse, bei den anderen Masse«; »Das Teure bereut deine Tasche, das Billige dein Gaumen«, »Genieß dein Geld, solange du lebst, Tote nehmen nichts mit«, so sprach er selbstbewusst, aber im Singsang, damit sich niemand belehrt fühlte. Die Leute lachten, und manche, vor allem die Wohlhabenden, kauften, manchmal auch viel.

Man erzählte sich einige Geschichten über den Mann. Er sei einmal irakischer Botschafter in Italien, Frankreich und Spanien gewesen, hätte sich bei einem Urlaub in Damaskus in eine Frau unsterblich verliebt, sei aber plötzlich schwer erkrankt. Als er aus dem Krankenhaus kam, war die Frau verschwunden. Er wusste nichts als ihren Namen, den er niemandem verriet, und dass sie Süßigkeiten abgöttisch liebte. Seitdem ginge er durch die Straßen und suchte sie und hoffte, sie würde seine Stimme erkennen. Er zog sich deshalb immer elegant an, damit er ihr jederzeit begegnen konnte, ohne sich genieren zu müssen.

»Er sprach mit mir gerade über die Süßigkeiten, die ich ausgewählt hatte, und plötzlich verdrehte er die Augen und fiel wie vom Blitz getroffen zu Boden«, erzählte Afifa, die wohlhabende Nachbarin, jedem Neuankömmling immer wieder aufs Neue. Sie war blass und fühlte sich mitschuldig.

Zwei Kinder nahmen sich Süßigkeiten aus dem Kasten und stopften sie eilig in den Mund. Onkel Elias ertappte sie, gab ihnen eine kräftige Kopfnuss und verschloss den Kasten. Die zwei brachten sich in Sicherheit und verfluchten mit vollem Mund die längst verstorbene Mutter des Postboten, der sie geschlagen hatte. Der Größere fragte Onkel Elias laut, wer ihn denn als Leibwächter für den Muslim angestellt habe.

Ein kleiner Chinese gesellte sich zu den Versammelten, der wie viele seiner Landsleute einen Bauchladen mit Billigwaren aus China hatte. Erschrocken starrte er den immer noch am Boden liegenden Mann an. Hassan zuckte und stieß fürchterliche Schreie aus. Es hörte sich an wie der letzte Schrei von Lämmern, die geschlachtet werden. Seinen Körper ergriff eine Steifheit, als ob unter dem Asphalt ein Magnet läge, der ihn nicht loslassen wollte. Immer wieder erfasste ihn starkes Zittern, als wäre er an Strom angeschlossen. Leise Töne entwichen seinem Mund, vom Knirschen seiner Zähne begleitet. Sein Speichel bildete Blasen vor den Lippen und floss seitlich über seine Wangen. Die Pupillen flüchteten, verzogen sich nach hinten ins Dunkle, als fürchteten sie das Licht, nur das Weiß lag in seinen weit geöffneten Augen.

Ein Nachbar stopfte ihm einen Knebel aus einem Handtuch zwischen die Zähne. »Sonst beißt er sich die Zunge ab.« Ein älterer Mann rannte in seine nahe gelegene Wohnung und kam mit einem großen Messer zurück. Er kniete sich über den zuckenden Mann und zog einen Halbkreis um den Kopf des Ohnmächtigen, dabei streifte das Messer über den Asphalt und die kleinen Steinsplitter sprühten Funken. Dann stach der Mann genau über dem Kopf auf ein unsichtbares Etwas ein, das scheinbar den Mann quälte, und rief erregt: »Lass von ihm ab, der arme Mann hat dir nichts getan, lass von ihm ab!«

Hassans Körper beruhigte sich langsam. Dann kam er zu sich, öffnete die Augen, nahm das Tuch aus seinem Mund und setzte sich auf. Er schaute um sich und bald in die Ferne, und man merkte, er war noch nicht ganz da. Dann sprach er laut und deutlich in einer fremden Sprache, die keiner von uns verstand. Langsam stand er auf und klopfte sich den Staub von seinen Kleidern. Onkel Elias half ihm und beruhigte ihn. Hassan nahm das Glas Wasser dankbar entgegen, das ihm ein Mädchen, blass vor Angst, überreichte, trank es mit einem Schluck aus, nahm seinen Kasten und ging lautlos weg, als hätte er beschlossen, an diesem Tag nichts mehr zu verkaufen.

»Was hat er gesagt? Hat jemand von euch etwas verstanden?«, fragte ein dünner Nachbar.

»Er sagen«, sprach der Chinese, »Kinder machen Erdbeben. 2011 Erdbeben kommen und zehn Millionen wegrennen.«

»Und du hast ihn verstanden?«, fragte ein Lehrer spitz.

»Ja, weil zappelnder Mann Chinesisch sprechen«, erwiderte der Chinese pikiert.

»Er hat Chinesisch gesprochen?«

»Ja, viel, viel schön, besser wie ich.«

»Und was hat er genau gesagt?«, wollten die Leute wissen, und der Chinese wiederholte das mit dem Erdbeben.

Die Leute schüttelten nur den Kopf, und wir hörten, wie sie flüsterten: »Erdbeben im Frühjahr 2011, die Hälfte der Syrer werden Flüchtlinge. Der Chinese spinnt.«

Da Sami und ich denselben Weg gehen mussten wie der alte Postbote, der zu seinem Lieblingscafé in Bab Tuma wollte, und unsere Bushaltestelle nicht einmal zehn Meter vom Café entfernt war, begleiteten wir Onkel Elias ein Stück.

»Was ist mit Hassan los? Warum fällt er immer in Ohnmacht? Ist er wirklich verhext und wird von Dämonen heimgesucht?«, fragte Sami.

»Verhext? Glaub bloß diesen Quatsch nicht. Auch eine Epilepsie ist das nicht. Es ist ein Dachschaden. Und der hat seine Ursache in einer Geschichte, die niemand so erzählen mag, wie sie wirklich passierte, weil viele daran beteiligt waren«, begann Onkel Elias.

»Hassan war ein Sprachgenie. Als Schüler übertraf er bald seine Lehrer und beherrschte Französisch, Spanisch, Englisch, Italienisch, Altgriechisch, Hebräisch, Aramäisch und natürlich Arabisch. Sein Abitur machte er trotz bitterer Armut seiner Eltern nicht nur mit den besten Noten, sondern schloss auch sein Studium als Bester im Land ab. Und das alles, obwohl er nebenbei immer schon arbeiten musste. Und dann bekam er in drei Eliteschulen der Stadt eine Anstellung als Lehrer. Er unterrichtete Sprachen und war allein so viel wert wie eine Lehrergewerkschaft. Er war ein Fremder, obwohl er bereits als Kind mit seinen Eltern nach Damaskus gekommen war, und bemühte sich immer, liebenswürdig zu sein. Er war bescheiden und schüchtern und das passte der Schulleitung gut. Sechs Stunden am Tag unterrichtete er, jammerte nie und war der Liebling der Schüler und Schülerinnen, denn er unterrichtete auch Mädchen. Und wen unterrichtete er hier? Die süßesten und reichsten Töchter der Stadt. Und in wen verlieben sich solche Mädchen so um die sechzehn? Hm?«, fragte Onkel Elias und gab selber die Antwort. »In ihren schönen Lehrer, der ohne Mühe zwischen allen Sprachen spazieren geht.

Eine junge Frau aber liebte ihn besonders, und sie war die Tochter der reichen und angesehenen Chawaja-Sippe, die eine Konservenfabrik und fruchtbare Ländereien im Damaszener Umland besitzt. Das Tragische aber war, Hassan liebte sie auch. Liebe macht mutig – und blind. Sie schrieb ihm einen leidenschaftlichen Brief. Hassan reagierte sofort und vergaß seine Herkunft und seinen Beruf. Eine feurige und leidvolle Liebe nahm ihren Anfang, und beide schrieben einander flammende Briefe und trafen sich auch heimlich, doch eine Millionenerbin ist nur in Groschenromanen eine normale Frau. Hier auf dem Damaszener Boden bildet sie eine Brücke für die reichen Eltern zu noch reicheren oder mächtigeren Familien, sodass man sich durch die Ehe der Kinder gegenseitig noch mächtiger macht. Der Startschuss für solche Ehen wird manchmal bereits bei der Geburt gegeben. Dieses Mädchen wurde schon im Alter von neun Jahren heimlich dem Sohn von Mahmud Sabag versprochen, dem Besitzer aller Niederlassungen amerikanischer Erfrischungsgetränke. Damit wären also das Mittagessen und das Getränk davor und danach in einer Hand. Es fehlten nur noch das Frühstück und die Kleider, die man sich mit anderen Töchtern und Söhnen besorgte, und dann wäre man Herr über das Leben von Millionen Syrern.

Hier mit Gefühlen und klopfendem Herzen zu argumentieren, gleicht dem Wunsch, einen Löwen von den Vorzügen der vegetarischen Nahrung zu überzeugen. Bald wurden Hassans Briefe entdeckt, und es dauerte nicht einmal zwei Monate, bis er aus den Schulen geschmissen wurde, mit dem – aus Rücksicht auf den Ruf der reichen Tochter – nicht ausgesprochenen Vorwurf, sein Amt als Lehrer missbraucht zu haben. Ihn mittellos auf der Straße zu wissen, genügte den Herren der Nahrung und der Kohlensäure nicht. Sie wollten nicht etwa ein Exempel an ihm statuieren, dafür war er für sie viel zu klein, denn ein Löwendompteur macht keinen Eindruck bei den Bestien, wenn er Regenwürmer quält, denn mit einem Regenwurm erzieht kein Dompteur die Löwen. Nein, sie wollten ihn bestrafen, weil er ihre Tochter angefasst hatte, und sie schickten drei bezahlte Schläger zu ihm, die ihn krankenhausreif schlugen. Als er zu sich kam, war er bereits halb verrückt, und statt ihn anzuhören und ihm zu helfen, versetzten ihm die Ärzte der Psychiatrie chemische und elektrische Keulen, bis er richtig krank im Kopf wurde.«

»Also ist das eine Spinnerei mit dem Erdbeben?«, fragte Sami.

»Das glaube ich nicht, aber vielleicht hat der Chinese auch etwas anderes sagen wollen, wofür er kein arabisches Wort kannte«, antwortete der Postbote. Bevor er ins Café ging, verabschiedete er sich mit den Worten: »Und jetzt genießt euren Tag, bis 2011 haben wir noch ein wenig Zeit.«

Hassan verschwand aus dem Stadtbild. Ich vergaß seine Prophezeiung, aber Sami nicht.

»Wo ist bloß das Erdbeben geblieben, das dein Freund prophezeit hat?«, fragte er nach langer Zeit den Postboten, und in seiner Stimme lag ein wenig Ironie.

Elias schaute Sami an und schüttelte den Kopf. »Junge, dieser Hassan wusste sogar genau, wie er sterben wird«, erzählte er, »nämlich durch die Kugel eines Neffen. Diesen Augenblick hat er bei einem Anfall, wie im Film, gesehen. Und er fügte mir gegenüber hinzu, er sei selbst verwundert gewesen, weil er nur einen jungen Neffen hatte, der in Amerika lebte. Hassan, sein zweiter Bruder und seine Schwester blieben kinderlos. Das hat er mir im Sommer 1998 erzählt. Sein Neffe war damals ein Schüler in New York und sechzehn Jahre alt und das hat Hassan völlig verunsichert. Nächtelang konnte er nicht schlafen.

Als Hassan 2008 verschwand, erzählten manche, er sei in der Psychiatrie, andere sagten, er sei bei einem epileptischen Anfall ums Leben gekommen. Erst später erfuhr ich von seiner Cousine, dass Hassan ein Jahr später durch die Kugel eines amerikanischen Elitesoldaten in Bagdad getötet wurde. Er hatte dort mit seinem seit Jahrzehnten im Irak lebenden Bruder einen kleinen Laden für Süßigkeiten eröffnet. Hassan übernahm das Herstellen der Süßigkeiten, der

Bruder den Verkauf. Das Geschäft hatte Erfolg. Eines Tages stand er an der Tür seines Ladens. Es wurde an dem Tag kaum gekämpft in Bagdad, aber es gab eine Razzia, die er beobachtete. Terroristen hatten sich verschanzt und eine Spezialtruppe umzingelte das Haus. Der Kampf fand in der Nähe statt, aber man hatte sich in Bagdad daran gewöhnt und brachte sich nicht immer in Sicherheit, wenn es explodierte oder eine Schießerei losging. Meistens gab es kurz eine kleine Panik, und ein paar Straßen weiter beruhigte sich die Lage schnell, als wäre nichts passiert. Man bemühte sich so schnell wie möglich, Lebensmittel zu besorgen, und hatte kaum Zeit für Angst.

An diesem Tag aber bahnte sich eine einzige Kugel ihren Weg an Tausenden von Menschen vorbei und traf Hassan in die Stirn. Sein Neffe war seit drei Jahren in der US-Eliteeinheit und wurde 2007 nach Bagdad geschickt. Er war an jener Aktion gegen die Terroristen beteiligt, aber ob die Kugel aus seinem Gewehr stammte, konnte und kann man in diesem Chaos nicht herausfinden.«

Im Jahre 2011, und zwar genau wie Hassan prophezeit hatte im Frühjahr, bebte der Boden in Syrien. Kinder in der Stadt Daraa zettelten den Aufstand an. Sie schrieben mit Kreide und sprayten an die Mauern und Häuser, was die Erwachsenen dachten, aber nicht wagten zu sagen. Sie wollten keine Diktatur mehr, sondern ihre Würde und Freiheit.

Das war der erste Aufstand der arabischen Geschichte, der von Kindern ausgelöst wurde. Nach Jahren waren es tatsächlich Millionen, die seither auf der Flucht sind. Aber davon erzähle ich dir ein anderes Mal ...

18.
Tränen melken

oder

Der Kitsch von Gut und Böse

Onkel Elias liebte Filme, doch er konnte es sich nicht leisten, mehr als einmal im Monat ins Kino zu gehen, denn sein
Gehalt als Postbote und später seine Rente waren niedrig.
Und wenn er bei Hochzeiten Laute spielte, konnte er zwar
richtig gut essen und trinken, aber Geld bekam er selten.
Deshalb war der Besuch des Kinos etwas Feierliches. An solchen Tagen rasierte er sich, trug saubere Kleider und marschierte feierlich zur Bushaltestelle. Mit dem Bus fuhr er in
die neue Stadt, denn in unserem Viertel gab es keine Kinos.
Alle Nachbarn wussten dann: Elias geht heute ins Kino. Das
Fernsehen konnte er nicht ausstehen. Er besaß nur ein ur-
altes Radio.

Wir kannten seine Leidenschaft, deshalb erzählten Sami
und ich ihm gerne Filme, die wir gesehen hatten. Und er
spendierte uns Tee und manchmal Erdnüsse dazu. Sal-
zige Nüsse schmecken gut zu starkem, süßem Tee. Und
wenn er begeistert war, spielte er uns ein paar Melodien

auf seiner Ud. Onkel Elias war der beste Ud-Spieler unserer Gasse.

Doch bevor ich es vergesse: Es war wie bei den Liebenden – der Schenkende wird selbst zum Beschenkten. Durch die Wiedergabe der Filme lernten Sami und ich die Kunst des mündlichen Erzählens. Das war das Geschenk, das Onkel Elias uns durch sein aufmerksames Zuhören machte.

Eines Tages, kurz nach Silvester, saß ich bei ihm und hörte seine abenteuerliche Geschichte über Liebesbriefe, die er den Verliebten heimlich übergab, weil die Eltern mit dieser Liebe nicht einverstanden waren. Aber vor allem sprachen wir an jenem Nachmittag über den Tod der Nachbarin Afifa, der unsere Gasse aufwühlte. Davon erzähle ich dir noch.

Da kam Sami und man sah schon an seinem Gesicht seinen Missmut. Er rieb die Hände und wärmte sie am Ölofen. Draußen war es eiskalt. »Adnan ist schuld«, antwortete er auf unsere fragenden Blicke. »Er hat mich mitgenommen, weil er zwei Freikarten bekommen hat. So ein kitschiger Film und noch dazu schlecht gemacht!«, schimpfte er.

Adnan, der Sohn des Goldschmiedes Abdullah, hatte oft solche Freikarten für Kino, Theater, Fußball und andere Veranstaltungen, die die Kundschaft seinem Vater schenkte. Ansonsten war er ein widerlicher Kerl.

»Komm, sei kein Spielverderber«, sagte der alte Postbote, »erzähle ihn mir und lass mich sehen, ob er schlecht oder gut war. Der Tee ist dir sicher, und wenn der Film doch gut war, gibt es noch eine zweite Runde Tee und Erdnüsse. Das verspreche ich dir.«

Sami hatte keine Lust. Aber die Wünsche des Postboten Elias waren ihm immer heilig. Und wahrscheinlich machte die Kälte draußen einen Tee zu einem verlockenden Genuss.

»Am Anfang sehen wir Mustafa, den Helden, so um die vierzig, in traditionellen ägyptischen Bauernkleidern, aber im Kairo unserer Zeit«, begann Sami zu erzählen. »Er ist ein angesehener Mann in einem der alten Kairoer Stadtviertel. Wenn er vorbeigeht, stehen die Männer auf und grüßen ihn ehrfürchtig. Er wirkt geheimnisvoll und majestätisch wie die Sphinx von Ägypten. Er ist auch sehr fromm. Man sieht ihn in der Moschee beten und Geld und Essen an die Armen verteilen – er ist wohlhabend und sehr großzügig. Aber man sieht noch nicht, womit er das Geld verdient. Später erfahren die Zuschauer, dass er mehrere Textilläden besitzt. Er ist weltoffen und unterstützt junge Musiker und Schauspieler. Man sieht, wie er sich ihre Musik und ihren Gesang anhört und jemandem zuflüstert, dass man sich um die jungen Talente kümmern sollte. Und man sieht, wie diese jungen Leute bald in europäischen Anzügen in einem vornehmen Lokal singen. Das heißt, sie haben die erste Sprosse der Karriereleiter erklommen.

Dann sehen wir ein armes Mädchen, aber leider sehen die armen Mädchen in den ägyptischen Filmen so aus, als kämen sie gerade vom Coiffeur und Modedesigner. Und zufällig ist sie bildhübsch, so wie sich arabische Männer in ihrem Hirn Ägypterinnen vorstellen: schöne kräftige Beine, schmale Taille, großer Busen, schöner, sinnlicher Mund, kleine Nase und Mandelaugen.«

»Schon gut, schon gut, du musst nicht übertreiben. Es geht nicht um die Miss World. Wie geht es weiter?« Die Frage des alten Postboten hörte sich wie Protest an.

»Sie ist nicht nur schön, sondern auch eine Waise, wie sollte es in den ägyptischen Filmen anders sein, wenn man die Tränendrüsen melken will?!«

»Du bist heute gehässig. Ich kann durch deine Kommentare nicht Fuß fassen in der Geschichte. Erzähle mir bitte die Geschichte ohne deine Kommentare oder lass es sein.« Diesmal war die Stimme des alten Mannes hölzern.

»Schon gut«, erwiderte Sami. »Ihr Vater starb im Kampf für das Vaterland, ihre Mutter an Armut und fehlenden Medikamenten. Sie bettelt um Essen. Bei einem Friseur, der aussieht wie ein entlassener Messerstecher«, sagte er und lachte.

»Das ist nicht übertrieben, Friseure gehen Tag und Nacht mit scharfen Messern um«, lachte Elias versöhnlich.

»Wie auch immer. Er sagt ihr, er werde ihr einen Piaster geben, wenn sie eine Runde tanzen würde, und beißt vor ihren Augen gierig in ein Falafel-Sandwich, also tanzt sie, und zufälligerweise ist ihr Kleid über dem rechten Knie aufgeschlitzt, und wir sehen sehr schöne Beine, und die Männer im Film wie im Kinosaal glotzen die Frau so an, als hätten sie bisher nur Hähnchenbeine gesehen. Und dann kommt Mustafa, der gütige Händler, zufällig vorbei. Er wundert sich, dass keiner ihn begrüßt und dass so eine Menschentraube vor dem Friseurladen ist. Nun entdecken wir, dass er zu seinen tausendundeinen Tugenden auch noch schüchtern ist, und das ist wirklich gut gespielt. Er schaut die tanzende Schönheit an und senkt seinen neugierigen Blick sofort zu Boden und ruft laut nach dem Friseur. Totenstille. Dem Friseur bleibt das Essen im Mund stecken, seine Augen erinnern an einen, der gerade von einer Schlange in den Hintern gebissen wurde. Er ist erstarrt, die Frau auch. Der große Herr steht wie eine Sphinx da, aber er stellt nicht einmal eine Frage, und doch bekommt er viele Antworten von den versammelten Männern, die alle das rechtfertigen, was Herrn Mustafa so zornig gemacht hat. Man habe dieser Bettlerin einen Piaster geben wollen, und sie hatte angeboten, dafür zu tanzen, doch alles passiere nach moralischen Regeln unter freiem Himmel.« Sami grinste schelmisch und erzählte weiter: »Die Bettlerin steht mit gesenktem Kopf da. Der Herr Mustafa kommt, ebenfalls mit gesenktem Blick, auf sie zu und bietet ihr einen Hundertpfundschein. Das war damals das Monatsgehalt eines Professors. Die Frau ist vollkommen durcheinander und will das Geld nicht annehmen, aber der Mann drückt ihr den Schein in die Hand und sagt ihr, sie soll sich Kleider kaufen, baden, essen und eine anständige Arbeit suchen. Er dreht sich um und geht. Die Frau wiederholt fast im Chor mit dem Friseur: ›Hundert Pfund.‹

Einige Tage drauf taucht die Frau im Viertel auf, diesmal gut angezogen, und man sieht, dass sie ungeduldig auf den großzügigen Spender wartet. Er kommt und sagt ihr, sie sehe blendend aus, aber statt stolz zu sein, erzählt sie ihm zerknirscht mit leiser Stimme die bittere Wahrheit, sie sei Tänzerin und Tochter einer Tänzerin und ihre Geschichte, die sie über ihre Eltern beim Betteln erzähle, sei erfunden. Was sie denn am liebsten machen wolle, fragt der Mann jovial, aber auch väterlich. ›Am liebsten tanzen, aber richtig, nach den Regeln der Kunst‹, sagt die Frau. Der Mann gibt ihr wieder einen Hunderter und sagt ihr, sie solle sich bei einer Tanzschule einschreiben. Man merkt aber, er ist verliebt in sie, weil er ihr nachschaut, und die Kamera richtet sich auf Beine und Hintern der Frau.

Zu Hause sehen wir nun, dass er mit einer vornehmen, aber eiskalten Frau zusammenlebt, die, von Bediensteten umgeben, kein Herz für die Armen hat und ihren Mann sehr abschätzig behandelt. Sie ist zickig und auch ihrem Mann gegenüber hochnäsig und dazu auch noch abergläubisch. Man sieht sie oft durch die Villa gehen und einen Weihrauchtopf schwenken, um die bösen Geister zu vertreiben und die guten herbeizulocken. Mit einem Wort, sie ist eine Frau zum Hassen, aber der gute Mann hat Geduld mit ihr.

Dann kommt es, wie es kommen musste. Die arme Frau lernt tanzen und wird bald sehr berühmt, aber sie liebt nur den einen, Mustafa mit der edlen Seele. Der trifft sie wieder, erzählt ihr aber, er sei verheiratet und er könne es seiner Frau nicht antun, eine zweite zu heiraten, obwohl der Islam ihm das erlaube.

Die Plakate mit der Tänzerin und die Lokale, wo sie auftritt, werden immer größer und die Gagen höher, doch sie lässt alle Versuche, sie zu verführen, an sich abprallen. Sie tanzt und schläft allein, trunken vor Sehnsucht nach dem Ritter ihrer Träume, und hofft, dass Gott die Ehefrau zu sich ruft. Doch Gott hatte es noch nie eilig mit den widerwärtigen Typen. Die Sehnsucht der Tänzerin nach Mustafa aber wird schärfer als eine Rasierklinge und durchschneidet ihren Geduldsfaden, und sie beschließt, die Dinge selbst in die Hand zu nehmen. Die Tänzerin mietet eine Wohnung genau gegenüber der Villa ihres Angebeteten und wartet auf eine gute Gelegenheit. Eines Tages sieht sie die Ehefrau aus dem Haus gehen und geht geradewegs zu ihrem Geliebten. Der ist völlig durcheinander, lässt sie herein, sie geht direkt ins Schlafzimmer und wirft sich weinend auf das Bett. ›Ich kann nicht ohne dich leben‹, jammert sie unter Tränen, und statt mit ihr zu reden oder sie in die Arme zu nehmen, zu trösten und zu küssen, besingt er nun seine Liebe zu ihr, so mir nichts, dir nichts legt er los und wird ohne Vorwarnung ein Schmalzsänger, wie es in solchen ägyptischen Filmen die Regel ist. Man will einen Film sehen und bekommt ein Gesangstheater. Immer wieder passiert es mir, dass mich solche Einschübe aus dem Film rausbringen ...«, sagte Sami.

»... wie mich deine Einschübe«, erwiderte Elias und lächelte.

»Schon gut«, entschuldigte sich Sami und nahm einen kräftigen Schluck vom Tee. »Er singt sehr traurige Gedichte über das Schicksal, das sich nicht selten gegen die Liebe verschwört. Die Worte sind bewegend und erzählen von seiner Geduld und dass er die Hoffnung nicht aufgeben will. Was stört, wenn ich das nur kurz anmerken darf: Er singt die Worte nicht einfach so, nein, das Lied wird mit vielen Instrumenten begleitet, als wäre ein Symphonieorchester in der ganzen Wohnung versteckt.

Seine Geliebte ist auch bewegt, und sie verspricht ihm, ebenfalls singend, ihr Leben lang auf ihn zu warten. Danach sitzen sie da und weinen über ihr Schicksal. Sie berühren sich aber kaum. Es ist eine bewegende Szene, und man merkt, wie schüchtern er ist. Sie sind allein, und sie ist bereit, alles zu wagen, aber mit jedem Schritt, den sie auf ihn zumacht, zieht er sich mehr zurück. Plötzlich kehrt die Ehefrau zurück. Er hört sie am Hauseingang lärmen und läuft zu ihr. Sie fragt ihn, warum er so verweint sei und was er im Schlafzimmer suche. Er zögert etwas, und dann erinnert er sich, dass seine Frau sehr abergläubisch ist, was ihn immer an ihr gestört hat. ›Meine Mutter‹, sagt er, ›meine Mutter ist mir erschienen und will, dass ich an ihrem Todestag in einer Woche 365 Brote an die Armen verteile, damit sie ein Jahr lang das Paradies ohne Gewissensbisse genießen kann.‹ Seine Frau glaubt ihm und verschwindet wieder.

Der Mann ist glücklich und seine Geliebte auch. Jetzt weiß sie, dass er sie liebt, denn er hat für sie gelogen. Und durch diese Lüge ist er so enthemmt, dass er sich auf sie stürzt, und wie man das in den arabischen Filmen so andeutet, wenn Frau und Mann sich lieben, flattert ein Vorhang, und die Kamera geht aus dem Zimmer, damit die Zensoren zufrieden sind. Von nun an geht der Mann nachts in das Tanzlokal, wo die Tänzerin auftritt, und schützt sie vor den Wölfen der Nachtlokale, und langsam verwandelt er sich in einen von ihnen. Was hast du immer gesagt? Der Schweinehirt stinke bald nach seinen Begleitern.

Die Ehefrau weiß von alldem nichts. Sie macht sich Gedanken über ihren Mann, wagt aber nicht, ihm nachzuspionieren. Sie glaubt, die Trauer um seine Mutter setze ihm zu, und versucht, ihm eine Freude zu bereiten und bittet drei blinde Sufisänger ins Haus, um einen Abend für ihre verstorbene Schwiegermutter abzuhalten, und lädt alle Armen dazu ein. Der große Hof des Hauses ist voll, aber der Mann will nicht dabei sein. Er will ins Nachtlokal. Eifersucht frisst sein Herz, denn schon seit einer Weile hat er bemerkt, dass die Liebe seiner jungen Tänzerin immer kälter wird und sie in einen jungen, reichen Burschen verliebt ist, der seit Kurzem zu den Stammgästen des Nachtlokals zählt. Als er sie fragt, leugnet sie alles und verteidigt sich damit, dass sie als Tänzerin zu allen Gästen freundlich sein muss. Als er ihre Hand festhält, um ihr zu sagen, dass er sie liebt, schreit sie ihn an: »Lass mich los, du tust mir weh.« Da weiß er, dass sie ihn nicht mehr liebt. Sie verlässt das Zimmer. Sein Blick fällt zu Boden. Gebrochen.

Und so wie das Licht die Nachtfalter in ihr Verderben lockt, so flüstert ein boshafter Nachbar ihm etwas zu. Und der gutherzige Mustafa erfährt, dass die Tänzerin einen Liebhaber hat. Es kommt, wie es kommen muss, der reiche Jüngling küsst die Tänzerin hinter der Bühne, und als der alternde Liebhaber seinen Nebenbuhler stellt und beschimpfen will, bekommt er statt einer Entschuldigung einen kräftigen Kinnhaken. Er liegt auf dem Boden. Die Tänzerin aber zieht mit dem Sieger durch den Gang zu ihrer Garderobe.

Der Mann weint. Er flüstert: ›Gnädiger Gott, habe ich das verdient? Ich wollte sie doch nur beschützen.‹ Er richtet sich langsam auf. Der Sieger, ein Gockel, will seinen Sieg feiern, die Henne macht ihm den Weg frei. Er folgt ihr und unterschätzt den verletzten Stolz eines edlen Mannes. Er muss es teuer bezahlen. Ein Schuss. Die Tänzerin schreit. Dann sehen wir Mustafa hinter Gittern, und seine Frau, nun wie eine Pilgerin oder Nonne angezogen, tröstet ihn, der Nebenbuhler sei doch nicht gestorben, weil das Herz seiner Mutter im Himmel für ihn gebetet habe. Der halbe Saal heulte, der Depp Adnan auch. Ich war froh, dass der Film zu Ende war«, sagte Sami und stand auf, denn er wollte gehen, weil er noch Botengänge für seine Mutter erledigen musste. Ich wollte ihn begleiten und so verabschiedeten wir uns von Elias.

Wir wunderten uns über das Schweigen unseres Freundes. Als der von seinem niedrigen Hocker zu uns aufblickte, liefen ihm die Tränen, die er trotz seines starken Willens nicht mehr zurückhalten konnte, die Wangen hinunter. Seine Lippen bebten. »Der arme Kerl!«, flüsterte er aus trockener Kehle.

Das beschäftigte uns lange: Warum weinte ein starker und weiser Mann wie Onkel Elias bei einem kitschigen Film so bitter? Er hatte auch weder einen zweiten Tee gemacht noch Ud gespielt, wie er das sonst immer tat.

Natürlich schimpften wir auf die arabischen Regisseure, die aus unserem Elend nur oberflächlichen Kitsch produzieren, um Tränen zu melken, doch auch das Schimpfen half uns nicht, eine Antwort auf die Frage zu finden. »Vielleicht erinnert ihn der Film, so schlecht er war, an eine Liebe, die ihm nicht gegönnt war«, sagte Sami.

Draußen war es sehr kalt. Wir schlossen die Tür hinter uns. Der eiskalte Wind wirbelte Staub und Herbstblätter auf der Gasse herum. Da traf ich zum ersten Mal Nelly. Aber davon erzähle ich beim nächsten Treffen.

19.
Nelly

oder

Die ersten Regungen des Herzens

Sami war immer schon anders gewesen. Ich glaube, er hatte sich gleich bei der Geburt zum ersten Mal verliebt. Die Hebamme Sofia erzählte immer, dass der Junge sie bereits kurz nach der Geburt verliebt angeschaut habe. Mag die Hebamme auch übertreiben, aber ich kannte Sami seit meiner frühesten Kindheit, und es verging kein Jahr, ohne dass er in ein Mädchen verliebt war. Mal erwiderte das Mädchen seine Liebe, mal nicht, aber Sami beeindruckte das nicht weiter. Überhaupt, eine unerwiderte Liebe lodert im Herzen viel heißer als eine erwiderte. Drei Viertel der arabischen Dichtung sind ein Gesang auf die unerfüllte Liebe.

Sooft sich Sami verliebte, so oft scheiterte er auch. Er war danach wochenlang traurig. Vielleicht hat mich das auch ein wenig vom Verlieben abgeschreckt. Ich hatte mich jedenfalls bis zu dem Tag, an dem ich Nelly begegnete, noch nie verliebt.

Sami und ich waren schon in der Oberschule und ich war

fast dreizehn. Ich fand die Mädchen unserer Gasse schön, hässlich, klug und dumm, knauserig und großzügig, humorvoll und langweilig – eben wie die Jungen. Ich war auch mit einigen von ihnen eng befreundet, aber verliebt war ich nie. Ich weiß nicht einmal, warum, und dann tauchte dieses Mädchen auf. Bei ihr spürte ich das seltsame Gefühl der Verliebtheit zum ersten Mal. Und auch jetzt, also Jahre später, kann ich nicht erklären, warum sie mein Herz betreten konnte, ohne anzuklopfen. Sie wohnt bis heute darin. Einen Augenblick lang dachte ich damals, mein Herz sei stehen geblieben. Dann pochte es seinen Widerspruch wie mit einem Hammer in meinem Kopf bis unter die Schädeldecke. Sie lächelte verlegen, als hätte sie das Chaos in meinem Herzen bemerkte.

Es war ein eiskalter Januartag. Ein Tag davor war Afifa gestorben. Die Gasse war völlig durcheinander. Nicht nur, weil Afifa gerade mal Ende fünfzig gewesen war, sondern die seltsamen Umstände ihres Todes verwirrten alle. Man wusste nicht, ob man lachen oder weinen sollte. Afifa, die bereits mit dreißig Witwe geworden war und als Haushälterin bei der reichen Familie Aschkar für einen Hungerlohn arbeitete, hatte in Abwesenheit ihrer Herrschaft, die irgendwo in Südafrika Safari-Urlaub machte, die teuren Kleider ihrer Herrin angezogen: einen Pelzmantel, ein weinrotes samtenes Kleid, passende Schuhe und eine Handtasche aus echter Krokodilhaut. Sie schminkte sich und ließ sich von einem Taxifahrer zum teuersten Lokal der Stadt chauffieren. Dort wurde sie wie eine Königin vom Maître d'hôtel empfangen und bestellte den teuersten Champagner, die besten Gerichte und Desserts. Sie trank dazu einen Muskateller und lachte nach Dessert und abschließendem Mokka so laut, dass die Kristalle des Kronleuchters klirrten wie ein fernes Echo. Als sich der Ober zu ihr drehte, hatte sie bereits die Erde verlassen. Sie saß nach hinten gelehnt mit offenen Armen, als wollte sie die Welt umarmen.

Nun, Nelly war ihre Nichte. Ich begleitete sie zwei Tage später zum prächtigen Haus der Familie Aschkar, die inzwischen zurückgekehrt war. Sie liebten Afifa und nahmen ihr den Coup nicht übel. Deshalb lag Afifa die zwei Tage bis zu ihrer Beerdigung in ihrem Haus aufgebahrt und die Bewohner unserer Gasse hatten bereits am ersten Tag Abschied von der witzigen Frau genommen. Auch Onkel Elias, Sami und ich.

»Bleib bei mir«, flüsterte Nelly ängstlich, und bevor ich michs versah, umfasste sie meine Hand. Ihre war eiskalt. Da ihre Eltern Afifa nicht mochten, war Nelly alleine gekommen. Sie weinte am Sarg und ich streichelte ihr die Hand. Sie betete leise und ich stand verlegen daneben. Ich fühlte keine Trauer. Ich war irgendwie stolz auf Afifa, die ihr Leben so beendet hatte, wie sie es sich gewünscht hätte.

Als Nelly nach Hause wollte, begleitete ich sie noch bis zum Ende der Gasse. Dann aber umarmte sie mich zum Abschied, bevor sie nach einem Taxi winkte. Ich drückte sie fest.

»Sehen wir uns wieder?«, fragte mein Herz. Ich war nur der hilflose Übersetzer.

»Ja, gerne, aber in der neuen Stadt. Dort gibt es genug Cafés, wo Verliebte sich treffen können«, antwortete sie und gab mir einen Kuss auf die Lippen. Er schmeckte salzig.

So trafen wir uns Woche für Woche, mal in einem Café, mal im Kino, und wenn das Wetter gut war, gingen wir durch die Straßen spazieren.

Ein so kluges Mädchen hatte ich nie zuvor getroffen. Sie war in allem sehr direkt, so sehr, dass sie mich manchmal erschreckte. Ihr Vater war reich. Er machte sein Geld mit dem Import von Medikamenten, und da er ein hohes Tier der Regierung als Partner hatte, das nichts weiter tat, als die Hälfte des Gewinns zu kassieren, konnte der Vater doppelt so viel verdienen, weil er meist keinen Zoll zahlte. Ein Cousin des Geschäftspartners war der Zolldirektor.

Das alles wusste Nelly, als würde sie ihren Vater ausspionieren. Ihre vornehme Mutter war eiskalt und hatte schon immer nur den Sohn und den Ehemann bedient. Ihre Tochter mochte sie schon von Geburt an nicht. Warum, wusste niemand, nicht einmal die Mutter selbst.

Nelly war sehr einsam, weil sie zehn Jahre jünger als ihr Bruder war, der sie nicht beachtete und bereits mit achtzehn beim Vater arbeitete und eine eigene Wohnung und ein Auto besaß. Bei ihr zu Hause herrschte also Eiseskälte oder, wie Nelly sich ausdrückte, »Nordpoltemperatur«.

Das bricht manches Kind; wenn ein Kind aber nicht daran zugrunde geht, wird es sehr schnell erwachsen und selbstständig, so wie Nelly. Das erzähle ich dir aber ein anderes Mal, heute muss ich schnell zum Arzt: Tetanusimpfung.

20.
Café der Taubstummen

oder

Wie man sich wortlos wehren kann

Samis Onkel Burhan habe ich erst mit zehn kennengelernt. Er war ein kleiner Mann mit hübschem Gesicht. Mich faszinierten gleich bei der ersten Begegnung seine roten Haare und sein unnachahmliches Lachen. Merkwürdigerweise kannte ich bis dahin wohl Schwerhörige oder Stumme, aber Burhan war der erste Taubstumme, dem ich begegnet bin. Sami hatte ihn auch erst kurz davor kennengelernt. »Ich werde mit neunzig vielleicht drei Viertel meiner Onkel, Tanten, Cousinen und Cousins, Schwägerinnen und Schwager kennengelernt haben, und ich bin sicher, fünfzig weitere mir unbekannte Verwandte werden hinter meinem Sarg herlaufen.«

Burhan wurde durch eine schlimme Meningitis im Alter von zwei Jahren taub und stumm. Das war der größte Schock für seine Eltern. Ein Jahr nach seiner Erkrankung starb sein Vater bei einem Autounfall. Solche Schläge hätten einen Helden aus Stahl zusammenbrechen lassen, aber nicht Burhans Mutter Raschide. Sie war eine energische und sehr weise Frau – so wie das Leben es sie gelehrt hatte. Sie erkannte sehr früh, dass Ohren und Zunge, anders als die Augen, ganz massiv zur Entwicklung des Verstandes beitragen. Ein Blinder mit intakten Ohren und gesunder Zunge ist besser dran als ein taubstummer Sehender. Die Ohren bringen die Weisheit und die Zunge schleift die Gedanken zu Juwelen und gibt sie ins Hirn zurück. Das hatte sie nirgends gelesen, sondern selber erkannt und sehr früh alles getan, damit Burhan lesen lernen konnte. Sie erzog ihn, stark zu sein, weil man ihn kaum beachtete und selten an Gesprächen teilnehmen ließ. Mitleid hatten viele mit ihm, aber doch keine Achtung. Doch genau darauf hatte ihn seine Mutter vorbereitet. Er wuchs heran als stolzer, aufmerksamer Junge und wurde immer selbstständiger. Er las wie besessen. Alle Bibliotheken der wohlhabenden Verwandten las er, und da er sorgfältig mit den Büchern umging, liehen ihm die Leute gerne Bücher.

Manchmal ist es eine göttliche Gnade, wenn man für einen verlorenen Sinn mit der Stärkung anderer Organe getröstet wird. Mein Vater hatte durch eine fiebrige Erkrankung in seiner Kindheit den Geruchssinn verloren, aber er hatte Augen wie ein Adler und eine sensible Zunge, die sogar die Ärzte verwunderte – da Schmecken ja mit Riechen verbunden ist, hätte er eigentlich viel weniger schmecken müssen. Er konnte jedoch jedes Gewürz in einem Gericht erkennen, selbst wenn es nur eine Spur war. Seine Kochkunst war zur Freude meiner Mutter exzellent und im ganzen Viertel bekannt. »Auf meine Nase kann ich als Polizist ruhig verzichten. Wo wir uns oft aufhalten müssen, stinkt es fürchterlich«, sagte er.

Burhan hatte als Ersatz für das Hören und Sprechen eine sensible Nase und, wie mein Vater, Adleraugen. Deshalb erwog seine Mutter zunächst, ihn zum Parfümeur ausbilden zu lassen, aber dieser Beruf verlangt Zungenfertigkeit. Das Parfüm verdankt die Hälfte seiner Wirkung der Sprache.

Seine Mutter schickte ihn also mit zehn Jahren nach Beirut, wo ein Armenier das erste Institut für Gebärdensprache gegründet hatte. Dort lernten Kinder und Erwachsene, die stumm oder taub waren, diese eigenständige Sprache, und als Burhan zurückkam, war er ein fröhlicher und stolzer junger Mann. Wer ihn verstand, merkte, was er bereits für ein Wissen erworben hatte.

Burhan war ein geselliger Mensch, aber er war nicht gern unter Menschen, die ihn nicht beachteten. Auch in dem Café, in das er gerne ging, verstand er nicht viel, und die Leute verstanden ihn noch weniger. Aber da er hervorragend Backgammon spielte, war er angesehen, allerdings nur als Spieler. Seine Meinung über das Leben, über Liebe und Religion konnte er niemandem mitteilen. Auch genierten sich viele, mit Gebärden zu sprechen, und waren zu faul, um sich ein wenig Mühe zu geben und seine Gebärdensprache zu verstehen. Bequemlichkeit ist die Mutter der Ignoranz.

Das ärgerte ihn sehr. Aber es gab lange Zeit keine Lösung. Auch wollte ihn trotz seiner Begabungen niemand beschäftigen. Kurzum, sein Leben war leider sehr langweilig.

Aber Burhan hatte von seiner Mutter die Hartnäckigkeit geerbt. Er las täglich Bücher und Zeitungen und jeden Zettel, den er fand. Es gibt auf der Welt keinen besseren Trost als Lesen. Seine Augen und sein Verstand suchten ein Fenster aus der Burg seiner Einsamkeit.

Und so fand er eines Tages eine kleine, unauffällige Nachricht in einer Tageszeitung, die von einem »Café für Blinde« in Zürich berichtete. Der Berichterstatter ließ es nicht an ironischen Bemerkungen fehlen, aber für Burhan war diese Nachricht der Startschuss zu einer einmaligen Idee – ein Café für Taubstumme.

An Geld fehlte es ihm nicht. Seine Mutter war durch eine Erbschaft reich geworden, und sie war bereit, alles für ihn zu geben, damit er glücklich und erfüllt leben konnte. Also eröffnete Burhan in der neuen Stadt, nicht weit vom Kino Al Sahra, sein Café. Er nannte es »Café M«, weil auf Arabisch die beiden Wörter für taub (sum) und für stumm (bukm) mit M enden. Burhan wollte mit dem Café seiner Langeweile ein Ende bereiten.

Es war gleich vom ersten Tag an ein großer Erfolg, und Burhans Glück bestand darin, dass einige Journalisten ihn über alle Maße lobten. Die Leute strömten in den ersten Tagen scharenweise in das Lokal mit seinen hellen und modernen Räumen, aber viele Gäste, deren Gehör und Zunge unbeschädigt waren, fanden nichts Besonderes an diesem Lokal, wo man Getränke und kleine Gerichte bekommen konnte. Sie erwarteten wahrscheinlich exotische Gerichte oder eine Sensation mit berühmten Stars, die sich im Blitzlicht-Gewitter mit den Taubstummen fotografieren lassen, und beides gab es eben nicht. Die Tauben und Stummen aber kamen täglich, und bald herrschte eine seltsame Ruhe in dem Café, auch wenn es gerammelt voll war. Und das war es oft, denn ob jung oder alt, die Gehörlosen und Stummen kamen zahlreich und blieben lange.

Da Burhan niemanden ausschließen wollte, waren alle Gäste willkommen – auch Frauen. Ich glaube, sein Lokal war das erste in Damaskus, das beiden Geschlechtern offen stand. Dadurch lernte er Faride, seine spätere Frau, kennen, die ihn bewunderte und sich in ihn verliebte. Sie machte freiwillig einen Kurs in Gebärdensprache, weil sie ihn verstehen wollte, und bald konnte sie alles erzählen und ihn verstehen, und da entflammte in ihrem Herzen eine tiefe Achtung und Liebe zu diesem Mann, der sich nicht geschlagen gab und dessen Hände und Augen so zärtliche Worte für sie sprachen.

Manchmal verirrten sich Gäste, die nichts von der Besonderheit des Cafés wussten, in das Lokal, doch sie waren schnell enttäuscht. Sami, der seinem Onkel gerne half, als Küchengehilfe und als Bedienung, erzählte mir, eines Tages sei ein solcher Gast gekommen. Das Lokal war voll. Er setzte sich auf einen der letzten freien Plätze und rief den taubstummen Ober zu sich. Aber der stand in diesem Moment mit dem Rücken zu ihm und reagierte nicht. Der Gast wurde ungehalten und laut. Er wunderte sich über die Stille, die ihn umgab. Als er mit den Händen fuchtelte, gab Burhan seinem Ober einen dezenten Hinweis, er solle sich um den zornigen Gast kümmern. Der Ober, bekannt für seine stoische Art, ging auf den Gast zu wie eine uralte und nachdenkliche Schildkröte, deren Schatten sie manchmal überholt, wischte den Tisch im Zeitlupentempo und fragte mit Mimik und Gestik: »Was wünschen Sie?«

Der Gast drehte durch und schrie: »Willst du mich verarschen? Ich will einen Mokka, verstehst du nicht? EINEN MOKKA.«

Der Ober lachte nur, drehte sich zu seinem Chef um und sagte ihm in der Gebärdensprache: »Der da braucht eine Tüte mit Eiswürfeln auf die Eier«, und Burhan lachte und bald lachten alle Gäste mit. Der zornige Mann sprang auf und verließ das Lokal, und er sollte noch Jahre später erzählen, er sei in ein Café der Verrückten geraten.

Burhan hasste die Diktatur. Sein Nachbar und Freund, der Herrenschneider Jusuf, war vom Laden weg entführt worden und verschwunden. Zwei Jahre lang suchten seine Frau und sein Anwalt nach ihm, und sie zahlten eine Menge Geld als Bestechung, bis sie erfuhren, in welchem Gefängnis er inhaftiert war. Durch weitere Schmiergelder bekam seine Frau dann auch die Erlaubnis, ihren Mann einmal monatlich zu besuchen. Sie musste allein dafür zehntausend Dollar zahlen. Der hohe Offizier, ein Cousin des Präsidenten, nahm keine syrische Lira an.

Beim ersten Besuch erfuhr die Frau, weshalb man ihren Mann im Schnellverfahren zu fünf Jahren Gefängnisstrafe verurteilt hatte. Ein einziger Satz hatte ihn in diese Hölle gebracht. Vor seiner Verhaftung war er, obwohl er weder stumm noch taub war, wie viele Geschäftsleute in der Nachbarschaft fast täglich in Burhans Café gekommen, hatte seinen Mokka getrunken und war in seinen Laden zurückgegangen. Und wenn es warm war, saß er an einem der wenigen Tische draußen vor dem Café. Eines Tages trank Jusuf wieder einmal seinen Mokka draußen und beobachtete zusammen mit einem Bekannten die Passanten, die an ihnen vorbeizogen. Der eine beobachtete, wie die Anzüge, Hosen und Jacken der Männer saßen, der andere, ein bekannter Schuster, guckte sich die Schuhe an. Genau in diesem Moment entfalteten Arbeiter der Stadt vom Dach eines Hochhauses ein sieben Stockwerke großes Bild des Präsidenten.

»Plakate, Plakate, überall Plakate. Wenn unsere Präsidenten nur nicht so hässlich wären«, flüsterte der Freund.

»Ob schön oder hässlich, das ist mir gleich«, sagte Jusuf, »aber die Plakate sind umso größer, je kleiner der Platz für die Herrscher in unseren Herzen ist. Und wenn es so weitergeht, genügt ein Wolkenkratzer nicht mehr für das Plakat des Präsidenten.«

Ein Spitzel am Nebentisch, der sie kannte, verriet die beiden und zeigte sie an. Zwei Tage später wurden sie verhaftet und zehn Tag lang gefoltert, bis sie das bereits gedruckte Verhörprotokoll unterschrieben, aus dem hervorging, sie hätten Witze verbreitet, um dem Land zu schaden. Ein Schnellgericht verurteilte sie zu fünf Jahren Haft. Als seine Frau ihn im Gefängnis besuchte, weinte der Mann und sagte zu ihr: »Ich war nach so viel Qual bereit, alles außer dir zu verraten. Was wir hier erleiden, kann man sich nicht vorstellen.«

Nicht nur Burhan hasste das Regime, sondern komischerweise auch viele seiner Gäste. Das wurde bald dem Geheimdienst bekannt.

Eines Tages saß ein Fremder im Café und schrieb immer wieder in sein Heft. Er beherrschte die Gebärdensprache und daher fiel er zunächst nicht auf. Man dachte, er sei ein Caféhausdichter oder Philosoph, derer gibt es viele in Damaskus. Die Taubstummen debattierten an dem Tag heftig über den Mangel an Freiheit. Der Mann begann wieder in sein Heft zu schreiben und irgendein Gast wurde misstrauisch. Er ging zu dem Fremden und riss ihm das Geschriebene aus der Hand, las es, machte den anderen klar, dass der Mann ein Spitzel war, und rannte hinaus. Der Fremde blieb ruhig, trank aus und ging langsamen Schrittes weg.

Am nächsten Tag kam der Mann wieder, nicht aber der mutige Gehörlose, der ihm das Heft gestohlen hatte. Sami hatte an diesem Tag Dienst in der Küche. Sein Onkel Burhan berichtete mit Gebärdensprache, dass die Leute Angst hatten und ihre Gebärden, ob Gestik oder Mimik, nur noch verhalten einsetzten und nichts Interessantes erzählten. Sami schlich hinaus, und von der Theke aus bemerkte er die ängstlichen Blicke, die die Gäste zwischendurch verstohlen auf den Mann warfen.

Burhan versprach Sami beim Abschied, er würde schon eine Lösung finden. Später erfuhr Sami, wie viele Versuche scheiterten, diese Klette loszuwerden. Ich habe viele vergessen, aber eine ist doch in meinem Gedächtnis hängen geblieben: Eines Tages kam der Mann wieder, setzte sich hin, zückte sein Heft und beobachtete die Gäste, doch er konnte nicht lange spionieren, denn plötzlich standen sie alle auf, hielten sich die Nase zu und verließen das Lokal. Es sah aus wie in einem Theaterstück. Der Mann erstarrte. Er winkte Burhan zu sich, der hinter der Theke grinsend die Szene beobachtet hatte.

»Was ist los? Warum sind die Gäste geflüchtet?«, fragte der Fremde mit Nachdruck, um seine Verwunderung zu betonen.

»Die Gehörlosen haben eine empfindliche Nase und es stinkt hier nach Scheiße«, teilte Burhan ihm mit und hielt sich demonstrativ die Nase zu.

»Aber ich ... ich rieche nichts«, sagte der Mann in Gebärdensprache.

»Ja, vielleicht ist deine Nase kaputt«, antwortete Burhan und ging.

Der Mann verließ das Lokal und schnupperte beim Gehen an seinen Achseln. Aber auch das half nicht, am nächsten Tag kam er wieder.

Burhan war verzweifelt, denn viele treue Gäste gestanden ihm, dass sie genervt seien, dauernd ihre Worte zu kontrollieren, und überlegten, nicht mehr zu kommen. Er versprach ihnen, sich etwas Raffiniertes zu überlegen. Aber es half nichts. Auch eine Bestechung nicht. Der Mann steckte das Geld in die Tasche und kam wieder. Und dann kam die Hilfe wie vom Himmel.

Eines Morgens betrat ein junger, athletischer Mann in Begleitung eines etwa Fünfzigjährigen das Lokal, der sich als Vater des Jungen vorstellte. Der junge Mann hieß Said, und er erzählte Burhan in Gebärdensprache, seine Eltern seien vor zwei Wochen von Aleppo nach Damaskus umgezogen und er habe vor ein paar Tagen von dem »Café M« gehört, wo sich Taubstumme treffen. Er würde sich freuen, nun täglich zu kommen, denn in Aleppo gebe es ein solches Café nicht. Er wolle Burhan im Vertrauen sagen, was sein Vater gewünscht habe. Der Vater sei ein wichtiger General und wolle trotzdem keine Leibwächter mitschicken, da Said das ablehne. Er werde aber seine Handynummer vertraulich bei

Burhan deponieren, und falls irgendetwas passieren sollte, reiche ein kurzes Wort als SMS: *Hilfe*! Der junge Mann nahm einen Zettel von der Theke und schrieb darauf den Namen des Generals und die vertrauliche Handynummer.

»Sag deinem Vater bitte, hier bist du unter Leidensgenossen, die dich in ihre Herzen aufnehmen.« Burhan übertrieb seine Gestik bei der Mitteilung und umarmte den Jungen demonstrativ.

Saids Vater drückte ihm sichtlich erleichtert die Hand und verließ das Café. Burhan nahm den jungen Mann an die Hand und ging zur Mitte des Raumes und gab den anderen deutlich zu verstehen, dass Said das einzige Kind seiner Schwester Takla sei. Wenn sie ihn, Burhan, also mögen würden, dann sollten sie Said verwöhnen und gute Geschichten erzählen.

Burhan hatte nie eine Schwester namens Takla gehabt, aber Said war zutiefst gerührt. Er kam nun täglich, und am fünften oder sechsten Tag brachte er eine große Schachtel mit, gefüllt mit leckeren Butterkeksen, die seine Mutter für seine Freunde gebacken hatte. Doch nach einer Weile merkte er, dass die Männer vor diesem Fremden Angst hatten, der sich nie beteiligte und dauernd schrieb. Er ging zu Burhan, der gerade die sauberen Gläser aus der Spülmaschine räumte.

»Wer ist der Typ?«, fragte Said.

»Komm zu mir«, sagte Burhan mit gespielter Furcht in

seiner Gebärdensprache. Said ging hinter die Theke, wo beide in Sicherheit waren vor dem Blick des Spitzels.

»Er ist ein fauler Spitzel des Geheimdienstes. Statt Feinde des Vaterlandes aufzuspüren, verpetzt er deine und meine Leidensgenossen. Einer ist bereits verschwunden, die anderen haben Angst. Vielleicht muss ich bald zumachen. Früher war das Lokal gerammelt voll, und heute, du siehst ja, ist nur noch die Hälfte der Tische belegt. Ich muss wohl wirklich bald schließen, so leid es mir tut.«

»Nein!«, empörte sich Said gestikulierend.

»Doch wenn dauernd Spitzel meine wenigen Gäste bedrohen und mich erpressen! Was soll ich da machen?«

»Dich erpressen?«

»Ja, auch mich erpresst er. Er zahlt seine Getränke nicht.«

»Zahlt nicht?«

»Er sagt, ich soll froh sein, dass ich noch nicht im Knast bin. Das verdanke ich angeblich ihm. Und weißt du, was das Allerschlimmste für mich ist? Er ist weder stumm noch taub. Er verarscht uns bloß.«

»Warte nur«, bedeutete ihm Said und stürmte hinaus. Ein teuflisches Grinsen überzog das Gesicht des Wirtes. Said stürzte sich auf den Spitzel und prügelte auf ihn ein, zerriss die Blätter des Heftes und warf sie auf den Mann, der auf dem Boden lag und rief: »Hilfe, helft mir doch, der Junge ist verrückt geworden. Helft mir!«

Die Taubstummen, die erst blasse Gesichter bekommen

hatten, grinsten, nachdem Burhan sie eingeweiht hatte. Der junge Mann zwang den Spitzel aufzustehen, packte ihn am Kragen und schleifte ihn aus dem Lokal, aber er musste nur einen Schritt vor die Tür machen, da kamen schon zwei Leibwächter wie aus dem Nichts und nahmen den Mann fest. Es waren, wie Burhan später erfuhr, die Leibwächter für den einzigen Sohn des neuen Geheimdienstchefs, die aus nächster Nähe das Lokal beobachtet hatten.

Zwei Tage später kehrte auch der verhaftete tapfere Gehörlose zurück und seit diesen Tagen war das Lokal spitzelfrei und wurde in der Tat nun wieder voller.

Ich lud irgendwann auch Nelly zu einem Tee ins »Café M« ein. Sie kam aus dem Staunen nicht heraus. Als sie kurz versunken war in die Beobachtung eines aufgeregten Redners, küsste ich sie.

»Schäm dich«, scherzte sie.

»Warum soll ich mich schämen? Der Kuss ist auch in der Sprache der Taubstummen ein Ausdruck der Liebe und ich liebe dich.«

Sie lachte verlegen.

21.
Die Tätowierung

oder

Von einer merkwürdigen Verwandlung

Wie ich bereits erwähnte und vielleicht schon des Öfteren wiederholt habe, glaubte ich – aus Erfahrung – immer alles, was Sami mir erzählte. Es war ein absolutes Vertrauen, was ich sonst selten in meinem Leben erlebt habe. Mögen die anderen davon halten, was sie wollen. Sami log selten, hatte aber auf einmal so viel erlebt wie drei Jungen in ihrem ganzen Leben.

Das Leben selbst ist unglaublicher als jedes Märchen, wie oft erzählte er sehr knapp irgendein Abenteuer, an dem ich sogar beteiligt war, und die Jungen der Gasse glaubten ihm und bald auch meiner Zeugenaussage nicht. »Wenn das Original eine Lüge ist, kann die Kopie nicht wahr sein«, sagte Josef, das Großmaul der Gasse, dann oft giftig. Aber dieselben Leute glauben jeden Werbespruch und fallen auf jede Anzeige herein. Seltsam! Einmal hatte jedoch sogar ich Zweifel an Sami. Nie im Leben hätte ich geglaubt, dass der fanatische Scheich Mustafa Samis Onkel sein könnte. Und nicht etwa ein Onkel dritten oder zehnten Grades, sondern der ältere Bruder seines Vaters. Wie konnte das sein? Scheich Mustafa ist Moslem, und Samis Familie ist seit dem Jahr 59 n. Chr. christlich, wie sein Vater zu betonen pflegte, da der heilige Paulus auf seiner Reise nach Tarsus angeblich im Dorf seiner Vorfahren im Norden Syriens verweilte und sie von der neuen Religion überzeugt hatte.

Sami mochte den Scheich überhaupt nicht, doch sein Vater beauftragte ihn zweimal im Jahr, vor Weihnachten und Ostern, dem »verrückten Onkel«, wie er seinen Bruder nannte, Kleider, Gebäck, Marmeladen und manchmal etwas Geld zu bringen. Damit wollte der Vater seinen Bruder erinnern, dass er selbst Christ war. Aber die zwei sprachen nicht miteinander. Samis Vater verachtete seinen Bruder, weil er zum Islam übergetreten war, und Scheich Mustafa hasste – aus gutem Grund – jeden Uniformierten und vor allem Gefängniswärter. Und Samis Vater war einer.

»Wenn man meinen Onkel fragt, wo er wohnt«, erzählte Sami, »so antwortet er: in Damaskus. Das ist auch nicht gelogen, aber nicht präzise, denn er lebt im Großraum Damaskus, im staubigen, illegal gebauten Blechhüttenviertel.«

Die meisten von uns wussten von dieser Gegend der Armen und Gestrandeten, die, vom Hunger vertrieben, ihr verarmtes Dorf verlassen hatten und, angelockt von den Verheißungen auf Sattheit und Würde, nach Damaskus gekommen waren. Hier lebten sie fast zwanzig Kilometer vom Zentrum entfernt mitten im Dreck, der in der höllischen Hitze zu Staub wurde und ihre Atemwege verstopfte. Die Stadt Damaskus, betonte Sami, war für sie eine Fata Morgana und genauso unfassbar. Also musste der Onkel täglich morgens wie abends bei jedem Wetter die Strecke auf seinem rostigen Fahrrad strampeln. Seine Geschichte ist unglaublich.

Scheich Mustafa, der nur ein paar greisen Gläubigen in einer kleinen Moschee vorbetete, hieß, als er noch Christ war, Simon. Der heilige Simon gehört zu den Säulenheiligen. Das waren Verrückte, die auf dem Kapitell einer Säule lebten. Nur ein Geländer verhinderte, dass die Eremiten von der Säule herunterstürzten, ansonsten lebten sie unter der sengenden Sonne und in der klirrenden Kälte und ertrugen Wind und Regen, bis sie oben starben. Sie wollten angeblich dem Himmel nahe und den Sünden der Erde fern sein. Bald lockten sie Pilger und Neugierige an, deshalb erhöhten sie ihren Sitz auf bis zu zwanzig Meter. Und wenn es regnete, wurde die Platte auf dem Kapitell, auf der sie auch ihre Notdurft verrichteten, vom Regen gewaschen, und der Unrat rieselte auf die Betenden am Fuß der Säule. Aber das ist eine andere Geschichte.

Simon, also Samis Onkel, war bereits mit vierzehn ein glühender Anhänger der Baath-Partei, die damals verboten war. Er saß ein Jahr dafür im Gefängnis und litt unter der Folter, doch er ertrug alles mit dem Gleichmut eines Kamels. Er träumte vom Paradies der Gerechtigkeit und Freiheit, wie es seine Partei verkündete. Simon war sicher, all das, worunter Hunderte von treuen Parteimitgliedern litten, wäre nicht umsonst. Er hatte die Hoffnung, er zahle den Preis, den das zukünftige Paradies der Araber eben kostet. Nach dem Putsch seiner Partei, der Baathisten, wurde er freigelassen und bekam eine kleine Stelle als Journalist bei der staatlichen Zeitung.

Er kam aber nicht weiter, sosehr er sich auch bemühte. Ganz im Gegenteil. Nach Jahren als Reporter für Gesellschaft und Kultur degradierte man ihn sogar – nach einer hauchdünnen Kritik der Missstände in den staatlichen Fabriken. Er wurde Sportreporter. Syriens Sportler hatten seit der Unabhängigkeit nie eine Leistung erbracht. Weder in Leichtathletik noch in irgendwelchen Ballspielen. Entsprechend schläfrig war die Berichterstattung.

Ein befreundeter Journalist verriet Simon den Grund für seine berufliche Erfolglosigkeit: Er sei ein armer Teufel, da er weder der Sippe des Präsidenten noch einem der mächtigen christlichen Clans angehöre. Er würde nichts erreichen, egal, wie sehr er für die Partei gelitten habe, und egal, wie bewegend seine genialen Berichte für Herz und Hirn auch seien. In dieser Zeit sei die Anbiederung dem Diktator gegenüber wichtiger als der Parteiausweis, deshalb würde er, der Freund, Syrien verlassen, da er auch für die Partei gelitten habe und niemand seine Ehrlichkeit anerkenne. »Die bescheuerte Führung überschwemmt die Partei mit neuen

Mitgliedern, die nun massenhaft Baathisten werden, und wir, die alten Kämpfer, sind verloren in diesem Meer von gehorsamen Opportunisten.« Er wolle nach Australien auswandern, sein Cousin sei dort nach zehn Jahren Multimillionär geworden.

Aber Simon, später Scheich Mustafa, liebte Damaskus und wollte nicht auswandern. Eines Tages sah er einen Zirkusartisten, der eine Tätowierung auf Brust und Bauch hatte und sie zur Belustigung des Publikums Grimassen schneiden ließ. Durch Anspannen und Lockern seiner Bauch- und Brustmuskeln wirkte das tätowierte Gesicht lebendig. So kam Simon auf eine Idee, wie er die Sympathie des Herrschers anregen und womöglich eine Belohnung ergattern könnte.

Simon hatte einen athletischen, stark behaarten Körper. Seine Mutter nannte ihn deshalb »Gorilla«. Er ließ das Gesicht des Diktators groß auf seine Brust tätowieren und rasierte die Haare bis auf die Flächen ab, die Kopfhaare, Augenbrauen und Schnurrbart des Präsidenten zeigten. Er stand vor dem Spiegel und trainierte seine Brust- und Bauchmuskeln. Nach wochenlangem Üben dann konnte er das Gesicht des Diktators lächeln, düster blicken oder Trauer zeigen lassen.

Der Chefredakteur war ein Cousin vierten Grades des Präsidenten. Er hatte keine Ahnung von Journalismus, aber er sorgte dafür, dass die Zeitung zur Hälfte mit Lobliedern und Berichten über den Präsidenten gefüllt wurde. Eines Tages nahm Simon all seinen Mut zusammen und stürmte, nachdem er lange auf den richtigen Augenblick gewartet hatte, in das Büro des Chefredakteurs. Und bevor dieser seine Empörung zum Ausdruck bringen konnte, flehte Simon ihn an, ihm fünf Minuten zuzuhören, weil er – als Ausdruck seiner unendlichen Liebe zum »Vater des Volkes« – ein Überraschungsgeschenk zum Geburtstag des Präsidenten habe, der zwei Wochen später wieder einmal gefeiert würde.

Der Chefredakteur fragte gelangweilt: »Und das wäre?«, und wühlte dabei in den Blättern auf seinem Tisch herum, um seinen Mangel an Zeit anzudeuten.

Simon, der nichts anderes erwartet hatte, riss sein Hemd vom Leib und stand dem erstaunten Mann gegenüber. Nicht einmal der Scheitel des Präsidenten war falsch. Ein herrliches Porträt auf dem Körper dieses durchtrainierten jungen Mannes. »Sagen Sie bitte: Einheit, Freiheit und Sozialismus«, bat Simon.

Der Chefredakteur flüsterte die Parole der Partei kaum hörbar: »Einheit, Freiheit und Soz…«, und schon lächelte der Präsident auf dem Bauch des jungen Journalisten.

»Sagen Sie Saudi-Arabien oder Imperialismus«, bat Simon erneut.

Der Mann sprach ihm beeindruckt nach: »Saudi…«, und schon blickte der Präsident mürrisch, weil er nach offizieller Verlautbarung Saudi-Arabien und den Imperialismus hasste.

»Sagenhaft, sagenhaft, setz dich, Genosse«, sagte der Chefredakteur, und Simon zog sein Hemd wieder an. Er war noch nicht fertig, als der Chefredakteur bereits Mokka für ihn servieren ließ von der schönen Sekretärin, die Simon bis zu diesem Tag nicht einmal begrüßt hatte.

»In welcher Abteilung bist du, Genosse?«

»Abteilung Sportreportage. Mein Name ist Simon Farah.«

»Ich rufe dich so bald wie möglich an«, sagte der Chefredakteur und begleitete Simon bis zur Bürotür. Und Simon hörte, wie er seiner Sekretärin laut befahl, sie solle seinen Cousin Maruf anrufen, der das Geburtstagsfest des Präsidenten vorbereitete.

Simon wuchs an diesem Nachmittag um einige Zentimeter. Und es vergingen keine zwei Tage, bis der Chefredakteur ihn zu sich rief. »Deine Liebe zum Präsidenten soll belohnt werden. Ich habe alles in Bewegung gesetzt und Hürden über Hürden überwunden, bis mein Vorschlag angenommen wurde. Du sollst auf dem Geburtstagsfest dem Präsidenten deine Kunst vorführen. Gelingt dir der Auftritt, so wirst du sehr gut belohnt, blamierst du mich, dann Gnade dir Gott.«

Der Chefredakteur rief die Sekretärin zu sich, ließ sie die Tür vor Neugierigen schließen und wünschte, dass Simon seine Kunst noch mal vorführte, um ganz sicher zu sein. Simon tat, wie ihm geheißen. Die Sekretärin war begeistert, aber sie fand die dunklen Stoppeln störend. Simon versicherte ihr, er würde die Gesichtsfläche einen Tag davor blank rasieren, aber die Frau schüttelte den Kopf, »Um den Kontrast zum Kopf- und Schnurrbarthaar zu verstärken, muss die übrige Fläche so glatt wie ein Babypopo sein, und das bringt bei Ihrem starken Haarwuchs nur eine Enthaarungscreme.«

»Du hast recht, ohne diese Creme wären die Beine meiner Frau ein Reibeisen«, bestätigte der Chefredakteur lachend. »Und die Kopfhaare dürfen glatt liegen. Das kannst du leicht mit Haargel hinkriegen, aber gehe lieber zu einem Friseur, der alles perfekt schneidet und rasiert«, fügte er hinzu. Das sah Simon ein.

Der Auftritt auf dem Geburtstagfest vor den zweihundert Gästen war grandios, denn inzwischen hatte ein Friseur dafür gesorgt, dass auch Augenbrauen und Wimpern den Eindruck des tätowierten Gesichts verstärkten.

Den Präsidenten rührte die Überraschung zu Tränen. Er gab Simon die Hand und schenkte ihm ein Auto. »Damit du durch das Land fahren und als Vorbild Schülern, Soldaten und Beamten deine Liebe vorführen kannst«, sagte er, und dann drehte er sich zu seinem Cousin, dem Innenminister: »Du bestimmst zwei Leibwächter für dieses seltene Juwel und gibst ihm das Gehalt eines Uniprofessors. Er soll sich wohlfühlen.« Der Minister nickte untertänig.

Simon lebte nun in Saus und Braus, reiste herum, wohnte in den besten Hotels und entwickelte sein Programm weiter. Er trat in Kasernen, Theatern, Schulen, Unis und Ämtern auf. Ein Mann las dem Publikum die Stichworte laut von einem Zettel vor und Simon führte die jeweilige Grimasse vor – es war damals weltweit das einzige dreidimensionale Bild des Präsidenten auf einem lebendigen Leib. Er reiste und schüttelte Tausende von Händen, nahm Beifall und Schulterklopfen entgegen und wollte nie wieder in seiner alten Gasse leben. Egal, wo er hinkam – die Menschen waren restlos begeistert!

Simons Terminkalender war voller als der eines Sängers. Er genoss Popularität und Luxus hemmungslos, doch statt seinen Durst nach Luxus zu stillen, machte ihn das Leben auf Empfängen und Festen noch gieriger. Er wunderte sich selbst, wie viel Fleisch und Reis, Nudeln und Butter, Pistazien und Wein er vertragen konnte. Noch nie in seinem Leben hatte er eine Gans allein essen dürfen oder können. Er wurde zu einer lebenden Attraktion und zu einem lasterhaften Nimmersatt.

Das blieb nicht ohne Folgen. Zuerst schlich die Verfettung unbemerkt und gut verteilt unter seine Haut. Das tätowierte Gesicht des Präsidenten sah anfangs nur etwas gesünder aus. Dann aber wuchs der Bauch so, dass er das Kinn monströs und das Gesicht immer debiler werden ließ. Auch die Nase wurde größer und breiter, die Augen wurden immer mandelförmiger, bis sie denen eines Chinesen ähnelten. Dazu kam der Haarausfall. Anscheinend durch den pausenlosen und leichtsinnigen Umgang mit der Enthaarungscreme fielen die Haare vom tätowierten Kopf büschelweise aus. Das tätowierte Gesicht verwandelte sich in eine Karikatur. Erst unterdrückten die Zuschauer das Lachen, aber nach einer Weile klatschten sie nicht mehr vor Begeisterung und Bewunderung, sondern, weil sie die Vorführung für eine Komödie hielten.

Simons Bauchumfang war inzwischen gewaltig. Bald kursierte das Gerücht, ein Komiker dürfe den Präsidenten zu einer Lachnummer machen, und das sei ein erster Ansatz für die Demokratie und für die Freiheit der Kunst. In Europa dürften die Komiker schließlich jeden durch den Kakao ziehen.

Dieses Gerücht war aber nur von kurzer Haltbarkeit. Simon wurde bald von einem fanatischen Anhänger des Präsidenten beim Geheimdienst wegen Beleidigung des Präsidenten angezeigt. Er wurde verhaftet. Und er erlitt im Gefängnis solche Qualen, dass er fast den Verstand verlor. Zu alledem wurde er auch noch von den anderen Gefangenen, ob sie nun progressive, konservative oder liberale Gegner des Diktators waren, ausgelacht und als widerlicher Opportunist misshandelt. Der Zufall wollte es, dass nur ein Islamist Mitleid mit ihm hatte und ihn, auch körperlich, verteidigte. Der Islamist war ein junger Boxer. Er war zu zehn Jahren Haft verurteilt worden, weil er islamistische Flugblätter verteilt hatte.

Diese Freundschaft war der Kompass, der Simon aus der Hölle hinausgeleitete. Er wurde zu fünf Jahren Schwerstarbeit verurteilt und in diesen fünf Jahren wuchs aus der Freundschaft mit dem Islamisten ein neuer Glaube. Noch im Gefängnis trat er zum Islam über. Er war nun überzeugt, nur der Islam könne diese Ideologien von Sozialismus und Nationalismus besiegen. Von da an las er jahrelang nur islamistische fanatische Literatur. Als er aus dem Gefängnis kam, besorgten ihm seine neuen Freunde die bequeme Stelle in einer fast verfallenen kleinen Moschee und gewährten ihm auch ein bescheidenes Gehalt. Von nun an nannte er sich Mustafa, der Auserwählte. »Simon war noch nie bescheiden«, sagte Samis Vater nur lapidar dazu.

Nur ein Mal zeigte uns Mustafa seine Tätowierung, nachdem Sami eine Stunde lang gebettelt hatte. Es war Ostern und warm. Scheich Mustafa war verlegen, denn nun war er spindeldürr und seine Haut war voller Falten und Furchen. Das ergraute Haar bedeckte wieder den ganzen Oberkörper, doch darunter konnte man die Konturen eines verhärmten Gesichtes noch erahnen.

Draußen auf der Straße stolzierten junge Männer mit offenen Hemden breitbeinig daher und hatten das Gesicht des Präsidenten auf Brust, Bauch oder Arm tätowiert … Es war inzwischen Mode bei den Anhängern des Präsidenten. Keiner wurde dafür belohnt und keiner wusste vom Schicksal ihres Pioniers.

22.

Das Erwachen

oder

Als Amin seine Mutter verteidigte

Amin Schahin, der Straßenverkäufer, lebte bescheiden, aber zufrieden in dem armen Hof, wo auch Samis Familie wohnte. Onkel Elias verband mit Amin eine innige Freundschaft, denn Amin war ein Dichter, er beherrschte eine Dialektdichtung, die Zagal (manchmal auch Zadschal) heißt. Sie wurde vor langer Zeit von den Arabern in Andalusien entwickelt und ist noch immer sehr beliebt bei Festen und Treffen von Freunden und Nachbarn. Und er hatte eine schöne Stimme.

Onkel Elias spielte zwar göttlich Laute, aber er sang nie. Wenn man ihn nach dem Grund fragte, sagte er immer: »Mein Lieblingsvogel ist der Rabe. Und der krächzt nicht gerne. Er ist der einzige Vogel, der, wenn er gezwungen ist zu singen, so aussieht, als würde er kotzen.« So war das Duo von Onkel Elias mit seiner Laute und Amin mit seiner Stimme und seinen witzigen Gedichten bei feierlichen Anlässen sehr gefragt.

Aber auch wir, Sami und ich, mochten den Mann. Er lebte

allein in einer kleinen Wohnung, die er immer gut pflegte. »Wenn man arm ist«, sagte er, wenn jemand seine Ordnung lobte, »muss man doppelt ordentlich sein, sonst wird die Behausung sehr schnell zur Müllhalde.« Ein Drittel seiner Wohnung benutzte er als Lager für die Haushaltswaren, die er verkaufte und in sorgfältig beschrifteten Kartons aufbewahrte.

In einem winzigen Regal lagen einige Bücher und eine Menge Hefte. Nacht für Nacht sah man ihn an seinem kleinen Tisch nachdenken und schreiben. »Jede Nacht gehe ich als Dichter ins Bett und wache als Straßenverkäufer auf«, sagte er einmal.

Tagtäglich schob er seinen Karren durch die Straßen und bot seine Teller, Gläser, Schüsseln und Tassen und auch Besteck und Topflappen an. Den Karren hatte er selbst gebaut und bunt bemalt. Er sah sehr professionell aus und ließ sich leicht auf den vier Fahrradrädern schieben. Zehn Stunden, wenn nicht noch mehr, musste er durch die Straßen und Gassen gehen und seine Ware im Singsang und mit witzigen Sprüchen anpreisen. Die Supermärkte und die Billigwaren aus China raubten ihm die Kundschaft, und der Straßenverkehr, der immer dichter wurde, erschwerte seine Wege durch die Stadt. Dennoch war er immer bester Laune und sang gerne.

Eines Tages aber verschwand Amin, und zwei Tage später kam ein Laufbursche mit einem Karton, in dem sich die Reste der Waren befanden, die Amin gehörten. Der Mann wollte den Karton vor der Tür abstellen und sich davonstehlen, aber Samis Mutter und ihre Nachbarin, die Witwe Majda, hielten ihn fest: »Was ist passiert? Wo ist Amin?«, fragten sie entsetzt.

»Ich weiß es nicht … ich war nicht dabei … mein Meister hat mich beauftragt, die Dinge in diesem Karton hierherzubringen«, sagte der Mann ängstlich. Der Karren sei zertrümmert und zu nichts mehr nütze, fügte er hinzu. Er versuchte loszukommen, aber der Griff der Frauen war fester als eine Zange.

»Aber wo ist Amin?«, wiederholte die Witwe Majda mit rauer Stimme.

»Ich weiß nicht. Er hatte Probleme mit der Polizei … oder so ähnlich, glaube ich.«

»Ist er noch am Leben?«, fragte Sara, Samis Mutter.

»Ja, natürlich ist er am Leben … aber verhaftet … Mehr weiß ich nicht. Ich schwöre bei der Seele meiner Mutter, ich weiß es nicht.«

Wir, Sami und ich, waren gerade in der zehnten Klasse, als dies geschah. Alle unsere Nachforschungen liefen ins Leere.

Amin blieb über einen Monat verschwunden. Auf den Zungen der Nachbarn aber war er täglich anwesend. Als er zurückkam, war er kaum noch wiederzuerkennen. Seine Hände und Füße waren aufgedunsen und mit Striemen überzogen, sein Gesicht war ein einziger Bluterguss und beide Augen waren zugeschwollen. Drei Tage lang schlief er. Die Männer hatten Angst, zu ihm zu gehen und ihn zu trösten. Auch viele Frauen wagten es nicht, aber Samis und meine Mutter und die Witwe Majda betreuten den armen Kerl rund um die Uhr. Sami und ich schwänzten die Schule, so oft es ging, und hockten – oft auch mit Onkel Elias – bei ihm. »Wenn ihr mich weiter so verwöhnt«, sagte Amin lachend zu meiner Mutter, »lass ich mich wieder einen Monat foltern.« Meine Mutter weinte und streichelte ihm die Hand. »Gott bestrafe die, die dich gequält haben«, sagte sie und wischte verstohlen ihre Tränen weg.

Man hatte ihm geraten, allen zu erzählen, er habe einen Unfall gehabt und sei im Krankenhaus gewesen. Und beim Abschied aus einem Kellergefängnis des Geheimdienstes habe man ihn noch ermahnt: »Unsere Ohren sind besser, als du denkst, und solltest du etwas anderes erzählen als von einem Unfall, holen wir dich wieder hierher.« Und so sagte er jedem, der Ohren hatte, ein Auto habe ihn überfahren.

Nur uns, Onkel Elias, der Witwe Majda, unseren Müttern, Sami und mir, erzählte er die Wahrheit, und wir hielten dicht. »Ich parkte meinen Karren gerade in einer Straßennische, bat meinen Freund, den Gemüsehändler Hadi, auf meine Ware aufzupassen, und wollte dem Besitzer eines kleinen Falafel-Imbisses zwei Dutzend Teller bringen, die er bei mir bestellt hatte. Sein Laden ist an einer sehr befahrenen Straßenecke und dort konnte ich mit meinem Karren nicht halten. Ich übergab ihm die zwei Kartons, trank schnell ein Glas Tee und machte kehrt, als ich einen Mann sah, der lauthals singend auf die Passanten einschlug. Ich hatte schon oft von Angehörigen des Diktators gehört, die, wenn sie zwei Gläschen getrunken haben, das ganze Lokal zertrümmern oder Frauen auf offener Straße überfallen, sie mit vulgären Sprüchen beleidigt oder auch entführt haben. Das alles weiß ich und wissen eigentlich alle Syrer. Aber irgendwie habe ich mir immer vorgestellt, dass unser christliches Viertel davon verschont bleiben würde, weil es ein Touristenviertel ist, und die Regierung höllisch darauf achtet, dass die Touristen nichts Schlechtes sehen. Sogar Palmyra finden die schön und übersehen das barbarische Lager für politische Gefangene, das nicht einmal fünfhundert Meter vom Flughafen entfernt liegt. Ich dachte auch, hier bei uns gibt es kaum zwielichtige Nachtlokale oder Vergnügungsorte, die die Clan-Verbrecher anziehen. Aber ich habe mich geirrt.

Ich wollte dem Mann auf dem Bürgersteig aus dem Weg gehen. Es war aber zu spät. Brüllend wie ein Stier rannte er hinter mir her, als wäre ich ein rotes Tuch. Gerade erreichte ich meinen Karren, immer noch hoffte ich, ihn loszuwerden, aber ich hatte Pech. Er klebte mir an den Fersen, packte mich am Kragen, warf mich zu Boden und begann, Teller, Tassen, Gläser und Besteck auf die Straße zu schleudern, und lallte dabei irgendein Lied. Ich richtete mich auf und bat ihn um Gnade und wollte den Karren weiterschieben. Die Schläge hämmerten auf meinen Hinterkopf, aber ich achtete nicht darauf und schob den verfluchten Karren. Aber der Mann ließ nicht von mir ab und keiner der Passanten half mir. Ganz im Gegenteil, ich sah, wie manche Besteck und andere Küchengeräte in ihre Tragetaschen steckten und grinsten, als wäre das ein Theaterstück mit Gratisgeschenken. All das ertrug ich und flehte ihn immer wieder um Gnade an. Plötzlich rief er: ›Ich schlage ihn, weil seine Mutter eine Hure ist!‹

Nie im Leben hatte ich so viel Kraft wie in jener Sekunde. Ich drehte mich zu ihm um und trat ihn in den Schritt. Er taumelte rückwärts, ich sprang ihn an und versetzte ihm einen Kinnhaken und er fiel der Länge nach auf den Rücken. Plötzlich schrien die Passanten, die die ganze Zeit das Maul gehalten hatten, entsetzt auf. Ich rannte zu ihm, zog ihn an der Krawatte hoch und schrie ihn an: ›Mütter können keine Huren sein!‹ Dann umfing mich Dunkelheit.

Als ich zu mir kam, saß ich eingepfercht zwischen zwei Gorillas, die nach Schweiß stanken. ›Mein Karren‹, sagte ich, und die zwei lachten. Mein Hinterkopf pochte schmerzhaft. ›Wohin bringt ihr mich?‹, fragte ich wie benommen. Sie lachten. ›Zu einem Picknick, du Hurensohn‹, sagte der Mann links von mir.

Mitten in Damaskus war das Gebäude, vor dem sie anhielten, ein unauffälliges graues Hochhaus, dessen Keller, soweit ich im Aufzug zählen konnte, sechs, sieben Stockwerke tief war. Man hat mich in einen Raum geführt, der nach Urin stank, und warf mich mit gefesselten Händen auf einen rostigen Stuhl vor einem Tisch, auf dem nur ein überfüllter Aschenbecher stand. Langsam erkannte ich in der Tiefe des Raumes einen Mann, der mit ausgebreiteten Armen, an den Handgelenken angekettet, von der Decke hing. Sein Körper war voller Wunden. Er kam mir wie Jesus vor. Ein Offizier betrat den Raum und rief dem Hängenden vergnügt zu: ›Na? Willst du noch nicht sprechen?‹ Aus dem Mann kamen keine Worte, sondern ein Jaulen wie von einem geschlagenen Hund.

Der Offizier zündete sich eine Zigarette an. ›Und nun zu dir‹, sagte er und blickte verächtlich auf mich herunter, bevor er sich hinsetzte und einen kleinen Ordner aufschlug. ›Wir wissen alles über dich und ich habe keine Zeit. Sage mir, wer dich beauftragt hat, den Sohn unseres Chefs, General Darban, zu schlagen und zu demütigen, und ich lasse dich ohne besondere Behandlung dem Richter vorführen.‹

Ich erstarrte. Mein Hals fühlte sich rau wie ein Stück Holz an. ›Mein Herr‹, sagte ich, ›es muss ein Missverständnis sein. Ich bin ein einfacher Straßenverkäufer, und diesen Job führe ich seit zwanzig Jahren aus, ohne ein einziges Mal in Streit geraten zu sein. Der Herr, der Sohn des Generals, war betrunken und hat auf uns Passanten eingeschlagen. Ich wollte ihn nicht schlagen, aber er spuckte mir ins Gesicht und nannte meine Mutter eine Hure …‹

»Halt den Mund, Hurensohn«, sagte der Offizier, der erst Mitte zwanzig war, sodass er mein Sohn hätte sein können, wenn ich jemals geheiratet hätte. Er beschimpfte mich und drückte auf einen Knopf, und schon traten zwei Männer ein, die mich mit hinausnahmen.

Ich bin durch die Hölle gegangen. So etwas kann sich kein Mensch vorstellen. Sie quälten mich jeden Tag und warfen mich in eine Zelle mit über vierzig Leuten. Die Zelle hatte höchstens Platz für zehn Menschen. Es waren alte Menschen, Jugendliche und auch drei Kinder. Stellt euch vor, neun- oder zehnjährige Kinder! Ich fragte sie, warum sie hier seien. Sie wussten es nicht. Ein alter Mann gab mir die Antwort, dass sie genau wie er vom Geheimdienst als Geisel geholt worden waren, bis sich ihre Angehörigen, die gesucht wurden, ergaben und sich stellten. Die Kinder seien wie er seit zwei Jahren da.

Ich habe im Leben nicht eine Sekunde geglaubt, dass Syrer ihre Landsleute so behandeln können, aber jetzt habe ich es erlebt. Ich war kurz davor, meinen Verstand zu verlieren. Wir mussten unter Schlägen rufen: ›Gott erhalte unseren Präsidenten.‹ Ich sah junge und alte Männer sterben, unter Folter sterben, und sie wurden an den Füßen hinausgeschleift, als wären sie Müllsäcke. Ich habe wunderschöne

Menschen gesehen, die durch die Folter zu armseligen Kreaturen verunstaltet wurden.«

Und Amin begann zu weinen und seine Stimme erstickte. Sami und ich schauten einander an. Ich spürte einen unendlichen Hass gegen die Verbrecher, die Amin so gequält hatten. Onkel Elias nahm Amins Kopf in die Arme und küsste ihn auf die Augen. Er war erschöpft. Er schlief ein. Wir ließen ihn ausruhen.

Von Tag zu Tag erholte er sich. »Alle Leute wissen Bescheid«, sagte Amin uns drei Tage später, »dass ich keinen Autounfall hatte. Sie haben aber Angst, die Wahrheit zu sagen, und sie nicken und tun so, als glaubten sie meine Lüge. Aber genau das will der Geheimdienst. Aus jeder Gasse jährlich einen herausnehmen und quälen und danach zurückschicken und ihn eine dumme Lüge erzählen lassen, sodass die Übermacht des Geheimdienstes uns weiter einschüchtert.«

Da hatte Amin recht. Letztes Jahr war es der Tischler Michel gewesen. Er hatte auch erzählt, dass er bei einem Kunden von dessen Terrasse zwei Meter in die Tiefe gefallen sei. Damals hatten alle Nachbarn miterlebt, wie man ihn direkt aus seiner Werkstatt mitgenommen hatte. Und warum? Weil er das Geld für die Möbel haben wollte, die er dem Kunden geliefert hatte. Es war eine dicke Rechnung gewesen: Möbel für das Schlafzimmer, für das Wohnzimmer und für die Küche. Der Mann hatte ihn lange hingehalten, und als Michel mit dem Rechtsanwalt drohte, sagte der Mann: »Dazu wird es nicht kommen.«

Noch in derselben Nacht wurde er abgeholt. Der Vorwurf lautete, er habe den Präsidenten beschimpft. Der Bruder des Kunden war ein Offizier des Geheimdienstes. Er ließ ihn täglich foltern, bis er eine Quittung unterschrieb, dass er das Geld für die Möbel bekommen habe. Unsere Gasse erstarrte damals angesichts dieser Niedertracht.

Irgendjemand stellte, noch bevor sich Amin vollständig erholt hatte, einen neuen Karren neben seiner Wohnung ab. Amin war zu Tränen gerührt. Bald konnte er wieder seine Haushaltswaren auf den Straßen anpreisen. Er behauptete, so viel wie jetzt habe er seit zehn Jahren nicht verkauft. Der Spender blieb anonym. Als wir Onkel Elias fragten, schaute er in die Ferne. »Es gibt in dieser Stadt noch großzügige Handwerker«, sagte er und grinste. Er wusste es, aber er wollte es nicht einmal uns verraten.

Was ich aber heute am Ende meiner Erzählung noch sagen möchte, ist dies: Die Verhaftung unseres Nachbarn Amin hat uns die Augen geöffnet. Es war für uns wie das Ende einer Frostzeit, auf das die Apfelblüten schon lange gewartet haben.

23.
Rettende Liebe

oder
Warum manche Kinder schnell erwachsen werden

Sicher waren unsere Eltern arm, aber sie waren reich an Gefühlen, in jeder Hinsicht! Mögen sie auch übertrieben haben, wir wussten immer genau, wann wir sie ärgerten, erfreuten, ängstigten oder überraschten. Auch spürten wir, wenn sie uns etwas verheimlichten oder aber wenn sie uns einfach nur umarmen wollten. Manchmal ärgerte ich mich, wenn meine Mutter nach mir rief und ich deshalb das Spiel unterbrechen musste, um zu ihr zu eilen und sie zu fragen, was sie wolle. Sie küsste mich und sagte: »Ich wollte dir nur ein Küsschen geben. Du kannst ruhig weiterspielen.«

Onkel Elias sagte, die Armen hätten kein Bankkonto, auf das sie Gefühle einzahlen und sparen konnten wie die Reichen, sondern sie würden alles bar zahlen.

Nelly jedoch wusste von ihren Eltern gar nichts. Nicht einmal, ob sie sie liebten oder nicht ausstehen konnten. Sie war fremd unter Fremden. Sie erzählte mir, sie musste sich schon als Kind selbst Frühstück machen, und wenn sie zu spät aufwachte, musste sie ohne Frühstück in die Schule gehen. Einmal, Nelly war in der zweiten Klasse, wurde ihr in der Stunde nach der Pause schlecht vor Hunger. Die Lehrerin erkannte sofort den Grund und gab Nelly ihr eigenes Brot und wies die Mutter am Telefon zurecht. Als Nelly nach Hause kam, sagte ihre Mutter nur ein Wort, nämlich »Verräterin«, und verließ die Küche. Nelly musste einen Monat lang nicht nur morgens, sondern auch mittags allein essen. Das war die Strafe der Mutter. Ihr Vater bekam von alledem nichts mit.

So wuchs in Nelly der Wille, möglichst schnell groß zu werden, um ihre Familie zu verlassen. Doch die strenge, kalte Mutter wachte darüber, dass ihre Tochter keine Schulkameradin oder Freundin mit nach Hause brachte und nicht zu Partys ging. So vereinsamte Nelly bald und mit ihr befreundet zu sein, wurde immer weniger attraktiv für die Mädchen ihrer Klasse. Aber einige erwiesen sich als wahre Freundinnen – sie verstanden und unterstützten Nelly, wo sie konnten. Ihr Leben veränderte sich jedoch schlagartig, als ihr großer Bruder einmal zu Besuch kam und ganz nebenbei erwähnte, dass er seinen alten Laptop einem Kollegen schenken wolle, weil er einen neuen habe. Er gab damit an, dass er alle zwei Jahre sein Smartphone und jedes dritte Jahr seinen Laptop austauschte.

»Schenk mir doch den Laptop«, wagte Nelly zu sagen, »das hilft mir bei Mathe und Informatik.«

Das war gelogen, weil sie damals nur Mathematik, aber noch keine Informatik lernte, aber das war dem Bruder gleichgültig, und er überließ ihr seinen alten Laptop. Deshalb sagte Nelly immer, ihr Bruder habe ihr unbeabsichtigt geholfen, sich von der Familie zu befreien und aus ihrer Einsamkeit auszubrechen. Einen Internet-Anschluss hatte das Haus schon lange. Nelly war wie verzaubert. Der Laptop war nur drei Jahre alt und hatte mehr als genug Kapazität.

Und ihre Mutter war zufrieden, weil sich Nelly von nun an nicht mehr über versäumte Partys und Freundinnenbesuche beklagte, sondern immer in ihrem Zimmer angeblich beim Lernen saß.

Schnell lernte sie mit dem Gerät und dem Internet umzugehen und wusste bald sogar, wie sie die Nachrichtensperren der Regierung überwinden konnte. Auf diese Art war sie wesentlich besser informiert als die anderen Mädchen in ihrer Klasse, die gerade ihre Smartphones entdeckten und sie vor allem als eine Möglichkeit betrachteten, noch längere Gespräche zu führen, als sie sie früher am Telefon geführt hatten.

Nellys Ausflüge in den Dschungel der virtuellen Welt hatten sie anfangs fasziniert, dann ernüchtert, aber auf jeden Fall sehr verändert und reifer gemacht – und mich später auch. Wenn ich ehrlich bin, muss ich zugeben, dass eigentlich Nelly es war, die meinen Blick auf die Gesellschaft schärfte. Ich war nie naiv und blind gewesen, aber Nelly war es, die mich aufweckte. Sie war lustiger als ein Clown, doch wenn es ihr ernst war, dann hörte sich das an, als ob sie aus einem Buch vorlesen würde.

Bei Sami war es seine spätere Freundin Josephine, die ihn beeinflusst hat. Aber sie hat ihn weniger geweckt als vielmehr – vielleicht ungewollt – zu einem verwegenen und lebensgefährlichen Abenteuer animiert, von dem ich später noch erzählen werde.

Nelly war, anders als die naive Josephine, kritisch und sich jedes Wortes bewusst. Als ich ihr einmal vom Geschichtsunterricht erzählte, in dem uns unser Lehrer begeistert von unserer glorreichen Vergangenheit erzählte und uns mit seiner Schwärmerei ansteckte, lächelte sie.

»Vergiss das, mein Freund«, sagte sie. »Das ist eine arabische Krankheit. Die Araber lieben ihre Vergangenheit so sehr, sie besingen sie als Paradies und beweinen ihren Verlust wie der frierende Adam vor dem verschlossenen Tor des Paradieses. Sie vernachlässigen die Gegenwart wie kaum ein anderes Volk, und wenn etwas Zeit vergangen ist, beweihräuchern sie sie, weil sie wieder Vergangenheit wurde.«

Ich war sprachlos und schämte mich ein wenig, weil ich wie ein Papagei das wiederholte, was der Lehrer gesagt hatte. Und der, meinte Nelly, wiederhole nur das, was die Regierung ihm vorsage. Sie hatte recht. Das macht dumpf und unselbstständig. Nach einem Treffen, bei dem sie mir wieder viel erklärt hatte, fragte ich mich, wie ein so junger Mensch wie sie so viel mit so wenigen Worten sagen konnte. Als ich sie Tage später fragte, woher sie so einen scharfen Blick habe, sagte sie, sie habe sehr früh erkannt, dass ihr Vater und ihre Brüder dauernd lügen würden, und erlebt, wie sich ihre Mutter jeden Tag selbst belog. Da habe sie sich einfach geschworen, weder sich selbst noch die anderen jemals zu belügen. Und genau das machte sie neugierig und ließ sie nach der Wahrheit suchen.

Ich war nicht sicher, ob die Antwort nicht zu bescheiden war, aber ich fühlte, dass Nelly die Rettung aus meiner Leichtgläubigkeit war. Und sie ist es geblieben. Aber nun zurück zu dem, was Nelly erlebte, als sie den Laptop bekam.

Für sie war das Internet die Befreiung, genau wie später für uns, Sami und mich. Sie entdeckte bereits nach einem halben Jahr, dass sie nur dort frei sein konnte, in der virtuellen Parallelwelt. Ihr Vater betrat ihr Zimmer nie. Ihre Mutter, Großeltern, Tanten und Onkel hatten keinen Zugang zu den ganzen Technologien. Für sie war diese Welt wie ein modernes Märchen.

So war Nelly sich selbst überlassen. Sie surfte, chattete und meldete sich bei verschiedenen Foren an, nannte sich Farida, was so viel bedeutet wie »die Einmalige«, aber auch »die Einsame«. Dort konnte sie sie selbst sein – und doch merkte sie, dass Farida nicht sie war. Sie war nur das virtuelle Spiegelbild ihrer Wünsche. Manchmal hatte dieses Bild

Ähnlichkeiten mit Nelly, manchmal aber erschrak sie vor dem, was Farida zum Ausdruck brachte. Sie hielt beim Tippen inne und wunderte sich, dass sie auf solche Gedanken gekommen war. Manchmal fragte sie sich, ob sie, Nelly, eine Maske in ihrer Welt oder Farida eine im Internet trug.

Doch bald trat, wie gesagt, eine Ernüchterung ein. Auch in der virtuellen Welt verstecken sich die Menschen hinter den Masken der Buchstaben. Charakterlose Männer, ich nenne sie Angler, werfen ihre leuchtenden Köder vor die Augen naiver junger Menschen, die gerade aus der Dunkelheit der Sippe und Tradition flüchten und die jede Kerze für eine Tausend-Watt-Lampe halten. Früher oder später werden sie erkennen, dass das versprochene Paradies einen versteckten Haken hatte, an dem sie als dummer Fisch zappeln und von dem sie sich, wenn sie Glück haben, mit einer Wunde freimachen können oder im schlimmsten Fall daran zugrunde gehen. Die rosarote Virtualität hat nicht lange Bestand gegenüber dem realen Leben.

Auch Nelly, die mir alles offen erzählte, musste erfahren, dass hinter den witzigen und kommunikativen virtuellen Chatpartnern oft einsame Langweiler steckten und dass ein verklemmter Mensch die temperamentvollsten und radikalsten Kommentare schreiben konnte. Auch bei den Informationen, die sie beim Surfen und Chatten in den Foren sammelte, wurde sie langsam skeptisch. Sie hielten oft keiner näheren Prüfung stand.

Als Sami und ich später Informatik studierten, nannte unser Informatikprofessor die Foren das virtuelle WC, weil jeder und jede, den der Dickdarm oder die Blase drückt, ins Internet geht und dort seine Inhalte entleert.

Dennoch wollte Nelly das Internet keinen Tag missen. Schreiben war ihre Rettung, es öffnete ihr verschlossene Türen zu anderen Welten und Hoffnungen. Weißt du, ich hatte keine Ahnung von der Seele der Mädchen. Viele Männer werden alt und sterben, bevor sie diesen Kontinent, die Seele der Frauen, entdecken. Nelly hat mir mit einem Mal diese fremde Welt nähergebracht.

Wir gingen an jenem Tag gemeinsam spazieren. Plötzlich hielt sie mich beim Anblick eines kleinen Mädchens fest. Wir blieben regungslos stehen. Es spielte mit seiner Puppe auf einer Parkbank. Das Mädchen tadelte, ganz wie eine Mutter, die Puppe, dass sie immer noch frech sei. Sie solle artig sein, da sie bald heiraten würde.

»Weißt du, genau das, was das Mädchen der Puppe sagt, wiederholt meine Mutter tagtäglich, genau so wie Großmutter es ihr in den Kopf einpflanzte: Sie solle brav sein, sonst kriege sie keinen Mann«, sagte Nelly später und erzählte mir viel über all die Regeln, Mahnungen und Predigten, denen ein Mädchen folgen muss und die für Jungen keine Bedeutung haben.

Erst als sie in die Oberschule kam, entdeckte sie, dass das Leben mehr zu bieten hat. Hier waren die Schülerinnen bereits junge Frauen, oft hatten sie erste Erfahrungen mit Männern gemacht. Sie begann ihrerseits zu lernen, wie sie mit Männern reden sollte, wie sie deren Tricks und Fallen erkennen konnte. Es kam ihr komisch vor, als wären die Männer eine feindliche Armee, die mit allen Methoden arbeitet, um Frauen zu besiegen, gefangen zu nehmen und dann zu versklaven. Entsprechend war es die Strategie der Mädchen, die Männer an der Nase herumzuführen und, wenn die von den Hormonen verwirrt waren, waren sie leicht dorthin zu bringen, wo sie sie haben wollten.

Eine virtuelle Affäre mit einem Mann hat Nelly viel gelehrt. Sie verliebte sich schnell in ihn, denn er war so offen wie eine herrliche Landschaft, und er weckte in ihr Sehnsüchte, die sie nicht kannte. Er wollte sie treffen, angeblich, um zu sehen, ob sie zueinander passten. Eine Freundin rettete sie im letzten Augenblick. Der Mann sei verheiratet und habe drei Kinder. Er habe auch anderen Mädchen der Schule vorgegaukelt, dass er sie heiraten wolle. Als Nelly den Mann damit konfrontierte, verschwand er, für immer. Sie war lange gekränkt, als sie erfuhr, dass er, womöglich aus geistiger Faulheit, mehreren jungen Frauen dasselbe geschrieben und versprochen hatte.

Ein anderer, viel raffinierterer, bat sie um Hilfe. Er habe sich nach ein paar Wochen in sie verliebt, und er denke, so eine starke junge Frau könne ihn aus seiner unglücklichen Ehe retten … Eine schallende Ohrfeige, von der Wirklichkeit verpasst, beendete diese beiden virtuellen Lieben, aber Nelly war monatelang geknickt.

Einmal, wir waren schon länger zusammen, fuhren wir mit dem Bus von ihrem Viertel zu uns in die Altstadt. Der Bus fuhr entlang der historischen Geraden Straße.

»Irgendwie hat Onkel Elias recht«, sagte ich zu ihr, als wir im Bus saßen. »Langsam gewöhnt sich unsere Generation daran, nicht mehr hinaus ins Leben zu gehen und das Leben und die Welt offline zu erfahren, stattdessen googeln wir die Welt zu uns. Aber das ist nicht die Welt, sondern ein Bildschirm.«

Nelly nickte und schaute mich an wie ein junges Mädchen, das gerade einem spannenden Märchen zuhört. »Das hat der alte Postbote Elias gesagt?«, fragte sie mich leise, als spräche sie zu sich. Ich nickte.

Nelly wollte an diesem Tag meine Mutter besuchen. Die freute sich sehr darüber und hatte mich deshalb gebeten, einen besonderen Darjeeling-Tee von einem Händler auf dem Gewürzmarkt nahe der Omaijaden-Moschee zu holen.

Wir stiegen am Markt aus, besorgten den Tee und gingen Hand in Hand über den ganzen Markt. Wir wollten auch zu Fuß, Hand in Hand, zu mir nach Hause gehen. Nicht einmal zwei Kilometer ist unsere Gasse vom Gewürzmarkt entfernt und die Gerade Straße ist hier am schönsten. Sie ist umsäumt von kleinen und kleinsten Läden, die Gewürze, Süßigkeiten, Souvenirs, Haushaltwaren und frisch geröstete Nüsse anbieten. Daneben und alle hundert Meter ein Café.

Ich hatte mir schon eine Antwort auf die Zunge gelegt, für den Fall einer frechen Bemerkung eines Geschäftsmanns oder eines Nachbarn: »Das ist meine Verlobte, ansonsten kümmere dich um deinen Kram, Neidhammel.« Nach ein paar Schritten beschloss ich, auf das Wort »Neidhammel« zu verzichten, so würde meine Antwort zeigen, dass ich über jede Stichelei erhaben war. Aber niemand sagte auch nur ein Wort. Die Augen der Händler aber sprachen Bände.

Es hat mich überrascht, dass Nelly vorher noch nie auf dem Gewürzmarkt gewesen war. Sie staunte über die Schönheit dieses Viertels. Und sie war glücklich darüber, alles zu Fuß zu erkunden. Sie war eine Damaszenerin, aber sie bewunderte wie eine Touristin die alten Gassen und Handwerker.

Bei mir zu Hause genoss Nelly das Gespräch mit meiner Mutter. Sie sprachen bald so vertraut miteinander, als wären sie seit Jahren befreundet, und lachten sehr über meine übertriebene Höflichkeit. »Du hast eine Perle als Freundin«, sagte meine Mutter danach. »Deshalb hast du lange gebraucht, um eine Freundin zu finden, mein mutiger Perlentaucher.«

Und Nelly? Sie küsste mich vor der Bushaltestelle und sagte: »Kein Wunder, dass du so zärtlich bist, wenn so eine tolle Frau dich erzogen hat.«

Und mein Vater? Er blieb höflich und fast unbeteiligt, aber das war seine Tarnung. Er hatte alles genau gehört und genauso alles beobachtet. »Das hast du von mir. Starke Frauen sind interessanter«, sagte er später. Ich habe mich gefreut, weil er Nelly mit meiner Mutter verglichen hatte, die er abgöttisch liebte.

Am selben Abend sahen wir im Fernsehen einen italienischen Sandalenfilm, der im alten Rom spielte. Damals bestrafte man die Schuldigen öffentlich, sie wurden gepeitscht, gekreuzigt, erdrosselt oder in der Arena zur Belustigung der Zuschauer von den wilden Tieren zerfleischt. Der Sinn solcher barbarischen »Spiele« war es, die Gesellschaft zu gleichgültigen Menschen zu erziehen. »Brot und Spiele«, das Zauberwort der Herrschaft im alten Rom. Waren die Menschen satt und zufrieden und wurden sie auch noch durch Spiele unterhalten, so konnte der Herrscher sicher sein, dass seine Untertanen gleichgültig wurden. Und das ließ ihn leichter regieren.

Ich hatte schon öfter solche Filme gesehen, aber zum ersten Mal fand ich es ekelhaft. Mir hatte die Liebe zu Nelly einen Weg gezeigt, der mich frei machte und mir die Kraft gab, mit offenen Augen durchs Leben zu gehen. Von ihr lernte ich, dass ein Diktator niemanden mehr braucht und schätzt als die Gleichgültigen.

24.
Ein Schutzengel im Pyjama

oder

Eine Narbe zu später Stunde

Es gab irgendeine Unruhe in der Armee. Plötzlich wurde eine nächtliche Ausgangssperre verhängt. Sami wollte aber unbedingt zu Mariam, einer Cousine seiner Mutter, die schwer an Krebs erkrankt war. Alle wussten, dass sie nun, nach OP und Chemotherapie, nicht mehr lange zu leben hatte.

Die große Sippe hatte beschlossen, ihr den Abschied zu erleichtern, und einen Besucherplan aufgestellt. Jeweils vier oder fünf Verwandte verweilten einen ganzen Abend bei ihr, erzählten ihr etwas, spielten Karten und lachten und weinten mit ihr, bis Mariam müde wurde, dann fiel sie erleichtert in den Schlaf. Ein halbes Jahr lang ließ sich der Tod Zeit, bis er seinen Bruder, den Schlaf, endgültig vertrat. Anfang März wachte Mariam nicht mehr auf.

Ab und zu war auch Sami dran und ging einen ganzen Abend zu Mariam, die mit ihm nicht nur leidenschaftlich Karten spielte, sondern ihn auch über Politik, Schule und die Liebe ausfragte. Sie zeigte ein solches Interesse, als würde sie noch lange leben. Sie äußerte sich scharf und kompromisslos, eben so wie jemand, der nichts mehr zu befürchten oder zu verlieren hat. Sami liebte die Diskussionen mit ihr. Sie war auf ganz altmodische Weise aufrichtig. Er sagte mir später, er habe von Mariam gelernt, das Leben zu lieben, weil das Leben so oder so endlich sei. Oft erzählte sie ihm von den Wünschen, die nun unerfüllt bleiben würden. Es waren keine besonders anspruchsvollen Wünsche, sondern die einfachsten Dinge des Lebens, die die arme Frau nicht mehr erleben durfte – einen schmerzfreien Tag genießen, mit anderen tanzen oder einen Sonnenaufgang am Meer; Erlebnisse, die wir Gesunden jeden Tag haben können und viel zu wenig genießen oder beachten, wie kostbar solch einfache Dinge sein können.

Mitte Februar war Sami wieder dran, den Abend mit Mariam zu verbringen, und er wusste von der nächtlichen Ausgangssperre. Seit Wochen wurde geflüstert, dass Soldaten in den Kasernen nahe Damaskus rebellierten. Über hundert Offiziere und Unteroffiziere sollten bereits hingerichtet worden sein. Rundfunk und Fernsehen, Zeitungen, Banken und Regierungssitz wurden verstärkt geschützt. Spezialeinheiten fuhren durch die Straßen, um Macht zu demonstrieren. An allen Kreuzungen nahmen Fallschirmjäger Stellung. Die nächtliche Ausgangssperre war eine jener Maßnahmen, die Damaskus sichern sollten.

Sami ging trotzdem zu seiner Cousine Mariam, weil sie

ganz nah wohnte. Ihr Haus war in der Nähe der orthodoxen Kirche der Heiligen Maria, nicht einmal fünfhundert Meter entfernt. Man konnte durch die engen Gassen der Altstadt gehen, und nur ein Mal musste man auf der breiten Geraden Straße bei der Kischle-Kreuzung auftauchen, um dann wieder im Schatten der Häuser zu verschwinden. Überhaupt hatte die Altstadt seit über fünfzig Jahren nichts mit der Regierung zu tun. Im gesamten Areal gab es kein einziges Regierungs-, Funk-, Zeitungs- oder Bankgebäude. All das war im neuen Stadtteil von Damaskus untergebracht. Dort wurde regiert und geputscht.

»Verspäte dich nicht«, sagte ihm seine Mutter und gab ihm ein Glas Aprikosenmarmelade für Mariam mit. Das war die Lieblingssüßigkeit der Todkranken.

»Wenn ich nicht zurückkomme, melde ich mich über Rundfunk, dann bin ich der neue Staatspräsident«, scherzte Sami leise mit seiner Mutter und machte sich an jenem kühlen Nachmittag auf den Weg.

Seine Mutter lächelte und schüttelte den Kopf. »Angeber!«, rief sie ihm nach.

Auch andere Verwandte waren an diesem Abend zu Mariam gekommen und pfiffen auf die Krisen der Regierung. Sie spielten Karten und alle setzten sich um ihr Bett, für das ihr Mann, ein begabter Tischler, einen Spezialtisch gebastelt hatte. Der Tisch ermöglichte es Mariam, im Bett zu essen und Karten zu spielen, und mit einem Handgriff konnte der Tisch zur Seite gekippt werden und gab das Bett frei.

Das Spiel war feurig und dauerte ewig. Als es immer später wurde, sagte Mariam, sie könnten alle bei ihr übernachten, im ersten Stock gebe es viele Matratzen für Gäste. Doch niemand wollte bleiben. Einige wohnten in Bab Tuma, ihr Weg führte sie ohne jede Gefahr durch die engen Gassen bis zu ihrer Haustür.

Sami und Karam, ein Schwager der Familie, mussten Richtung Osttor gehen. Sie schlichen sich durch die Gassen. Karam war ein schweigsamer Mann. Er war Schuster und hatte Glück gehabt. Sein Meister war kinderlos und hatte ihm sein gut eingeführtes Geschäft für einen günstigen Preis übergeben und so konnte Karam bereits mit fünfundzwanzig sein eigener Herr werden.

Als sie am Ende der Gasse angekommen waren, hielten sie an. Sami warf einen Blick auf die Gerade Straße, die Hauptstraße der Altstadt. Sie war menschenleer. Er horchte – absolute Stille. Ein Hund bellte in der Ferne. Er nickte seinem Begleiter wortlos zu und machte etwa zehn Schritte bis zur Kreuzung. Es waren nur noch fünfzig Meter bis zu seiner Gasse. Doch da bellte eine laute Stimme aus einem Hinterhalt: »Stehen bleiben oder ich schieße!« Sami hörte das ihm vertraute metallische Geräusch der Entsicherung eines Maschinengewehrs und blieb mit dem Rücken zur Apotheke stehen. Aus der linken Abzweigung der Kreuzung kamen ein Offizier, ein Unteroffizier und zwei Soldaten. Die Soldaten richteten die Gewehre auf Sami und Karam. Der Offizier hatte eine Pistole in der rechten Hand. Nur der etwas ältere Unteroffizier trug keine Waffe. Etwas weiter hinten parkte ein kleiner Militärjeep. Die Laterne an der Kreuzung tauchte alle Gesichter in ein fahles, gelbliches Licht. Auch die zwei Soldaten schienen ängstlich zu sein.

»Wer seid ihr? Habt ihr eine Sondergenehmigung?«, fragte der Offizier streng, aber höflich. Sein Akzent war eindeutig damaszenerisch. Seine Nervosität nahm von Wort zu Wort merklich ab, da die zwei Zivilisten vor ihm mit erhobenen Händen hilflos dastanden.

»Wir waren bei einer todkranken Cousine. Das können Sie überprüfen. Sie hat jene Krankheit«, antwortete Sami mit brüchiger Stimme. Das Wort Krebs sprach man in Damaskus nicht aus, weil es nach einem verbreiteten Aberglauben dem Gegenüber Unheil bringt.

»Er lügt, Herr Offizier. Schicken Sie ihn in die Hölle«, sagte der Unteroffizier, dem Akzent nach ein Bauernsohn aus dem Küstengebiet.

»Wisst ihr, dass euch das euer Leben kostet? Wisst ihr das? Wisst ihr, dass die Todesstrafe für jeden gilt, der in der Nacht unerlaubt aus dem Haus geht?«, fragte der Offizier, und ohne auf Antwort zu warten, fuhr er fort: »Drei Verschwörungen wurden aufgedeckt, und mehr als zehn Männer wurden innerhalb einer Woche erschossen, weil sie in der Nacht durch die Straßen schlichen und im Auftrag Israels Bomben legten.«

»Aber Herr Offizier, wir haben damit nichts zu tun. Das Haus unserer Cousine ist nicht einmal vierhundert Meter von hier entfernt. Mariam ist bestimmt noch wach. Sie können sie fragen und sie wird Ihnen das bestätigen. Ich gebe Ihnen ihre Telefonnummer. Sollten wir gelogen haben, dürfen sie uns bestrafen, wie Sie wollen, Herr Offizier«, sagte Sami gefasst. Sein Begleiter, der junge Schuster Karam, brachte nicht ein Wort über die zittrigen Lippen.

»Vergeuden Sie nicht Ihre Zeit, Herr Offizier«, bellte der Unteroffizier, »das geht uns nichts an. Wir liefern sie an den Geheimdienst und sie können dort ihre Lügen erzählen. Ich erkenne den Mann. Er ist ein Verbrecher. Bestimmt hat er eine Bombe gelegt, und was machen Sie, mein Herr, wenn die morgen hochgeht und er schon über alle Berge ist?«

»Bringt sie ins Auto«, befahl der junge Offizier etwas leiser.

»Einen Augenblick bitte«, rief Karam, der Schuster, und umfasste die Hand des Offiziers. Er küsste sie untertänig. »Bitte, Herr Offizier. Ich bin Schuster und habe noch nie in meinem Leben mit Politik zu tun gehabt. Meine Frau wird vor Kummer und Scham sterben. Sie ist im achten Monat schwanger. Bitte haben Sie Gnade mit uns. Wir waren wirklich hier neben der Kirche der heiligen Maria. Ich schwöre es bei der Seele meiner verstorbenen Mutter.«

Der Offizier war beeindruckt. Er schaute auf den Schuster und zog seine Hand zurück. Nicht aus Ekel, sondern eher aus Befangenheit. »Und versprecht ihr ...«, wollte er einlenken.

»Oh, versprechen kann man viel, Herr Offizier«, gellte der Unteroffizier. »Weg mit ihnen«, befahl er den zwei Soldaten. »Worauf wartet ihr noch?«

Die beiden Soldaten schnappten sich Sami und seinen Begleiter, doch die klammerten sich an dem Rollgitter der Apotheke fest und ließen sich nicht ins Auto schleppen. Sami wusste, wenn er ins Auto stieg, war er tot. Überall gab es Attentate und drei Mal waren schon Bomben hochgegangen. Die Regierung brauchte Schuldige und der Geheimdienst fand für sie die Sündenböcke. Sami hielt sich mit einer Hand am Gitter und schubste mit der anderen den Soldaten von sich. Auch Karam, der Schuster, trat gegen den einen Soldaten und rief unentwegt: »Hilfe, ich bin unschuldig!«

Der Unteroffizier schlug Sami ins Gesicht, doch der Schlag war auszuhalten. Ein zweiter Schlag mit dem Gewehrkolben traf jedoch sein Kinn und schleuderte ihn auf den Boden.

»Hilfe!«, rief der Schuster verzweifelt und laut.

Lichter gingen in den umliegenden Häusern an und Sami schöpfte Hoffnung. Er richtete sich auf und ein Faustschlag traf ihn ins linke Auge. Sami sah Sterne vor dunklem Firmament, klammerte sich aber wieder an dem Gitter fest.

»Ja, wen sehe ich denn da?«, hörten alle ein Gebrüll aus einem Fenster im ersten Stock über der Apotheke, wo das Gerangel stattfand.

»Tuma? Ja, sag mal, was machst du hier in der Nacht? Du kommst bis zu meinem Haus und meldest dich nicht?«

»Stopp!«, knurrte der Offizier, der etwas abseits stand, die Soldaten an.

Sie hielten sofort ein und Sami und Karam konnten Luft holen. Allmählich traute sich Sami, ein Taschentuch gegen die Platzwunde am Kinn zu drücken. Sein Auge schmerzte fürchterlich.

Schnell kam der Mann in seinem Pyjama herunter und stürzte auf den Offizier zu, umarmte ihn, küsste ihn und tadelte ihn, dass er ihn nie besuchte, obwohl sie doch direkte Cousins seien. Der Offizier war durcheinander und entschuldigte sich. Wegen der angespannten Lage sei er versetzt worden und am liebsten wolle er bald zurück in den Norden.

»Ja, bei uns ist auch der Teufel los«, bestätigte der beleibte Mann im Pyjama, den Sami noch nie gesehen hatte. Er hielt kurz inne. »Und was machst du mit den Jungs hier?«, fragte er seinen Cousin.

»Sie haben die nächtliche Ausgangssperre missachtet und dafür gibt es erst einmal ein ordentliches Verhör beim Geheimdienst, Abteilung Terrorbekämpfung«, antwortete der eifrige Unteroffizier.

»Ach was«, rief der Mann im Pyjama, »ich kenne beide,

und wenn ihr Terroristen oder Putschisten sucht, dann geht in die neue Stadt und lasst die zwei in Frieden. Ihr vergeudet nur eure Zeit. Die haben nichts mit Politik zu tun. Ich kenne sie seit ihrer Kindheit. Der eine ist der Sohn vom Arzt«, sagte der Mann und zeigte auf Sami, »und der andere ist der beste Schuster hier im Viertel. Tuma, nimm lieber mich und lass die zwei Küken!«, rief der Mann und klopfte seinem Cousin, dem Offizier, auf die Schulter.

Der Unteroffizier wurde grau im Gesicht. Er konnte den Mann nicht einschätzen, deshalb wagte er nicht mehr, den Mund aufzumachen. Er hatte sich vor fünf Jahren schon einmal bei einem Pyjamaträger geirrt. Der Pyjama tarnt wie die Nacktheit. Er hatte damals einen Mann beleidigt, den er für einen Gemüsehändler hielt. Er war aber zu seinem Pech der Schwiegervater des Verteidigungsministers gewesen. Das hatte ihm eine saftige Strafe eingebracht – sechs Monate Dienst in der Wüste.

»Meinst du?«, fragte der Offizier, fast erleichtert. »Aber wenn sie etwas angestellt haben, bist du für sie verantwortlich«, fügte er hinzu.

»Ja, dann komm zu mir, und bis du deinen Kaffee getrunken hast, habe ich sie hergeholt«, erwiderte der Mann im Pyjama.

Der Unteroffizier konnte sich nicht erinnern, dass sich jemals irgendeiner für ihn eingesetzt hatte. Er hasste die Damaszener mit ihren unsichtbaren Beziehungsnetzen, die sie überall webten, auch mitternachts in einer dunklen Gegend. Sogar im Pyjama mischten sie sich ein und retteten ihre Angehörigen vor dem Zugriff des Staates. Er wusste, wenn einer von seiner Familie in diese Kontrolle geraten wäre, würde er am nächsten Morgen in einem Straßengraben liegen, mit einer klaffenden Wunde im Genick und starren Augen. Aber diese zwei dahergelaufenen Burschen fanden sofort einen, der plötzlich auftauchte und den aus dem Norden versetzten Offizier, der heute in Vertretung die Patrouille führte, persönlich kannte und dafür sorgte, dass sie davonkamen. Eine verfluchte Stadt.

Der Unteroffizier nahm seine ganze Kraft zusammen und stützte sich auf dreißig Jahre Dienst, um den Satz zu sprechen, der ihm half, sein Gesicht zu wahren: »Aber die Personalien sollten aufgenommen werden. Alles andere kann ich nicht verantworten«, sagte er mit kalter Stimme.

Der Mann im Pyjama, anscheinend erfahren und von der Folgenlosigkeit dieses bürokratischen Krams überzeugt, winkte mit der Hand: »Meinetwegen.« Seine Stimme verriet Verachtung.

Der Offizier wollte seinem Untergebenen diese Kleinigkeit nicht verwehren. Er war in den nächsten drei Wochen auf seine Hilfe angewiesen. Und er wusste, die Unteroffiziere sind das Öl im Getriebe, und wenn sie zu Sand werden, gibt es nur Chaos.

Sami atmete erleichtert auf und übergab, genau wie der

benommene Schuster, seinen Ausweis dem Unteroffizier, der ihn mit zum Auto nahm, wo er die Personalien aufnahm.

Sami und Karam verabschiedeten sich vom rettenden Schutzengel im Pyjama und von dem Offizier. Sami weigerte sich jedoch, dem Unteroffizier die Hand zu geben, während der Schuster sich bei jedem Einzelnen untertänig bedankte. Er entschuldigte sich auch bei allen für diese nächtliche Störung. Wortlos und ohne Abschied trennten sich die zwei. Karam wohnte in der Ananias-Gasse, nahe dem Osttor.

Erst jetzt fühlte Sami den stechenden Schmerz in seinem Kinn. Zu Hause reinigte er die Wunde in der Küche mit Alkohol und einer Jodlösung. Er schlich leise ins Bett.

Ich selbst lag an diesem Abend mit einer Erkältung im Bett. Am nächsten Tag besuchte mich Sami und ich sah sein verbundenes Kinn und sein blaues Auge und lachte. »Hat dir einer einen Kinnhaken mit eiserner Faust gegeben?«, fragte ich. Da lachte er und erzählte mir, was am Vorabend passiert war, also die Geschichte dieser neuen Narbe.

25.
Eine Kuh feiert nie den Tod ihres Kalbes

oder

Eine kranke Gemeinschaft

Du hast mich gefragt, warum ich so geschickt und leicht den Computer von Klaus reparieren und auf den neuesten Stand der Technik bringen konnte.

Ich wollte dir eigentlich ein trauriges Erlebnis erzählen, das dir zeigt, wie kaputt eine Gesellschaft unter der Diktatur werden kann. Aber erst zu deiner Frage.

Neugierig auf den Computer und das Internet waren wir beide, Sami und ich, bereits als Kinder, aber wir hatten keinen Zugang dazu. Woher auch? Richtig angefangen haben wir mit den Computern in den Sommerferien nach der sechsten Klasse. Wir jobbten in zwei verschiedenen Computerläden und wollten deshalb alles so schnell wie möglich lernen. Erst waren wir kleine Laufburschen, wir mussten Tee kochen, Geräte transportieren, den Laden putzen. Nach und nach bekamen wir auch kleine Reparaturaufgaben. Wir hatten Glück. Unsere Chefs waren begeistert von unserem Einsatz und erlaubten uns, nicht nur in den langen Sommerferien, sondern an jedem freien Tag bei ihnen zu arbeiten. Sie hatten wirklich mehr als genug Aufträge und bezahlten uns großzügig. Bald konnten wir mit den Programmen, Druckern und WLAN-Routern umgehen.

Wir halfen den Kunden, wenn sie in den Laden kamen, aber auch so, privat, wenn sie mit ihrem Computer Schwierigkeiten hatten. Später waren es dann natürlich auch Laptops und Smartphones, die wir reparierten. Wir lernten außerdem alle Tricks des illegalen Downloadens und auch, wie man der Kontrolle des Geheimdienstes entging und gesperrte Homepages aufrufen konnte.

Wir verdienten so gut, dass wir uns in der neunten Klasse jeder einen Laptop leisten konnten. Das waren Abfallprodukte der Reichen, die fast jährlich ihre Smartphones und Laptops wechselten. Doch bald stellten wir fest, die Laptops genügten uns nicht. Laptops sind gut, aber man kann sie nicht nachrüsten, und sie haben beim Kauf ein unpraktisches Betriebssystem, das man erst deinstallieren muss.

Sami war es, der bald erkannte, dass wir leistungsfähigere Computer brauchten, wenn wir wirklich Experten sein wollten. Also nahmen wir uns die Rechner und Gehäuse von alten oder bereits ausgeschlachteten Modellen aus dem Computerladen und schlossen sie alle zusammen. Mal erlaubte uns das der Chef und mal wir uns selbst. Wir rüsteten die Computer immer wieder nach. Es klappte.

Abend für Abend trafen wir uns, Sami und ich, und

tauschten unsere Erfahrungen und Tricks aus. Wir verdienten gutes Geld, vor allem mit den noch nagelneuen Geräten, die wir von den Kunden geschenkt bekamen und dann an Mitschüler verkauften. Mit dem Geld konnten wir in den Internetcafés, die wie Pilze aus dem Boden schossen, surfen, da wir in den ersten Jahren zu Hause keine Internetverbindung hatten.

Wir kannten uns mittlerweile so gut aus, dass wir in der Oberschule als Internet-Spezialisten galten. Aber das war zu viel des Lobes. Computer sind eine Welt für sich, und es ist gut, dass man lernt, mit ihnen umzugehen, aber beherrschen lassen sich die Teufelsdinger nicht. Wenn du sagst: Jetzt habe ich alles verstanden, dann ist dein Wissen fünf Minuten, fünf Tage oder fünf Monate später bereits veraltet. Es ist heute beinahe unmöglich, sich mit Software auszukennen, ohne auch im Internet Experte zu sein. Und alles wird immer komplizierter und kurzlebiger.

Aber wir konnten den Schülern bei vielen Fragen helfen. Von den wohlhabenden verlangten wir Geld, vor allem, wenn sie etwas Kompliziertes brauchten, das nur ein guter Hacker lösen kann. Filme und Musik downloaden war nicht unsere Sache, zum einen, weil man dabei schnell erwischt werden konnte, zum anderen, weil bald jeder wusste, wie das geht.

Und doch spezialisierten wir uns etwas. Ich wurde Experte für Hardware und Netzwerktechnik, wusste also, wie man Intra- und Internetverbindungen aufbaute. Ich war damit quasi der Handwerker. Sami wurde ein exzellenter Fachmann für Software und wusste, wie man sich im Internet bewegte und Sachen – illegal – herunterlud, ohne erwischt zu werden. Er war also der Meisterdieb.

Jahr für Jahr wuchs unser Wissen. Meines bekam ich durch den Job und die Betreuung der Kunden mit ihren simplen und komplizierten Fragen. Sami musste sich alles autodidaktisch aneignen, vor allem, wenn er etwas über die illegalen Aktivitäten im Netz wissen wollte. In Foren lernte er von Hackern und Aktivisten viele Tricks.

Hier geschah etwas Wundersames: Bisher wurde in der ganzen Geschichte der Menschheit Wissen von oben nach unten weitergegeben: Großeltern vermittelten es an Eltern und diese an ihre Kinder. Im Computerzeitalter kippte die Pyramide um. Junge Schüler mit vierzehn oder fünfzehn Jahren belehrten ihre hilflosen Lehrer und Verwandten, wie man etwas löscht und vor allem, wie man fälschlich Gelöschtes wieder rettet.

Ich sage dir ganz ehrlich, damals wussten Sami und ich noch nicht, dass wir mit diesem Wissen eines Tages sogar dem Geheimdienst die Stirn bieten würden, das kommt erst später. Das erzähle ich noch. Aber eigentlich wollte ich heute ja noch von einem besonderen Erlebnis erzählen.

Es war, soweit ich mich erinnere, im Spätsommer oder Frühherbst 2009. Sami und ich waren bei Onkel Elias und tranken mit ihm einen herrlichen Tee, den Sami von einem exquisiten Teeladen in der neuen Stadt bekommen hatte. Der Besitzer des Ladens war begeistert von Sami, weil er seinen Computer schnell wieder zum Laufen gebracht und alle Daten gerettet hatte, obwohl schon ein IT-Experte daran gescheitert war.

Plötzlich hörten wir laute Lieder und übermütige Triller aus dem Haus hinter unserem Haus. Beide Häuser standen Wand an Wand, doch das Nachbarhaus war in der Judengasse. Dort hatten jahrzehntelang Juden und Palästinenser in Frieden miteinander gelebt, bis der damalige syrische Diktator Geld vom US-Präsidenten Bill Clinton bekam und er allen Juden, die das wollten, erlaubte, das Land zu verlassen. Die Mehrheit wanderte aus, zum größten Teil nach Amerika und die anderen nach Israel. Die Häuser standen leer und verfielen. Im Haus hinter unserem wohnten jetzt nur noch Palästinenser.

»Die Palästinenser feiern Hochzeit«, sagte Onkel Elias und lächelte. »Wollen wir zusammen hingehen und mitfeiern?«, fragte er und wir wollten. Die Palästinenser waren sehr arm, aber großzügig. Das wussten wir.

Schon aus der Ferne hörten wir Hochzeitslieder, Triller und Jubeln und sahen die Menschentraube am Eingang des Hauses, wo, wie wir dachten, Hochzeit gefeiert wurde. Der Schock traf uns drei wie eine kalte Ohrfeige, als wir das Haus erreichten. Ich dachte, ich sehe einen Horrorfilm oder einen Film über eine verrückte Welt, in der alles umgekehrt ist. Nicht anders erging es meinen zwei Freunden. Sie starrten das Geschehen blass und wortlos an.

Es war nämlich keine Hochzeit, sondern eine Beerdigung. Der Sarg war mitten im Innenhof aufgestellt, die Mutter stand vor dem Sarg und sang, tanzte, trillerte und jubelte, dass ihr Sohn nun als Märtyrer im Himmel Hochzeit feiern würde. Entsetzlich! Auch die Männer sangen fröhliche Lieder und gratulierten der Mutter, dass ihr Sohn nun im Himmel verweilen würde.

Das Gedränge war ungeheuer groß und die Menschen standen sehr dicht beieinander. Sie wogten hin und her wie Meereswellen, wenn sie in der Nähe des Toten heftig tanzten. Bald wurden wir auseinandergerissen. Onkel Elias trieb nach rechts, Sami nach links, und ich bewegte mich vorwärts, auf den Sarg, zu. Von dem jungen Mann im Sarg sah man nur das blasse Gesicht mit halb geöffneten, ausdruckslosen Augen und entblößten Zähnen. Es sah aus, als wollte er lächeln oder etwas sagen. Er musste ein schöner, großer Mann gewesen sein.

Ich hörte eine eher dunkelhäutige, stämmige Frau ihrer rothaarigen, schlanken Freundin erzählen, dass er im Libanon bei einer bewaffneten Auseinandersetzung zwischen zwei verfeindeten palästinensischen Gruppen ums Leben gekommen war. Die rothaarige Frau konnte ihre Wut kaum zurückhalten. Vor lauter Empörung fauchte sie laut: »Und was macht ein Palästinenser, der in Damaskus geboren wurde, bewaffnet im Libanon?«

»Sei leise, woher soll ich das wissen?«, mahnte die stämmige Frau.

»Ich finde, er ist dumm gewesen«, sagte die rothaarige Freundin.

»Halt den Mund, du bringst uns in Schwierigkeiten«, knurrte die dunkelhäutige Frau.

»Und ihr geht mir mit eurer Heuchelei auf die Nerven. Ich verschwinde hier«, sagte die rothaarige Frau und machte sich auf und davon.

Ich schaute zu Onkel Elias, und er winkte mir, wir sollten lieber gehen. In diesem Augenblick sah ich das Gesicht der Mutter des Verstorbenen aus nächster Nähe. Ihr Lachen war gekünstelt, eine tiefe Trauer und Verbitterung sprang aus jeder Falte ihres verkrampften Gesichts.

Wir bahnten uns einen Weg durch die Menge. Als wir weit genug entfernt waren, hielt Onkel Elias an. »Was war das für ein elendes Schauspiel!«, sagte er. »Eine Mutter ist gezwungen, den Tod ihres Sohnes zu bejubeln und sich angeblich zu freuen. Das ist doch krank, oder?«

»Aber wer zwingt sie denn? Der Junge ist im Libanon gefallen, wie ich hörte, im Kampf gegen andere Palästinenser. Beide Gruppen sind Muslime. Wie kann man in den Himmel kommen, wenn man seinen Glaubensbruder umgebracht hat?«, fragte ich, ohne eine Antwort zu erwarten.

»Himmel? Was für ein Himmel? Es ist eine Idiotie«, erwiderte Onkel Elias. »Die Regierung, seine Kampfgruppe und die krankhafte Umgebung hier, alle wollen, dass die Mutter den Tod ihres Sohnes bejubelt. Es ist ein seltsames Ritual, eine Unart unserer Zeit, die von der Regierung unterstützt wird, wenn der Tote vorher im Auftrag des Präsidenten gegen dessen Feinde gekämpft hat. Ansonsten muss der Tote leise begraben werden, und seine Familie muss lügen und erzählen, er sei bei einem Autounfall ums Leben gekommen. Vermutlich war der Mann ein Anhänger unseres Präsidenten.«

»Aber die Mutter ist doch dumm, meine würde sich von niemandem vorschreiben lassen, sich über meinen Tod zu freuen und dabei auch noch zu trillern«, sagte Sami. Das Gleiche hätte ich auch über meine Mutter sagen können.

»Nein, deine Mutter hat Rückgrat. Sie ist tapfer und klug. Diese Mutter hier und ihre Verwandten sind dümmer als Kühe«, sagte Onkel Elias. »Ich habe einmal einem Bauern am Rande der Stadt einen Brief gebracht und da war auf dem Bauernhof der Teufel los. Ein neugeborenes Kalb war kurz nach seiner Geburt gestorben, der ganze Hof trauerte, und die Kuh leckte das tote Kälbchen und schrie verzweifelt, stupste es und schrie, dass wir alle Tränen in den Augen hatten. Der Bauer und seine Frau streichelten die Kuh und weinten. Auch ich stand da und weinte und keiner von uns fand es komisch.

Diese Kuh war sensibler und hatte ein größeres Herz als all diese Frauen und Männer, die Hochzeit gefeiert haben. Der arme junge Mann hat sein Leben verpfuscht. Das macht mich so traurig«, sagte der alte Postbote.

Unsere Erschütterung war so groß, dass Sami und ich uns ohne Abschied trennten. Jeder ging in sich versunken nach Hause.

26.
Der große Verlust

oder

Von den Folgen einer Verleumdung

Ende des Jahres lernte Onkel Elias bei einem Hochzeitsfest Lamis kennen, eine schöne Frau so um die fünfzig. Er spielte dort die ganze Nacht Laute und bekam einen guten Lohn, fast so viel wie seine Monatsrente. Die reichen Eltern der Braut schenkten ihm auch noch einen schwarzen Anzug, ein weißes Hemd und eine weinrote Fliege.

Onkel Elias hatte sich für die Feier gründlich gewaschen und rasiert. Sami und ich sahen ihm dabei zu.

Er war völlig aus dem Häuschen und fragte uns dauernd: »Sehe ich nicht affig aus? Wie ein alter Gigolo?«

Wir amüsierten uns über so viel Unsicherheit wegen eines schwarzen Anzugs und beruhigten ihn, dass er für uns zwar ungewöhnlich, aber ziemlich schön aussehe. Sami ging noch weiter: Er sehe jetzt aus wie der alte Schauspieler Gregory Peck, behauptete er. Der alte Postbote sah ihm wirklich ähnlich.

»Ja, alt fühle ich mich wirklich«, erwiderte der alte Postbote. Aber er ging gerne zur Hochzeit. Wir durften nicht mit. Das wollten die Reichen nicht.

Und dort bei dieser Feier traf er Lamis, eine entfernte Tante der Braut. Sie war fasziniert von seinen Händen und wich den ganzen Abend nicht von seiner Seite. Er versuchte, sie mit der Beschreibung seiner Armut abzuschrecken, wie er uns später versicherte, obwohl auch er sie vom ersten Augenblick an mochte, aber Lamis war Geld gleichgültig. »Du bist reicher, als du denkst«, war ihre Antwort. Sie hatte auch nicht viel Geld, aber im Vergleich zu Onkel Elias waren alle Damaszener, bis auf die Nachtwächter und Bettler, wohlhabend. Lamis wohnte in Bab Tuma, nicht weit von unserer Gasse. Und so besuchten sich die zwei Verliebten in den folgenden Tagen öfter. Man sah sie nur noch zusammen. Bald wurden sie zum Dauerthema der Tratschtanten und Neidhammel unserer Gasse.

Lamis muss früher eine umwerfende Diva gewesen sein. Sie sprach merkwürdig gekünstelt, denn sie flocht immer wieder französische und italienische Ausdrücke in ihre Sätze ein: »O mon dieu, wie schrecklich!«, »Merci beaucoup, mein Freund« oder »Grazie, amore mio, das ist nicht nötig«. Angeblich war ihre Mutter Italienerin gewesen, und ihr Vater ein französischer General.

Onkel Elias gefielen ihre Geschichten dermaßen gut, dass er, der selbst einen Tresor von einmaligen Geschichten in seinem Gedächtnis mit sich herumtrug, ihren simplen Erzählungen wie ein verwundertes Kind folgte, als wären sie lebensgefährliche Abenteuer. Und dabei streichelte er zwischendurch ihre schönen Hände. Verliebtheit macht aus uns Kinder.

Sami und mir gefiel die Frau nicht, und wir sahen in ihren Allüren einer Filmdiva, die sie nicht war, den Grund. Heute weiß ich es besser – wir waren dumm und eifersüchtig, weil der alte Postbote wie besessen von ihr war. Er hatte nur noch Augen für sie. Eifersucht ist die Zwillingsschwester des Geizes. Wir begriffen erst spät, dass Onkel Elias mit Lamis gemeinsam rebellierte, denn Liebe ist eine Rebellion, eine Rebellion gegen Einsamkeit und Kälte.

Es dauerte nicht lang, bis alle in der Gasse davon wussten, dass diese kluge, grauhaarige Frau bis vor zehn Jahren die langjährige Geliebte eines reichen, aber verheirateten Händlers gewesen war. Es war kurz nach Silvester, als auch mir dieses Gerücht zu Ohren kam. Das Gerücht ließ die allgemeine Stimmung gegen den Postboten wenden. Sie verwandelte sich vom neidischen, harmlosen Lästern in feindseliges Hetzen.

Lamis war ein höflicher und sehr vornehmer Mensch, aber die Spitzel durchforsteten so lange alle Ecken und Verstecke ihres Lebens, bis sie herausfanden, dass sie, obwohl sie inzwischen braver als eine Nonne war, doch ein sehr bewegtes Leben hinter sich hatte. Die Nachbarn wandten sich von dem Liebespaar ab. An erster Stelle unsere Väter. Aber auch meine Mutter schimpfte auf Lamis und meinte damit auch Onkel Elias. Samis Mutter dagegen verteidigte das Liebespaar und erklärte ihrem Sohn: »Liebe ist ein Menschenrecht.«

Sami ließ aber nicht locker und erinnerte seine Mutter an den schlechten Ruf von Lamis. »Lamis' Leben geht nur sie und sonst niemanden etwas an«, sagte sie beharrlich. »Lass dich von den Dummköpfen dieser Gasse nicht mitreißen.« Nicht nur auf Sami, auch auf meine Mutter redete sie ein, aber meine Mutter blieb bei ihrer Meinung, dass Lamis nicht zu Onkel Elias passe.

Die Isolierung unseres Freundes hatte uns beide schockiert, und je länger sie dauerte, desto schlimmer fanden wir sie. Irgendwann hörten sogar wir auf, Lamis schief anzuschauen.

Wir erfuhren bei dieser Geschichte, dass das Glück eines Menschen nur in den Augen von Unglücklichen als Sünde erscheint. Onkel Elias aber war, seitdem er sich in Lamis verliebt hatte, vollkommen verändert. Er pflegte sich mehr und lachte und spielte öfter Laute. Er unterrichtete mich intensiver und war geduldiger denn je. »Mit Musik«, sagte er, »lassen dich die Frauen gerne an die Tür ihres Herzens klopfen.«

Die Bewohner unserer Gasse, die sich nun als Wächter von Sitte und Moral aufspielten, waren selbst alles andere als moralisch unfehlbar, aber Sami und ich hielten jetzt zu

Onkel Elias und das tröstete ihn. Doch plötzlich, Anfang März, kam ein Unglück auf ihn zu, das wir nicht verhindern konnten. Eine Razzia überfiel Onkel Elias und seine Geliebte an einem warmen Frühlingstag.

Es war bereits hell. Mich riss der Lärm aus dem Bett, auch die Nachbarn waren schon aufgewacht, aber Elias und Lamis schliefen noch. Zwei Männer in Zivil zerrten sie in den Innenhof und ein bewaffneter Soldat hielt seine Kalaschnikow auf sie gerichtet. Unser Haus war umstellt. Die Nachbarn erstarrten beim Anblick der Maschinengewehre. Ein Jeep parkte vor dem Haus, in dessen Fond zwei bewaffnete Zivilisten saßen. Vier weitere besetzten unser flaches Dach und hielten den Innenhof unter Kontrolle. Man hätte meinen können, die Regierung wolle gerade einen gefährlichen Mafiaboss verhaften, dabei handelte es sich nur um einen armen, alten Postboten.

Da kam ein Polizist aus Onkel Elias' Zimmer und hielt eine Einkaufstüte hoch. »Hier ist das Rauschgift. Es handelt sich um libanesischen Haschisch.«

Als die Witwe Saide zu Onkel Elias gehen wollte, schrie ein Polizist sie an, sie solle in ihr Zimmer zurückgehen, und entsicherte sein Gewehr geräuschvoll. Sie erstarrte an der Tür und bekreuzigte sich, als könne sie sich mit dem Kreuzzeichen einen Schutzmantel zulegen, damit das Unheil an ihr vorbeiginge.

Der Polizist befahl uns laut, in unseren Zimmern zu bleiben, und so verfolgten wir die Szene im Innenhof vom Fenster aus. Wir alle, vor allem meine Eltern, wussten, dass Onkel Elias nie im Leben mit Haschisch oder Drogenhandel zu tun gehabt hatte. Aber sie machten den Mund nicht auf.

Ein Mann in Zivil zog ein Päckchen aus der Tüte heraus. Es sah aus wie eine gepresste braune Masse in Zellophan gewickelt. Er legte es vor Onkel Elias und fotografierte es mit seinem Smartphone. Lamis bedeckte beschämt ihr Gesicht. Elend sahen beide in ihren Schlafanzügen aus.

Plötzlich sah ich Sami in seinem Pyjama durch die Haustür in den Innenhof kommen. Er war barfuß vom Gnadenhof zu unserem Haus gekommen und wollte sich entlang der Wand langsam zu Onkel Elias schleichen. Doch nicht nur ich – einer der Polizisten hatte ihn auch bemerkt und rannte auf ihn zu. Mit einem Würgegriff hinderte er ihn daran, zu Onkel Elias zu laufen.

»Der arme Junge«, sagte meine Mutter. Der Polizist beförderte Sami auf die Gasse und sperrte die Haustür ab, die bis dahin offen gestanden hatte.

Onkel Elias und Lamis wurden abgeführt. Lamis war verwirrt und leichenblass. Erschrocken und ohne Schminke sah sie auf einmal zwanzig Jahre älter aus. Unser Freund schien beim Überfall geschrumpft zu sein, sodass er seine Schuhe verlor. Sie nahmen ihn barfuß mit. Die Schuhe blieben zurück.

Ich war noch immer in meinem Zimmer und hörte die

unverwechselbare Stimme meines Freundes Sami vor der Haustür: »Warum steht ihr so wie Scheintote herum? Mein Freund Elias hat nichts verbrochen!«

Dann hörten wir dumpfe Schläge. Ich wusste, sie galten Sami, und stürmte hinaus, barfuß. Die Wagen der Polizei hatten gerade unsere Gasse verlassen. Sami lag auf dem Boden und keiner kümmerte sich um ihn. Ich half ihm beim Aufstehen.

Wir setzten uns ins Zimmer des alten Postboten, dessen Tür schief hing, weil sie aus den Angeln gerissen war. Seine Laute lag zersplittert auf dem Boden. Sami sammelte Einzelteile und Holzsplitter auf und legte sie behutsam auf den kleinen Tisch. »Warum nur?«, fragten wir uns immer wieder. Wir wussten keine Antwort.

Zwei Tage später kam Lamis, die man wieder freigelassen hatte, um ihre Sachen zu holen, die noch bei Elias waren. Sie wollte mit niemandem reden. Auch mit uns beiden nicht. Sie wiederholte nur: »Ich will mit einem Drogenhändler nichts zu tun haben.«

Aber Onkel Elias war kein Drogenhändler.

Warum er verhaftet worden war, konnten wir erst nicht herausfinden, aber dann kam Nelly auf die Idee: »Das sieht ganz nach einem Spitzel aus.«

Vielleicht mochte sie recht haben, aber wer war der Verräter gewesen? Und wie war das Haschisch in das Zimmer von Onkel Elias gekommen? Drei Geheimdienstschnüffler lebten in unserer Gasse. Es waren keine Beamten, sondern freiwillige Helfer des Geheimdienstes. Wie wir wussten, waren es immer Rentner, die in jeder Gasse alles beobachteten, und sie mussten einem Verbindungsoffizier berichten, der in der Regel für mehrere Gassen zuständig war. Zu der Zeit waren es insgesamt circa 250 000 Spitzel, mit deren Hilfe der Geheimdienst die totale Kontrolle über die Großstädte hatte. Sie bekamen keine Gehälter, sondern eine einmalige Belohnung bei jedem Fang. Sie richtete sich nach der Wichtigkeit und Gefährlichkeit des aufgedeckten Vorfalls oder des verhafteten Gegners. Es gab aber auch Bestrafungen, falls die Anzeige falsch war. Dabei richtete sich die Strafe nach der verlorenen Mühe und vor allem nach der Absicht, die hinter der Falschheit steckte. Damit verhinderte der Geheimdienst, dass ein Chaos entstand, und vor allem, dass die Informanten zu viel Macht bekamen. Man wollte sie durch Belohnung und Bestrafung disziplinieren und ihnen zugleich zeigen, dass sie nicht mehr als Handlanger des Geheimdienstes waren. Das alles ist heute nicht viel anders. Der Diktator hat dieses Prinzip von den Ostblockländern gelernt, vor allem von der rumänischen Securitate und der Stasi in der ehemaligen DDR.

Wie gesagt, drei Spitzel lebten unter uns, und weil sie besonders dumm waren, kannte sie jeder. Alle drei hassten Onkel Elias. Jusuf, der pensionierte Polizist, war der Arroganteste unter den Spitzeln. Er wollte der heimliche Herrscher der Gasse werden. Anscheinend hatte ihn der Verbindungsoffizier darin bestärkt und ihm Hoffnungen gemacht. Elias und Jusuf stritten, wo immer sie sich begegneten. Doch Jusuf war zu jener Zeit bei seiner Tochter in Jordanien, wo sie mit ihrem Mann lebte.

Dann gab es noch Abdulrahim, den pensionierten Busfahrer, der hatte sich angeblich vor Elias in Lamis verknallt, aber sie habe ihm einen Korb gegeben, sagte man. Er hatte Elias immer wieder beleidigt, Lamis sei für jedermann zu haben. Elias hatte immer barsch reagiert: »Vielleicht für jedermann, aber du bist ein Nichts, deshalb hat sie dich nicht beachtet.«

Und Dimitri, der bis zu seiner Rente im Einwohnermeldeamt gearbeitet hatte, war Mitglied einer extremen christlichen Sekte, die alle Vergnügungen auf Erden verachtete und ungeheuer verklemmt war. Sogar Katholiken, Orthodoxe oder Protestanten waren für diese Sekte Ungläubige, Muslime und Juden sowieso. Ich hörte, dass sie auch die Evolutionstheorie von Darwin ablehnten. Sie waren überzeugt, dass Gott die Welt in genau sechs Tagen geschaffen hatte, und glaubten, dass jeder Genuss eine Sünde sei, sogar Eis schlecken. »Allein deshalb würde ich dieser Sekte nie beitreten«, hatte Onkel Elias einmal gesagt. Er liebte Eis mit Pistazien.

»Dimitri hat ihn angezeigt«, sagte Sami etwa eine Woche später.

»Aber sie haben doch Haschisch bei Elias gefunden. Woher hatte er fast ein Kilo Haschisch?«, fragte ich ihn.

»Ich weiß es auch nicht. Aber Dimitri hat sich gerächt. Wie ich gestern erfuhr, hat sich Elias vor Kurzem mit ihm gestritten. Dimitri rief ihm auf der Straße ›Sündiger‹ nach, als dieser Hand in Hand mit Lamis durch die Gasse ging. Onkel Elias erwiderte: ›Dimitri, ich könnte dich so beschimpfen, dass dir die Haare ausfallen, aber ich tue es nicht. Weißt du, warum? Weil sich das gemeinste Schimpfwort beleidigt fühlen würde, mit dir in Verbindung gebracht zu werden. Du weißt aber als fanatischer Christ sicher, dass ein Verräter wie du Jesus ans Kreuz lieferte.‹«

Dimitri sei daraufhin verstummt, wie Sami weiter erzählte. Seine Frau und drei Nachbarinnen hätten laut über die klugen Worte des alten Postboten gelacht. Seine Frau war nämlich aus religiösen Gründen gegen Spitzel, und sie wusste, dass Dimitri letztes Jahr den Elektriker Tanios ins Unglück gestürzt hatte, weil der einen gesuchten Cousin, einen Journalisten, für ein paar Tage bei sich versteckt hatte.

»Das hat Dimitri gedemütigt und er schwor Rache vor seiner Frau«, schloss Sami seine Geschichte ab. »Eine Nachbarin hat es mir zugeflüstert.«

Es war nichts zu machen. Ein alter Rechtsanwalt, der Onkel Elias kannte, versprach zu helfen. Nach einer Woche kam er mit der traurigen Nachricht, der alte Postbote hätte tatsächlich Haschisch in seinem Zimmer versteckt, er habe es bereits zugegeben.

Wir waren verzweifelt. Hatte uns der gute alte Elias all die Jahre belogen? Hatte mein Vater mich vielleicht deshalb vor ihm gewarnt? Ich schwankte. Sami aber nicht. Er war in allem stur, und wenn er jemanden liebte, so hielt er unerschütterlich zu ihm.

Nellys Zuversicht war wie ein Licht am Ende des Tunnels. Sie erinnerte sich an ein Mädchen in ihrer Klasse. Sie war die Tochter eines Generals des Geheimdienstes, der sie wochenlang geholfen hatte, mit dem Computer und im Internet fit zu werden. Nelly überzeugte sie, dass der Postbote niemals etwas mit Drogen oder mit Politik zu tun gehabt hatte und nur durch Abdulrahim oder Dimitri angezeigt worden sein konnte. Nelly glaubte, Abdulrahim sei es gewesen, denn enttäuschte Liebe animiere wie der religiöse Wahn zur Rache. Die Schulkameradin versprach, ihren Vater einzuweihen. Der war, so grausam er auch als Geheimdienstler sein mochte, äußerst zärtlich gegenüber seiner einzigen Tochter.

Der General ließ Onkel Elias zu sich bringen und nach einem halbstündigen Gespräch entlassen. Seine Männer brachten Abdulrahim, Dimitri und deren Verbindungsoffizier eine Stunde später zu ihm. Abdulrahim und Dimitri wurden gefoltert. Nach zwei Stunden gab Dimitri zu, den Haschischklumpen in das Zimmer des alten Postboten geschmuggelt zu haben. Er wurde wegen Irreführung des Geheimdienstes bestraft, der Offizier verlor seine anstehende Beförderung. Dimitri wurde einen Monat lang gequält und kam mit geschorenen Haaren und gebrochen in die Gasse zurück. Er war als Spitzel entlassen worden, aber die Nachbarn verachteten ihn immer noch – jetzt aber ohne Furcht. Die Geheimdienstler der Diktatur sind Staatskriminelle, und wenn der Staat sie fallen lässt, sind sie nur noch Kriminelle.

Onkel Elias kam frei. Doch Lamis wollte mit ihm nichts mehr zu tun haben. Auch meine Eltern freuten sich nicht über die Freilassung. »Er wird bald wieder ins Gefängnis kommen, weil er in solchen Kreisen verkehrt«, sagte mein Vater, der immer noch nicht von Onkel Elias' Unschuld überzeugt war. Zum ersten Mal hätte ich ihn gerne geohrfeigt.

Onkel Elias litt sehr unter der Trennung von Lamis. »Es schmerzt mich mehr als die Folter«, sagte er traurig. Er alterte innerhalb von wenigen Monaten sehr.

Als wir das Abitur im Juni geschafft hatten, freute er sich überhaupt nicht. Alles war ihm egal geworden. Seine Apathie machte jeden Besuch bei ihm zu einer Geduldsprobe. Er erzählte nicht mehr und wollte auch keine neue Laute kaufen. Er wollte auch nicht zur Abiturfeier mitgehen, die die wohlhabende Josephine, von der ich noch erzählen werde, für Sami und mich gab.

Onkel Elias wurde krank. Trotzdem wollte ihn Lamis nicht mehr besuchen. Die Frauen in unserem Haus und auch Samis Mutter pflegten ihn, aber sein Lebenswille war gebrochen. Bald sprach er nicht mehr und etwas später erkannte er auch niemanden mehr. Nicht einmal Sami.

Er starb langsam, Stück für Stück. Und im Herbst – Sami und ich hatten gerade mit dem Informatikstudium angefangen – verließ das, was von diesem großartigen Mann übrig geblieben war, die Erde.

Es war die traurigste Stunde im Leben meines Freundes Sami. Auch ich verlor meinen genialen Musiklehrer. Und bis heute noch ist er sehr nahe bei mir, wenn ich Laute spiele.

27.
Der Auftrag

oder

Wie Sami zu einem lebensgefährlichen Abenteuer kam

Ich weiß bis heute nicht, warum Sami sein Leben aufs Spiel setzen wollte. Ich habe ihn oft danach gefragt, aber mir schien, als wüsste er es selber nicht. Mal sagte er, er habe es aus Rache für Onkel Elias gemacht, dann sagte er, er habe Josephines Bruder Luca sehr gemocht, und dann blickte er in die Ferne und sagte mit pathetischer Stimme: »Für Josephine! Ich habe alles für Josephine gemacht.«

Wie ich schon erzählt habe, war seit Anfang des Jahres in Damaskus eine Spannung zu spüren, keiner wusste so genau, warum, aber eine Verhaftungswelle jagte die andere. Wir hörten, dass zwei Männer aus dem christlichen Viertel in einer Nacht verhaftet wurden. Josephines Bruder Luca verschwand ebenfalls. Und nun wollte Sami ihn finden. Alle vernünftigen Argumente gegen seine Entscheidung wirkten nicht. Für mich war klar, ich würde nicht von der Seite meines besten Freundes weichen. Aber vielleicht muss ich zuerst die Vorgeschichte erzählen:

Sami war vierzehn, als er sich in Josephine, die Tochter des Krämers Gibran, verliebte. Der Krämerladen befand sich am Eingang der Gasse. Aber das Wort »Laden« ist viel zu klein, um dessen ganze Bedeutung zu erfassen. Es war ein Geschäft mit tausendundeiner Ware. Alles Nichtessbare konnte man bei Gibran finden, von Knöpfen über Stoffe bis hin zu Flickzeug für Gummireifen, Schraubenziehern und billigen Brillen und Eheringen. Das alles war aber nur halb so wundersam wie das Gedächtnis von Gibran, der, selbst wenn er vorne an der Kasse stand und in ein Gespräch verwickelt war, seinem Laufburschen, ohne sich umzudrehen, genau den Ort nennen konnte, an dem sich das Ding befand, das der Kunde wünschte. Das hörte sich im einfachsten Fall so an: »Hinten auf dem zweiten Regal neben dem Feuerlöscher, erster Stapel links, dritte Schachtel von oben, die rote.« Es gab auch noch kompliziertere Wegbeschreibungen, und der Laufbursche, ein hagerer älterer Mann, murmelte auf dem Weg immer wieder die Anweisungen seines menschlichen Navigators vor sich hin.

Der Laden war immer staubig. Unser Nachbar lästerte, die Regale stammten noch von der Arche Noah. Auch Gibran selbst sah, außer sonntags, immer staubig aus und trug einen uralten grauen Kittel. Er war aber steinreich und sein Haus war das prächtigste unserer Gasse.

Gibran und seine Frau hatten zwei Kinder: Luca war zu der Zeit, als sich diese Geschichte ereignete, bereits mit dem

Medizinstudium fertig und machte gerade ein praktisches Jahr im Krankenhaus, und Josephine, das schönste Mädchen der Gasse, war in unserem Alter. Dass sie sich unsterblich in Sami, einen Habenichts, verlieben sollte, hätte niemand geglaubt, am wenigsten er selbst.

Sami wohnte, wie ich schon erzählt habe, nicht weit von mir im »Gnadenhof«, einer Ansammlung von miserablen Behausungen der ärmsten Christen. Sie wohnten dort kostenlos, weil der Hof der katholischen Kirche gehört. Trotzdem war der Gnadenhof verrufen, nicht einmal ein streunender Hund wagte sich hinein. Diese Menschen – samt Hunden und Katzen – galten als »Abschaum« der Gesellschaft.

Sami war nie besonders sportlich oder schön. Josephine aber wurde umschwärmt. Sie hatte grüne Augen und helle Haut wie ihre Mutter und sie war sehr intelligent. Die Jungen veränderten sich, sobald sie an der Tür oder am Fenster erschien. Wie unter Drogen drehten sie auf. Sami aber blieb gelassen, er wusste, genau wie ich, dass wir keine Chance bei ihr hatten. Diese Chancenlosigkeit ließ sein Herz zu einem hoffnungslosen Sklaven der Liebe werden. Nach außen blieb er allerdings cool. Er vergötterte Josephine, gab es aber nicht zu, auch mir gegenüber nicht.

Als er eines Tages Hadi, dem einfältigen Sohn des Tischlers, leichtsinnig verriet, dass er Josephine liebte, machte sich der lustig über ihn. Er solle sich lieber in eine Katze oder Ziege verlieben, denn Katzen und Ziegen, Töchter des Teufels, achteten nicht auf Aussehen und Ruf ihrer Liebhaber, sie liebten, wen, was und wo sie wollten. Josephine aber bekomme entweder den reichsten Mann, das sei Michail, der Sohn des Augenarztes, oder den schönsten Mann, das sei Sarkis, oder aber den stärksten Mann der Gasse, und das sei nun mal er. Hadi war siebzehn, fast zwei Meter groß und einen Meter breit. Und um Sami zu überzeugen, hob er ihn an jenem Tag einfach mit einer Hand hoch und wischte mit Samis Rücken die Kreidesprüche an der Mauer ab. Die Passanten lachten und Hadi ließ Sami wieder runter.

Seit diesem Tag liebte mein Freund die Katzen noch mehr und konnte Hadi nicht ausstehen. Samis hoffnungslose Liebe zu Josephine belustigte die Jungen, doch ohne Häme, weil sie alle selbst genauso hoffnungslos in sie verliebt waren. Sie erfanden Geschichten über seine Qualen, die Sami so niemals spürte. Seine Liebe war ein leiser, aber stetiger süßer Schmerz.

Aber gerade das machte ihn in meinen Augen groß. Ein Jahr vor dem Abitur erfuhr ich dann von ihm, dass Josephine nun seine Liebe zwar erwiderte, aber darauf bestand, es geheim zu halten. Sami hielt sich daran. Sie trafen sich heimlich in der neuen Stadt, was außer mir niemand erfuhr.

Was sie an ihm liebte? Er hatte sie das gefragt, da er selber darüber staunte. Sie antwortete, sie fände ihn sehr cool, klug und mutig und sie liebe sein Lachen. Das glaube ich wohl.

Als wir drei – Sami, Nelly und ich – das Abitur bestanden hatten, lud Josephine Sami, mich und Nelly zu einer Feier in einem feinen Café ein, aus Freude über Samis Erfolg. Das konnte sie aber nicht ohne das Wissen ihrer Mutter. Es wunderte mich, dass ihre Mutter ihr das erlaubte. Sie war die Verkörperung der Hochnäsigkeit. Gibran, ihr Vater, erfuhr wie alle Väter nichts davon.

Nelly war nicht begeistert von Josephine und beide hielten die ganze Zeit Abstand voneinander. Ich dachte, vielleicht sei das Eifersucht, weil Josephine sehr großzügig war und sogar dem Kellner Trinkgeld gab mit dem Worten: »Heute feiern wir meinen Freund.« Aber vielleicht waren es ihre sensiblen Antennen, die Nelly befähigten, Josephine schneller zu durchschauen als Sami und ich. Aber das erzähle ich noch.

In diesem Café, weit weg von unserer Gasse, konnte ein Reichenschnösel an einem Tag so viel ausgeben, wie mein Vater in einem Monat verdiente. Das ist auch Damaskus: Du triffst Menschen, die kaum Brot zu essen haben, und Milliardäre, die im Geld schwimmen. Doch diese Reichen täuschten mit ihren Kleidern, Autos und Smartphones, ja sogar mit ihren Getränken, die alle keine arabischen Namen hatten, vor, modern zu sein, waren aber noch rückständiger als ihre Großeltern, die fast alles, was sie brauchten, selber hergestellt hatten. Unser Land würde nicht einmal einen Monat überleben, wenn die Importe aus irgendeinem Grund unterbrochen würden. Aber nun zurück zu Sami.

Dass Josephine ausgerechnet ihn zu Hause besuchte und ihn beim Abschied sogar innig umarmte, das kam auch für Sami völlig unerwartet. Es geschah eine Woche nach dem Verschwinden ihres Bruders.

Ein Gerücht machte die Runde, Luca sei von einer kriminellen Bande entführt worden. Ähnlich der Mafia gab es in Syrien auch Mafiosi, die Söhne und Töchter von reichen oder prominenten Leuten entführten und damit Geld erpressten. Das letzte Opfer war der Juwelier Saba Muschtak gewesen. Man munkelte, seine Angehörigen hätten eine Million Dollar für seine Freilassung gezahlt. Zwei Monate später wanderte der Juwelier samt Familie aus. Doch an dem Tag, als Josephines Bruder Luca verschwand, veränderte sich unsere Gasse. Bald lähmte Furcht die Zungen der Nachbarn. Man sprach leise das Wort »Muchabarat«, Geheimdienst, aus.

Ein paar Tage später begleitete ein Nachbar Lucas Eltern, Gibran und seine Frau, zur Polizeistation, deren Chef, ein Major, ein Cousin dritten Grades des Nachbarn war. Der überreichte dem Major Geschenke und bat ihn um Hilfe bei der Suche nach dem »entführten« Sohn. Doch der Major belehrte sie kalt, der Sohn sei nicht entführt, sondern von Beamten der Staatssicherheit verhaftet worden, Luca müsse wohl etwas gegen den Staat gemacht haben. Der Offizier bedauerte, dass weder er noch ein Rechtsanwalt oder der Bischof etwas tun könne. Nur Gott und der Präsident stünden höher als der Geheimdienst. »Betet für ihn!«, empfahl der Offizier. Nicht einmal sarkastisch klang seine Stimme.

Von nun an sprach man nur noch ganz leise über Luca. Hoffnungslosigkeit machte sich breit in unserer Gasse, aber zum ersten Mal erlebte ich, dass sich die Nachbarn mit einer Familie solidarisierten, deren Sohn oder Tochter verfolgt wurde. Normalerweise machten alle – aus Angst – einen großen Bogen um solche Familien. Auch Samis und meine Mutter gingen zu Lucas Eltern und zeigten ihnen ihr Mitgefühl.

Sami sagte, er spüre, dass der Boden bald beben würde. Ich spürte nichts.

Lucas Mutter jedenfalls betete Tag und Nacht und versprach der heiligen Maria und dem heiligen Antonius von Padua, ein Jahr lang dem Waisenhaus Brot zu spenden. Dass sie Maria anbetete, war uns klar, denn sie war auch eine Mutter. Aber Antonius von Padua! Er war, wie unsere Nachbarin Saide sagte, für das Auffinden von verlorenen Sachen zuständig. Als meine Mutter über sie lachte, holte Saide, ich weiß nicht, woher, ein Büchlein, das sie vom Pfarrer geschenkt bekommen hatte, und bat mich, im Innenhof laut daraus vorzulesen. Und da stand es wirklich: Der heilige Antonius von Padua ist Patron der Ehe, der Bäcker und Bergleute, der Armen und Reisenden. Sein Segen wirkt gegen Unfruchtbarkeit und hilft bei der Entbindung. Und, da stand es, er hilft beim Auffinden von verlorenen Sachen. Wir lachten alle über das Fundbüro Antonius. Doch bald schämte ich mich für mein Lachen.

Ich habe dir bereits erzählt, dass Sami ein Langschläfer war. Eines Morgens lag er gegen neun Uhr noch im Bett, als seine Schwester Nadia hereinkam und süffisant sagte, die schöne Josephine stehe vor der Tür. Für die gute Nachricht verlange sie fünf Piaster, sonst würde sie sie verfluchen und die empfindsame Josephine würde nie wiederkommen. Sami richtete sich auf und gab der groben, unsensiblen Schwester seine letzte Lira. Er hatte am Tag davor Josephine ein teures französisches Parfüm geschenkt und war deshalb fast pleite. Nadia, die, anders als seine Lieblingsschwester Fadia, nach ihrem Vater schlug, strahlte. »Jetzt wird sie sich in dich verlieben!«, rief sie und lief hinaus. Er sprang auf und hörte seine Schwester triumphierend rufen: »Er kommt gleich. Er ist vollkommen durcheinander. Er freut sich über deinen Besuch. Der Geizkragen hat mir sogar Geld geschenkt.« Ihre Stimme ähnelte immer mehr der seines Vaters.

Sami ging zur Tür und bat Josephine herein. Sie lächelte verlegen und setzte sich auf sein eilig gemachtes Bett. Sami verschwand in die Küche, wusch sich, kämmte seine Haare und fragte sie dann, weil seine Mutter nicht da war, ob er für sie Frühstück oder Tee machen dürfe. Doch sie wollte nur mit ihm reden.

»Mein Vater will meinen Bruder durch Bestechung frei kriegen und meine Mutter durch Gebete. Ich glaube nicht, dass sie etwas erreichen.«

Sami glaubte das auch nicht. Josephine legte ihre Hand auf seine und schaute ihn mit einem Blick an, dem niemand hätte widerstehen können. »Hilf mir«, sagte sie. In diesem Augenblick hätte Sami vor Glück sterben können.

Josephine erzählte ihm, wie sehr sie ihren Bruder Luca liebe. Er sei immer nett zu ihr gewesen und habe ein großes Herz, so groß wie ein Fußallstadion. Sie erzählte und weinte. Sami hätte beinahe losgeprustet vor Lachen. Er dachte: Mädchen übertreiben in allem – ein Herz wie ein Fußballstadion! Aber sie zählte, unbeeindruckt von seinem Grinsen, unter Tränen auf, was Luca alles ins Herz geschlossen hatte: die Armen und Benachteiligten, Indianer und Afrikaner, Kurden, Juden und Palästinenser, die Kranken und die Gefangenen, die Schwalben, Bäume und Fische, die Sterne und den Mond. Und auch ihn, Sami, habe Luca ins Herz geschlossen.

Plötzlich schämte sich mein Freund. Er küsste Josephine auf die Wange. Sie aber drückte ihn innig und küsste ihn auf die Lippen.

»Und was willst du jetzt machen?«, fragte er.

»Ihn befreien«, sagte sie einfach. »Und der einzige mutige Mensch, der mir helfen kann, bist du.«

Sami war außer sich vor Stolz.

Sie schwiegen, streichelten sich, küssten sich und schwiegen. Dann aber stand Josephine auf, ging zur Tür, machte kehrt und umarmte ihn. Sami atmete ihren Geruch ein. Sie duftete nach seinem kostbaren Parfüm.

»Sie knutschen!«, rief Nadia, seine Schwester, an der Türschwelle in den Hof hinaus, als wollte sie alle Welt informieren, und saugte lustvoll an einem großen roten Lutscher.

Sami beschloss, Josephine beizustehen, koste es, was es wolle.

Einen Tag später erzählte er mir von seinem Traum. Heute bin ich nicht mehr sicher, ob es ein echter Traum der Nacht oder ein Tagtraum war, den seine Wünsche geboren hatten. Aber wir haben zusammen sehr gelacht über diese Szene, die aus einem kitschigen Film hätte stammen können.

»Ich trug ein weißes Hemd«, erzählte er, der nie ein weißes Hemd besessen hatte. »Meine schwarzen Locken glänzten. Menschen säumten, entlang ihrer Häuser, die Gasse. Sie winkten mir zu, manche knackten Nüsse, andere rauchten. Tuma, der Sohn des Uhrmachers, biss immer wieder so geistesabwesend in einen Maiskolben, dass er ihn mit Stumpf und Stiel aufaß. Josephine griff in einen Korb und warf eine Handvoll Jasminblüten über mich. ›Du bist der einzige mutige Mensch in dieser feigen Gasse‹, hörte ich sie rufen. Ich ging festen Schrittes an meinem Vater vorbei, der mich umarmen wollte, um mit mir anzugeben. Ich schob ihn unsanft von mir. Meine Mutter aber drückte ich fest, und sie flüsterte mir ins Ohr: ›Pass auf dich auf. Bald ist Weihnachten und meine Butterkekse sind fertig. Sie zergehen auf der Zunge. Also rette, wen du willst, aber lass meine Kekse nicht trocken werden.‹«

Sami lachte. »Auch im Traum musste ich lachen. Als ob ein Held wie ich keine anderen Sorgen hätte, als Kekse zu essen.« Mit diesem Lachen war Sami aufgewacht und hörte noch, wie sein Vater zu seiner Mutter sagte: »Wenn Luca ein Messerstecher, Einbrecher oder Dealer wäre, hätte sein Vater ihn freikaufen können, aber er ist ein Politischer, und das ist hoffnungslos.«

»Nicht für mich«, sagte Sami leise, nachdem er mir alles erzählt hatte.

»Und was hast du vor? Was willst du tun?«, fragte ich, als ich das Feuer in seinen Augen sah.

»Ich will Luca finden und nach Hause bringen«, sagte er. Wenn er für mich ein Fremder gewesen wäre, hätte ich über die Naivität eines Verliebten gelacht, aber komischerweise glaubte ich, dass ihm das gelingen würde. Und ich wusste, dass er dabei sein Leben gefährdete.

»Ich lasse dich nicht allein. Ich gehe mit«, sagte ich.

Er schaute mich nicht verwundert an, sondern eher traurig. »Das musst du nicht. Es ist meine Sache und es ist sehr gefährlich.«

»Ich muss nicht. Ich will«, sagte ich nur.

Sami und ich haben viele Kriminalromane gelesen. Den

Meister der alten französischen Krimis, Maurice Leblanc, die brillante Agatha Christie und vor allem den Schweden Henning Mankell, dessen Werk auch ins Arabische übersetzt worden ist. Und von ihnen allen hatten wir gelernt, dass man erst einmal viele Informationen sammeln muss, bevor man mit einer Aktion anfängt. Ich hockte vor dem Computer und versuchte, auf illegalen Wegen herauszufinden, was mit den verhafteten Syrern, darunter Luca, passiert war. Und Sami machte sich auf den Weg zum Krämerladen, in der Hoffnung, dort möglichst viel zu erfahren.

Der Laden war voll, aber die Hälfte der Kunden tat nur so, als wollte sie zwei Schrauben oder ein Klebeband kaufen oder alte Schulden begleichen. In Wahrheit wollten die Leute hören, warum Luca verschwunden war, und vor allem, wohin. Gibran antwortete geduldig mit trauriger, leiser Stimme und gab zugleich dem Laufburschen Anweisungen, die der vor sich hin murmelte, als fürchte er, die Bestellung im Wald der Stimmen und Fragen zu vergessen.

Sami stand unauffällig in der Nähe der Kasse und lauschte den Fragen und Antworten. Gegen Mittag wusste er Bescheid: Luca war Gefangener des Geheimdienstes und er wurde als »gefährlich« eingestuft. Sami staunte nicht wenig, dass ein junger Mediziner, der Menschen heilt, Staatsfeind werden kann.

Fast zeitgleich erfuhren wir mehr. Sami von einem Studienkollegen von Luca, dessen Schwester mit einem Geheimdienstoffizier verheiratet war, und ich aus dem Internet. Dort las ich auf der Seite eines Komitees, das sich um Gefangene kümmerte, dass Luca auf ihrer Liste stand. Er sei in dem Gefangenenlager von Palmyra, einem der schlimmsten. Ich zeigte Sami die Liste mit den Namen der Gefangenen.

Sami traf Josephine und erzählte ihr alles. Sie weinte und umarmte ihn fest. Er schwor bei seiner Liebe zu ihr, er werde ihren Bruder retten, auch wenn es sein Leben kosten würde.

»Was heißt, du willst ihn retten? Wir werden ihn finden oder gemeinsam sterben«, sprach sie entschlossen und sagte, sie wolle ihren Koffer mit den notwendigsten Sachen packen. Festen Schrittes ging sie nach Hause. Doch am Nachmittag kam sie vollkommen geknickt zurück. Sie dürfe auf keinen Fall mitgehen, habe ihre Mutter gesagt und ihr gedroht, sie würde sich sonst vergiften.

Josephine brachte Sami einen Rucksack, gefüllt mit Nüssen, Schokolade, Bonbons, mit Pflaster und einer handlichen Taschenlampe. Mehrere Tausend syrische Lira und ein Bündel Dollarscheine steckte sie ihm in die Hosentasche. »Von meiner Mutter«, flüsterte sie.

»Bald feiern wir Hochzeit!«, rief seine Schwester Nadia aus ihrem Versteck hinter dem Vorhang. Auch seine freche Schwester Fadia kam aus dem Versteck hervor und starrte auf den Rucksack mit den Leckereien. »Heilige Maria«, sagte sie, »wenn das so ist, dann will ich auch deinen Bruder suchen.«

Geschwister können lästiger sein als Septemberfliegen. Erst als jede zwei Tafeln Schokolade hatte, gaben sich Samis Schwestern zufrieden und waren bereit, Sami nicht zu verraten. Nur seiner Mutter vertraute er seinen Plan an. »Pass auf dich auf, mein Herz«, sagte sie, als wäre sie das Echo meiner Mutter. Unseren Vätern sagte man nur, dass wir von Freunden auf dem Land eingeladen worden seien und eine Woche dort verbringen würden.

Das Jahr neigte sich dem Ende zu. Es war ein bewegendes Jahr gewesen. Der Tod von Onkel Elias, das Abitur, der Beginn unseres Informatikstudiums. Das Studium brachte uns einen weiteren Schritt von der Herrschaft unserer Väter weg, da wir beide es selber finanzierten. Und nun noch Lucas Verhaftung.

Ich hatte alle meine Ersparnisse zusammengekratzt und meinen Rucksack auch noch mit Brot und anderen Lebensmitteln vollgestopft und Sami und ich zogen los. Am Ende der Gasse drehte sich Sami um. Auch ich schaute zurück. Josephine stand vor ihrer Tür und winkte ihm mit einem weißen Taschentuch nach. Es war wie in einem kitschigen Film. Aber wir machten den ersten Schritt zu einem sehr gefährlichen Abenteuer.

Heute muss ich bei einem Fest kochen helfen. Nächstes Mal erzähle ich dir weiter …

28.
Unterwegs mit Schmugglern
oder
Die Fahrt ins Unbekannte

Ich weiß, du willst die Fortsetzung der Geschichte hören, und ich hätte dir heute gerne die ganze Geschichte zu Ende erzählt. Aber leider wird dafür die Zeit wohl nicht reichen. Ich werde in einer halben Stunde hier im Café abgeholt. Man hat mich zu einem Fest im Jugendzentrum eingeladen. Ich soll Laute spielen, deshalb habe ich sie mitgebracht. Lass uns trotzdem für eine Weile zu unserer Geschichte zurückkehren.

Palmyra ist eine Oase in der Wüste. Ihre Ruinen sind weltweit berühmt. Zenobia, die legendäre Königin, machte die Oase zu einer blühenden Stadt. Von 268 bis 272 n. Chr. herrschte sie über den ganzen Orient. Aber dann schickte Kaiser Aurelian seine Truppen, zerstörte die Stadt und nahm Zenobia gefangen. Die Geschichte dieser ehrgeizigen und mutigen Frau ist ein Roman für sich, aber lieber bleibe ich bei Sami …

Tausende von Touristen pilgerten damals jedes Jahr nach

Palmyra. Doch keiner von ihnen wusste – und das im Zeitalter von Internet und elektronischer Kommunikation –, dass nur einen Steinwurf von den Ruinen entfernt eines der schlimmsten Gefängnisse der Welt für »Politische« steht. »Gefängnis« ist das falsche Wort, ein furchtbares Gefangenenlager ist das.

Die Fahrt dorthin war leichter, als wir dachten. Der Bus war bis zum letzten Sitz besetzt, halb mit Bauern und halb mit armen Fremden. Die reicheren Touristen wurden mit klimatisierten Spezialbussen oder Flugzeugen dorthin gebracht. Der Flughafen liegt nicht weit entfernt vom Lager – man kann es bei der Landung sehen.

Im Sommer ist die Fahrt mit solchen Bussen stickig, aber Anfang Dezember, als Sami und ich reisten, war es frisch, die Fenster brachten kalte Luft und Staub für die fünfzig Passagiere, dreißig Hühner und zwei Ziegen. Eine der Ziegen schaute mich mit neugierigen, klugen Augen an. Mich wundert es nicht, dass Ziegen in dunklen Zeiten als Töchter des Teufels galten. Der Mensch hat immer Probleme mit intelligenten Tieren. Würmer, Frösche und Fische behandelt er zärtlicher als Esel, Affen und Bären. Sami beobachtete mich eine Weile. Er wusste genau, was ich dachte, und flüsterte mir grinsend zu: »Vorsicht, Agentin Z2 Hörner hört alles mit.«

Bis zum Mittag wussten wir, wo sich das Gefangenenlager befand. Es war von Mauern und Stacheldraht umgeben. Als

Sami jemanden fragte, was da hinter dem Stacheldraht sei, wurde der blass und sagte: »Keine Ahnung«, und eilte davon. Ich ermahnte Sami, nicht zu viel zu fragen.

Auch die Wirtin der kleinen Pension, die uns für wenig Geld einen Schlafplatz, ein Stück Brot und einen Teller Suppe angeboten hatte, schüttelte den Kopf, als er sie nach dem Gefangenenlager fragte.

»Junge, Junge! Bist du lebensmüde? Die Wachposten kontrollieren jede Mücke.« Sie kratzte sich am stark ergrauten Kopf.

»Ich kann mich klein machen, kleiner als eine Mücke«, sagte Sami witzig. Die Frau lächelte. Ihre Augen waren aber von einem Trauerschleier überzogen.

Wir sprachen lange mit ihr und gaben uns als Zwillinge aus, die einen guten Freund, einen jungen Arzt, suchten.

»Schlaft euch aus, Kinder«, sagte die Frau zu später Stunde, »und fahrt morgen zu eurer Mutter zurück. Wer ins Lager geht, ist verloren, und wer lebend herauskommt, ist dem Totenreich entkommen. Der Arzt, den ihr sucht, ist längst unter der Erde. Vielleicht singt er im Jenseits mit meinem verstorbenen Mann. Der konnte nämlich gut singen und machte Frauen immer schöne Augen. Die Frauen verfielen ihm, aber ich war sein sicherer Hafen. Er war ein lustiger, schöner Wüstling«, sagte sie. Ein Bild an der Wand zeigte einen grinsenden Mann mit Schweinsaugen und einer gewaltigen, hässlichen Nase.

Die Frau weinte. Wie kann man einen Menschen beweinen, der einen, solange er es konnte, nur betrogen hat! Sami beruhigte sie und strich immerzu über ihre Hand. Er erzählte ihr vom Schicksal des Postboten Elias, von Luca und seinem eigenen schweren Herzen. Plötzlich, mitten im Erzählen, fing er auch zu weinen an. Das erschütterte mich und die alte Frau.

Er weinte bitterlich und konnte sich lange nicht beruhigen. »Ich will lieber sterben, als Josephine zu enttäuschen«, schluchzte er.

Ich erklärte der Frau, wer Josephine war.

»Du bist ein Verrückter«, sagte die Wirtin.

»Ich liebe sie«, sagte Sami.

Sami und ich wollten am nächsten Tag das Gefängnis genau erkunden und besprachen die ganze Nacht alle Möglichkeiten und Gefahren, aber wir hätten niemals mit der Überraschung gerechnet, die uns die Wirtin zum Frühstück servierte.

Wir schliefen noch. Es klopfte kräftig an der Zimmertür, Sami wachte auf und rüttelte mich wach.

»Kommt frühstücken«, rief die alte Wirtin und öffnete die Tür einen Spalt. Sie lächelte. »Da ist jemand, der euch helfen kann«, sagte sie leise.

Wir sprangen auf. In der kleinen Küche saß ein junger Mann am Tisch und schlürfte seinen Tee. Er war nicht einmal zwanzig, aber groß und athletisch. Den Kleidern nach war er Beduine. »Meine Tante bat mich, euch zu helfen«, sagte er schüchtern.

Sami erzählte Hamad, so hieß der junge Mann, die ganze Geschichte und vergaß nicht, ihm von Luca und dessen großem Herzen zu berichten, in dem er neben den Indianern und Afrikanern auch noch die alten Frauen und die Beduinen unterbrachte.

Hamad lächelte. »Und so ein Mann ist gefährlich und sitzt im Gefängnis!«, staunte er.

»In den letzten Wochen fuhren Tag und Nacht Lastwagen ins Lager. Auf den Ladeflächen waren Männer mit gefesselten Händen und verbundenen Augen«, sagte die Wirtin. »Die Nachbarn sahen auch ohne Augenbinde nichts, aber ich sah, dass sie unschuldig sind«, fügte sie hinzu.

Es hat sich etwas verändert im Land, dachte ich.

Der junge Mann überlegte und erzählte, dass sein Vater Chef einer Schmugglerbande war. »Bevor ich meinen Vater um Hilfe bitte, muss ich sicher sein, dass dein Freund noch im Lager ist.«

Wie aber sollten wir herausfinden, ob Luca noch im Lager war? Doch Hamad wusste, was zu tun war.

Unruhig beobachteten wir, vor der Haustür hockend, die arglosen Touristen und wunderten uns über ihre Fröhlichkeit. Sami hätte ihnen am liebsten in allen Sprachen der Welt von Lucas großem Herzen erzählt und sie gebeten, zum Gefängnistor zu marschieren und dort im Chor »Freiheit für alle Gefangenen« zu rufen. Aber außer Arabisch und ein paar Brocken Französisch konnte Sami nichts. »Wie schlimm, dass sie uns nicht verstehen«, sagte er.

»Es wäre noch schlimmer, wenn sie dich verstehen könnten«, sagte ich. »Sie würden sich nur erschrecken und die Touristenführer würden uns womöglich anzeigen.«

Nach drei Stunden kam Hamad endlich mit der Nachricht zurück, Luca sei im Gefängnis. Man habe ihn gefoltert, aber er sei am Leben.

»Und wie hast du das herausgefunden?«, fragte Sami skeptisch.

»Es hat eine Stange amerikanische Zigaretten und ein Kilo Kaffee gekostet.« Und er erklärte uns, welchen Weg die Information über Luca nach der Bestechung genommen hat.

»Was kann ich dir dafür zahlen?«, fragte Sami und streckte ihm das kleine Geldbündel entgegen, das er besaß. Hamad winkte ab. »Behalte dein Geld. Du wirst es noch brauchen. Ich mache das für meine Tante, der ich viel verdanke, und für das große Herz deines Freundes.«

Wir erfuhren später, dass Hamads Mutter das Leben mit einem Schmuggler nicht ausgehalten hatte. Sie hatte die Flucht ergriffen und Hamad bei ihrer Schwester zurückgelassen. Sein Vater kümmerte sich nicht groß um ihn, und so war er bei seiner Tante aufgewachsen, die selbst keine Kinder hatte und ihn wie einen geliebten Sohn behandelte.

Wir verabschiedeten uns von der alten Wirtin. Sie wollte auch kein Geld, aber wir ließen ihr auf dem Küchentisch einen Zwanzigdollarschein, Schokolade und Bonbons zurück. Das war viel, aber nicht für diese wunderbare Frau. Zwei Straßen weiter stiegen wir, Sami, Hamad und ich, in einen alten Jeep ein, den Hamad dort unauffällig geparkt hatte. Hamad wollte uns erst einmal zu seinem Vater bringen.

Wir fuhren mit dem Geländewagen über teils asphaltierte, teils steinige Wege. Hamad erzählte uns von seinem Vater, dem bekanntesten Schmuggler der Gegend. Er trieb Handel mit Türken, Syrern, Irakern, Kurden und Iranern. Als ich fragte, womit er handle, lachte Hamad lauter, als der Motor ratterte. »Nur Menschen kauft und verkauft Vater nicht.«

Wir erreichten eine breite Straße. »Kannst du Auto fahren?«, fragte Hamad Sami plötzlich. Sami konnte es nicht so gut, aber ich schon. Hamad hielt an. »Übernimm du das Steuer«, sagte er zu mir. »Wir haben noch ungefähr hundert Kilometer vor uns. Bis dahin musst du wirklich gut fahren können, sonst bist du bei meinem Vater untendurch.«

Sami übertrieb ein bisschen: »Keine Sorge, Scharif wollte Rennfahrer werden.« Hamad lachte.

Hinter einem Sandhügel lag die kleine Oase, wo Hamads Vater und seine Männer ihr Zeltlager aufgeschlagen hatten. Er hatte seinen Vater richtig beschrieben, ein harter Bursche, der uns, Sami und mich, nicht beachtete. Nachdem er der Erzählung seines Sohnes zugehört hatte, sagte er kühl und wie entrückt: »Die Städter sollen erst einmal zeigen, was sie können«, mehr nicht.

»Ihr müsst eine Zeit lang mit uns arbeiten. Vater hat eine gute Seele. Er misstraut aber Städtern. Wenn ihr ihn begeistern könnt und er Vertrauen zu euch fasst, würde er alles für euch tun.«

So wurden wir für kurze Zeit Schmuggler.

Ein Schmuggler muss ein verwegener Abenteurer und zugleich ein besonnener Diplomat sein, sonst überlebt er nicht lange. Er muss eine gute Nase für die Ware haben und auch ein gerissener Händler sein, sonst bleibt er auf der Ware sitzen. Er muss seinen Männern gegenüber fürsorglich und zugleich misstrauisch sein. Sie sind keine Engel, sondern Räuber, Gewalttäter, Diebe und Lügner. Sie bei Laune zu halten und zugleich dafür zu sorgen, dass sie einem blind gehorchen und alle Befehle befolgen, ist ein Tanz auf einem Hochseil. Hamads Vater war ein Meister all dieser Künste. Er war mächtig, gefürchtet und trotzdem bettelarm. Er frönte zwei Lastern: dem Aufschneiden und dem Glücksspiel. Diese Sucht trieb ihn immer wieder in die illegalen Spielhöllen der Städte. Er kam jedes Mal hoch verschuldet zurück, was ihn wieder zu mehr Schmuggelei zwang. Und wenn er prahlte, kannte er keine Grenzen, das trieb ihn zusätzlich in den Ruin. Hamad erzählte uns, wie sein Vater einmal vor seinen Männern geschworen hatte, er würde zum nächsten Opferfest den Anzug des jordanischen Königs tragen. Das kostete zwar zehn Männern das Leben, aber Hamads Vater trug wirklich den edlen Anzug. Mir wurde es mulmig zumute. Wie sollte uns dieser Mann, der so viele Laster hatte, helfen!

Wir waren mit Hamad und seiner Truppe mehrere Tage unterwegs. Im Irak sollten wir eine große Ladung amerikanischer Zigaretten in Empfang nehmen und sie, auf viele Kamele und Maulesel verteilt, über die Grenze nach Syrien bringen. Im Irak war das kein Problem, seit Einmarsch der Amerikaner herrschte dort Chaos, aber im streng überwachten Syrien! Wir spürten eine große Unsicherheit, die noch verstärkt wurde, als Hamad uns anvertraute, sein Vater habe seine schützende Hand verloren. Er hatte Krach mit seinem Beschützer, einem hohen Offizier, der wollte nämlich nicht mehr nur die Hälfte des Gewinns, sondern siebzig Prozent davon für sich in Anspruch nehmen. Hamads Vater beschloss, den Offizier zu hintergehen.

Die Nacht war düster, wir kamen mit der Schmuggelladung leicht über die Grenze, doch drei syrische Zollbeamte lauerten uns in einem Hinterhalt auf. Für diesen Fall hatten wir einen Plan ausgemacht: Wir sollten uns trennen und auseinanderrennen, und erst, wenn man den Verfolgern entkommen war, sollte jeder zu der sicheren Oase kommen, wo Hamads Vater auf uns warten würde. »Das funktioniert immer«, beruhigte uns Hamad.

Nicht aber in jener Nacht. Die Zöllner schossen ohne Vorwarnung auf uns. Hamad fiel zu Boden wie ein Sack und bewegte sich nicht mehr. Die anderen Schmuggler hielten ihn für tot, ließen ihn liegen und flüchteten mit ihren stark beladenen Kamelen und Mauleseln. Wir warfen die Ware zu Boden, hievten Hamad auf Samis kräftigen Maulesel und Sami ritt mit ihm los. Ich sprang auf meinen Esel und ritt ihnen nach.

In der Oase hatten die anderen ihrem Chef schon berichtet, dass sein Sohn tödlich getroffen worden sei. Wie groß war seine Überraschung, als Sami Hamad blutend, aber am Leben zurückbrachte!

Hamads Vater betrachtete den Hinterhalt als einen von besagtem hohen Offizier gezielt gegen ihn geplanten Anschlag. Das leuchtete uns und den Männern ein, denn nach dem ersten Schuss hatten sich die Zollbeamten nicht einmal bemüht, uns zuzurufen, wir sollten uns ergeben, geschweige denn uns verfolgt. Nichts taten sie. Hamads Vater schwor Rache.

»Du bist ein Held«, rief er Sami entgegen, »du hast meinen einzigen Sohn gerettet. Was du auch wünschst, werde ich dir erfüllen«, fügte er gerührt hinzu.

Sami wusste genau, was er wollte. »Ich wünsche mir, dass deine tapferen Männer mir helfen, Luca aus dem Gefangenenlager in Palmyra zu befreien«, sagte Sami.

Es herrschte Totenstille. Der Chef schaute verunsichert

um sich. Etwa vierzig Männer waren Zeugen seines Versprechens und so saß er in der Falle.

Hamad saß, schwach und fahl im Gesicht, mir gegenüber an einen großen, mit Schmuggelware vollgestopften Jutesack gelehnt. Ein erfahrener Mann hatte ihm, ohne Betäubung, die Kugel aus seiner Schulter herausgeholt und die Wunde so professionell genäht und verbunden, dass die Ärzte in Damaskus blass vor Neid gewesen wären. Hamad lächelte uns matt zu.

»Du sollst dir … und nicht einem … anderen etwas wünschen … den Gefangenen kenne ich doch … nicht«, stotterte sein Vater wie ein Schüler, der ein auswendig gelerntes Gedicht vergessen hat.

»Herr, du erfüllst mir meinen größten Wunsch, weil ich Lucas Schwester liebe. Sie soll meine Braut werden.«

»Städter reifen schneller als unsere Jungen«, belustigte sich ein einäugiger Mann und lachte. Er erinnerte mich sehr an einen Piraten aus dem Film *Fluch der Karibik*.

»Du wirst doch nicht etwa dein Wort brechen«, empörte sich ein anderer. »Mein Bruder hat für den Königsanzug mit seinem Leben bezahlt!«

»Meiner auch«, hallte es aus mehreren Richtungen.

»Schon gut, schon gut«, sagte der Bandenchef.

»Vater, mir zuliebe!«, wimmerte Hamad, seine Stimme war leise, aber in ihr lag eine große Bitte.

»Dein Kumpel ist ein gerissener Hund«, flüsterte mir ein

Mann mit einem riesigen Schnurrbart beim Abendessen zu. Aber jetzt kann ich nicht weitererzählen, was dann geschah. Es ist wirklich nicht übertrieben, wenn ich sage, es war wahnsinnig gefährlich … beim nächsten Mal erzähle ich es dir gerne. Aber meine Freunde warten schon im Auto, du hörst, sie hupen und winken schon …

29.
Das große Geschenk

oder

Die Befreiung der Unschuldigen

Ich bin gestern in der Geschichte da stehen geblieben, wo Hamad seinen Vater anfleht, Samis Wunsch zu erfüllen, weil er ihm das Leben gerettet hat.

Die Männer saßen also um das Lagerfeuer herum. Und ich erinnere mich daran, dass sich Hamad nach seinen Worten aufrichtete und zu Sami kam. Er küsste ihn demonstrativ auf die Stirn und setzte sich zu ihm.

»Wir machen das wie damals mit dem Tunnel, der zu unseren Goldbarren führte«, sagte ein älterer Mann.

Mein Nachbar mit dem Schnurrbart erklärte mir, dass zehn Jahre zuvor eine große Ladung Goldbarren aus der Türkei den syrischen Zöllnern in die Hände gefallen war. Das Gold wurde beschlagnahmt und im nahen Zollamt gebunkert. Rund um die Uhr wurde das Gebäude bewacht. Eine Woche später sollten gepanzerte Fahrzeuge aus der Hauptstadt kommen und das Gold zur Zentralbank nach Damaskus transportieren. Und in dieser einen Woche hatte Hamads Vater mit seinen fünfzig Männern einen langen Tunnel von einer verlassenen Scheune in der Nähe bis unter das Zollhäuschen gebuddelt Als die Wagen der Zentralbank ankamen, fanden sie kein Gold, dafür geknebelte Zollbeamte.

Diesmal wählten die Männer eine nahe Ruine mit hohen Mauern. Sie errichteten ein großes Zelt und umgaben die Ruine mit Schildern, die vor Stromschlag warnten. Zwei als Stadtbedienstete verkleidete Männer werkelten als Tarnung an Elektrogeräten und Kabelrollen herum.

Im Sandboden ließ es sich zwar leicht buddeln, aber der Tunnel war nur schwer abzustützen, doch mit gebogenen Palmzweigen gelang es schließlich doch. Jeder Schritt, den wir in diesem Tunnel vorwärtskamen, jagte mir Schauer über den Rücken. Ich weiß nicht, wie viele Ängste ich überstand, merkwürdigerweise dachte ich dabei an Onkel Elias. In so einem Tunnel hilft einem kein Computerbefehl, um das nächste Level zu erreichen. Das ist das echte Leben. Nach drei Tagen erreichten wir das Betonfundament des Gefangenenlagers. Jetzt galt es, Luca in unseren Plan einzuweihen.

Die Männer gruben äußerst vorsichtig und leise den Tunnel unter der Mauer weiter. Als Ausgang bestimmte Hamads Vater nach genauem Ausspähen eine ferne Ecke hinter der Küchenbaracke.

In der Zwischenzeit ging Hamad mit einer Tüte zu einem befreundeten Unteroffizier, beschenkte ihn großzügig und bat ihn, Luca die Weihnachtsgeschenke von seiner Mutter zu bringen. Die Tüte enthielt eine Bibel, Schokolade und frische Unterwäsche. Der Unteroffizier konnte selbst nicht lesen, aber sein Sohn, ein zehnjähriger Schüler, beruhigte ihn, dies sei das heilige Buch der Christen. Was der Junge aber nicht bemerkt hatte, war, dass manche Wörter mit Bleistift unterstrichen waren.

Hamad war sicher, der Unteroffizier würde die Geschenke weitergeben und niemandem das Buch zeigen, da er sich sonst verraten würde, und damit würde auch seine Einnahmequelle versiegen. Es war üblich, dass die Reichen ihre Angehörigen zu den Feiertagen beschenkten, wenn sie mittels Bestechung herausgefunden hatten, wo sie inhaftiert waren. Der Unteroffizier hatte in den letzten Wochen Süßigkeiten und warme Kleider, von Kinderhand gemalte Bilder und sehnsuchtsvolle Postkarten der Ehefrauen für viele christliche Gefangene ins Lager geschmuggelt, weil bald Weihnachten war. Die Idee mit der Bibel kam von mir, ehrlich gesagt, hatte ich das in einem Film gesehen. Ich wusste, Luca würde den verschlüsselten Brief verstehen.

Die Arbeit wurde immer schwieriger und ohne den selbstlosen Einsatz der Männer wäre unser Plan gescheitert. Manchmal saßen Sami und ich nach zwölf Stunden buddeln erschöpft da und lächelten einander kopfschüttelnd an. Ich war sicher, dass er genau wie ich an unsere Naivität dachte, Luca alleine befreien zu wollen.

Unsere Hände waren voller Blasen, und unser Rücken schmerzte, doch die gefährliche Befreiung, die uns bevorstand, ließ all diese Qualen klein werden. Auch Verzweiflung fand keinen Eingang in unsere Seelen. Sami sagte es am vierten oder fünften Tag treffend: »Hoffnungslosigkeit ist ein Luxus, den ich mir nicht leisten kann. Luca wartet auf Rettung.«

Die Luft im Tunnel war stickig und der Einsturz der Tunneldecke kurz vor dem Durchbruch hätte uns beinahe verraten. Die Kälte in jener Dezembernacht schützte uns jedoch, weil sich kein Wächter hinauswagte. Das Loch war einen Meter von der Mauer entfernt. Ich musste mit zwei Männern den Schaden reparieren. Wir schlichen in der Nacht hinaus, sicherten und tarnten das Loch mit Brettern, Steinen und Sand. Als wir zurückkamen, waren wir fast erfroren. Die Nächte in der Wüste können eiskalt werden. Sami umarmte mich und warf mir seine Jacke über die Schulter. Sie war warm.

Hamad brachte am nächsten Tag die gute Nachricht. Luca ließ über den Unteroffizier seine Mutter grüßen, ihr für die Geschenke danken und versichern, dass er die Ratschläge der Bibel brav befolgen würde.

Wir mussten noch zwölf Stunden warten. Im Morgengrauen dann kamen etwa siebzig Gefangene und drei Soldaten durch den Tunnel. Lautlos krochen die Männer durch den schmalen, dreihundert Meter langen Stollen, bis sie in der Ruine herauskrabbelten. Luca hatte die Soldaten überzeugt, sich seinen Kameraden anzuschließen.

Hamads Vater hatte einen Bus bis an die Ruine heranfahren lassen. Die Gefangenen stiegen blitzschnell ein, und sofort brauste der Bus zu einem Bauernhof, nicht weit von der Stadt. Dort fielen sich alle in die Arme, einige weinten vor Freude. Luca hörte nicht auf, uns, Sami und mich, zu loben, und als ihm Hamad erzählte, wie Sami hartnäckig seine Befreiung erkämpft hatte, umarmte er Sami lange.

Doch plötzlich hörten wir Schüsse, Flugzeuge kreisten über der Stadt Palmyra. Nachrichten sickerten durch von Aufständen im Süden, die aber in viele kleine Städte überschwappten. Wir verstummten vor Schreck. Uns schien es, als säßen wir in einer Falle.

Ich hatte Angst, Sami dagegen hatte Sorgen um Josephine. Das muss man sich mal vorstellen: Die Geliebte weilt in Damaskus in wohltemperierten Zimmern und mein Freund sitzt in Palmyra in Lebensgefahr, aber er denkt nur an sie. So viel Sehnsucht habe er nie zuvor gekannt, erzählte er mir. »Ich muss Josephine sofort erzählen, dass ihr Bruder befreit wurde, damit sie ruhig schlafen kann. Für den ruhigen Schlaf eines geliebten Menschen zu sorgen, ist die erste Aufgabe des Liebenden.«

Meine Güte, dachte ich, die Liebe macht Sami zum verwegenen Dichter. Wir gingen also mit Hamad ins Hotel Zenobia. Hamad kannte den Besitzer, der ein Dauerkunde von geschmuggelter Ware war – Whiskey, Zigaretten, Kaffee und Parfüm.

»Mein Freund muss seine Verlobte anrufen und dein Büro ist sehr ruhig«, sagte Hamad zu dem Hotelbesitzer.

Ohne Widerspruch verließ der, in Hamads Begleitung, das Büro. Ich nahm Platz auf einem Stuhl, Sami auf dem Chefsessel. Er wählte Josephines Nummer und sie war sofort am Apparat.

»Hier ist Sami!«, schrie er vor Aufregung in den Hörer.

Josephines Antwort konnte ich nicht hören.

»Das behältst du bitte für dich. Meiner Cousine Lucie, die, wie du weißt, durch die Zwangsheirat so gelitten hat, ist die Flucht von ihrem gewalttätigen Mann gelungen.« Das war vorher so verabredet, da Sami und Josephine vermuteten, dass das Telefon der Eltern abgehört wurde. Anscheinend konnte es Josephine nicht glauben …

»Nein, ich belüge dich nie. Ich habe dir mein Wort gegeben«, sagte er stolz.

Die Schießereien dauerten bis zum Abend an. Gerüchte verbreiteten sich in Palmyra, dass die Armee gegen den Präsidenten putschte, andere berichteten, Soldaten hätten sich geweigert, auf Zivilisten zu schießen, und sich in ihrer Kaserne verschanzt. Wieder andere erzählten, rebellierende Soldaten hätten Kontrollpunkte errichtet, um zu verhindern, dass die Zentrale in Damaskus Verstärkung schickte.

In Palmyra brach großer Jubel aus. »Ist es nicht eine bittere Schande für einen Diktator nach vierzig Jahren, dass man auf der Straße feiernd seinen Sturz verlangt?«, sagte Sami und lachte.

Luca freute sich nicht. Er befürchtete, dass der Aufstand der Bevölkerung durch einen Putsch schnell wieder zunichtegemacht würde. »Unser Land braucht Brot und Freiheit und keinen frischen Diktator, der den verfaulten vertreibt«, sagte er.

Hamad hatte ihm inzwischen erzählt, wie naiv wir in Palmyra aufgetaucht waren und wie wir ihn, Luca, völlig verrückt und arglos hatten befreien wollen. Luca drückte erst mich, dann Sami fest an sich. »Josephine kann stolz darauf sein, dich als Freund zu haben«, sagte er zu ihm. Ich spürte, mein Freund gehörte nun zu den Dauergästen in Lucas stadiongroßem Herzen.

Hamads Vater war ein großartiger Gastgeber, dass er auch ein großer Aufschneider war, sahen wir ihm alle nach. Er bewirtete die rund siebzig befreiten Gefangenen und schenkte jedem warme Kleider und Geld, damit keiner mit leeren Händen zu seiner Familie zurückkehrte.

»Wir müssen abwarten, bis ihr nach Damaskus fahren könnt«, sagte er am nächsten Tag. »Die Straßen sind gefährlich.« Wir übten uns in Geduld.

Von Palmyra aus fuhren etwa vierzig Männer nach Damaskus, darunter auch wir, die anderen nahmen Busse in ihre Heimatstädte im Norden und Westen. Die Busse hatte Hamads Vater für uns bestellt.

Er ist ein Mann, den ich nie vergessen werde. Er ist für mich der lebendige Beweis, dass der Mensch viel komplizierter ist als die Summe seiner Eigenschaften, die man sehen kann. Ich staunte, wie einer sein Leben gefährdet, nur um sein Wort gegenüber einem fremden Jugendlichen zu halten. Dabei ist dieser Mann kein Heiliger oder ein »Ehrenmann«, sondern ein Spieler und Betrüger, ein skrupelloser Schmuggler und gnadenloser Bandenchef.

Die Männer sangen und tanzten. Luca schaute sich im Bus um und sprach mit bärtigen Islamisten und mit anderen Männern und sie überlegten, wie sie sich auf Kontrollen vorbereiteten: Sollten sie von Soldaten der Regierung gestoppt werden, wollten sie alle Lieder für den Präsidenten singen und die mitgebrachten Arakflaschen hochhalten, die ihnen Hamads Vater geschenkt hatte. Sie seien alle aus einem Dorf und wollten in der Stadt aus Verbundenheit mit dem Präsidenten für ihn demonstrieren. War es dagegen ein Kontrollpunkt der Rebellen, so würden sie die Wahrheit sagen. Und bei einem Kontrollpunkt der Islamisten würden die bärtigen ehemaligen Gefangenen für ihre Kameraden einstehen. Doch es gab keine Kontrollen. Nur Chaos.

Als wir Damaskus in der Ferne sahen, weinten viele vor Rührung. Manche hatten die Stadt seit zehn Jahren nicht mehr gesehen. »Dass ich noch einmal zurückkomme, habe ich nicht mehr geglaubt«, sagte Luca und weinte auch.

Da überholte uns plötzlich ein Jeep und bremste vor dem Bus scharf ab. Er war so plötzlich aufgetaucht, und die Männer waren so schockiert, dass sie vergaßen, zu singen und zu jubeln. Der Bus machte eine Vollbremsung. Viele der Männer, die im Gang standen, stürzten zu Boden. Einige Arakflaschen zerbarsten.

Bewaffnete Soldaten umzingelten den Bus. Ihr Anführer, ein Offizier mit starrem, stupidem Blick, hielt uns für Gegner des Präsidenten.

Luca rief übertrieben laut: »Wir sind unbewaffnete Zivilisten, die gerade einen Ausflug machten, als die Schießereien losgingen, wir lieben unseren Präsidenten, deshalb wollen wir alle nach Damaskus, um ihn zu besingen, nicht wahr, Männer?«

Der Bus stank nun nach Arak, was zur Beruhigung des Offiziers beitrug. »Ja, er soll ewig leben, ewig leben, ewig leeeeeben!«, kam es wie vereinbart im Chor. Sie alle waren darin geübt, Parolen zu schmettern, wie wir Schüler und Studenten mussten auch die Gefangenen jeden Morgen die Parolen brüllen.

Doch der Offizier blieb misstrauisch und ließ uns alle durchsuchen. Er fand nur Arakflaschen. Und wir begannen wieder zu singen, auch die Islamisten. Beruhigt, aber immer noch schlecht gelaunt, ließ er uns weiterfahren.

Wir erreichten das Zentrum von Damaskus. Sami rief sofort Josephine an und sagte ihr, dass wir in Kürze da seien. Luca, Sami und ich verabschiedeten uns von allen Männern. Es war sehr bewegend.

Als wir in unsere Gasse einbogen, jubelten uns die Nachbarn zu. Es war noch schöner als der Traum, den Sami mir erzählt hatte. Unsere Mütter fielen uns um den Hals und umarmten uns. Meine küsste mich dauernd, weinte und lachte in einem.

Es war der 24. Dezember, die Kirchenglocken läuteten besonders laut, als ob sich auch Jesus über die Befreiung der Unschuldigen freuen würde.

Lucas Familie veranstaltete ein großes Essen. Gibran, sein Vater, sagte vor den wenigen Verwandten und Freunden, denen er vertraute und die er deshalb auch eingeladen hatte, er habe die Ehre, uns als Helden zum Essen einzuladen.

Unsere Eltern waren sehr stolz auf uns, und Samis Schwestern freuten sich über die Schokolade, die Josephine ihnen schenkte. »Du kannst ruhig öfter jemanden befreien«, sagte Nadia zu Sami. Fadia sagte nichts. Beide konnten es nicht abwarten, setzten sich an den Tisch und stopften die Schokolade in sich hinein.

Das größte Geschenk aber kam noch. Nach dem Essen winkte Josephine Sami zu sich heran, wie er mir später erzählte. Er folgte ihr in den ersten Stock in ihr Zimmer. Dort war es still. Sie umarmte ihn und sagte, er sei ihr größter

Freund. Dann küsste sie ihn lange und innig auf den Mund. Und sie vertraute ihm an, dass ihre Mutter Bescheid wisse von ihrer Liebe und dass sie begeistert sei.

Das war das größte Geschenk, das Sami je zu Weihnachten bekommen hatte. In den nächsten Wochen blühte er auf. Er war glücklich. Es gibt nichts Schöneres als eine erfüllte Liebe ... Aber welches Glück währt schon ewig?

Schon bald folgte die Ernüchterung.

30.

Die Narbe der Freiheit

oder

Vom Aufstand der Kinder

Ich weiß nicht, wie viele Jahrzehnte vergehen werden, bis die Erwachsenen verstehen, warum und wie Kinder den Aufstand in Syrien entzündet haben. Nach meinem Wissen ist es der erste Aufstand der Geschichte, den Kinder ausgelöst haben. Wenn die Erwachsenen genau hinsehen, werden sie mit der Zeit alles besser begreifen. Wir, die Jugendlichen, haben es damals sehr schnell kapiert und uns vollkommen damit identifiziert.

Nur Kinder konnten in Syrien diesen heroischen Aufstand auslösen. Sie hatten trotz ihres jungen Alters vieles aus aller Welt erfahren und hörten und sahen täglich das Unrecht, von dem ihre Eltern leise sprachen. Aber im Gegensatz zu ihnen träumten sie noch von Freiheit und Würde, weil sie noch nicht genug Angst erfahren hatten.

Heute steht viel im Internet über die Kinder von Daraa, vor allem auf Arabisch. Aber ich will dich damit nicht lange aufhalten. Kurz und gut, vor dem Aufstand herrschte eine

Friedhofsstille im Land. Es gab keine Opposition, wer noch nicht umgebracht worden war, war im Exil oder im Gefängnis.

Die Kinder spürten das täglich, ja stündlich. Und in der Nacht vom 16. Februar 2011 sprayten sie ihre und die Wut und Verzweiflung ihrer Eltern an die Wände: »Hau ab, wir wollen frei leben«, »Nieder mit der Diktatur!«, »Lieber sterben als gedemütigt leben« und andere Sprüche.

Bald hatte der Geheimdienstchef der Stadt, Abd Mahbul, ein korrupter Cousin des Präsidenten, durch Folter herausgefunden, wer hinter den Sprüchen stand – achtzehn Kinder der Grundschule! Er ließ sie verhaften und bestialisch foltern. Als die Eltern voller Sorge nach ihren Kindern fragten, riet der Geheimdienstchef den Eltern, ihre Kinder zu vergessen und neue zu zeugen. Er sprach zu ihnen, als wären sie Schafe, und verletzte ihre Ehre mit noch mehr Beleidigungen.

Das ließ die letzte Mauer, die aus Angst gebaut war, in den Seelen der Eltern zusammenbrechen. Sie gingen auf die Straße und schworen, nicht eher nach Hause zu gehen, als ihre Kinder freikämen. Dieser Funke sprang auf andere Städte und Dörfer über. Tausende Menschen demonstrierten landesweit aus Solidarität mit den Eltern. Das war neu. Der Geheimdienst ließ in die Menge schießen und wehrlose, friedliche Demonstranten mussten sterben. Zu ihrer Beerdigung kamen Zehntausende nach Daraa und verlangten die Verhaftung des Geheimdienstchefs, doch die Regierung in Damaskus schickte stattdessen Killertruppen, die wieder auf die Zivilisten schossen. Damit nahm der Aufstand seinen Lauf.

Sami war der Erste in unserer Gasse, der hellhörig wurde. »Jetzt geht es los«, sagte er.

Ich dachte, er übertreibt, und besuchte deshalb Adel Assfar, einen ehemaligen oppositionellen Maler, der zwanzig Jahre im Knast gesessen hatte, und fragte ihn, ob er glaube, dass ein Aufstand möglich sei.

»Nie im Leben, mein Junge, eher werde ich als Moslem Papst, als dass sich die Syrer gegen den Diktator erheben«, antwortete er fast ironisch.

Seine Frau sagte mir beim Abschied noch, ich solle nie wieder mit solchen Fragen zu ihnen kommen. Sie seien brave Bürger und wollten nur noch in Frieden leben und keine Scherereien mehr. Wie eine Lehrerin, die zu einem dummen Schüler spricht, empfahl sie mir zu schweigen, denn Schweigen sei nicht nur Gold, sondern weise.

Da platzte mir der Kragen. »In solchen Zeiten ist Schweigen Feigheit, nichts anderes als Feigheit«, sagte ich ihr.

Sie schubste mich auf die Straße und knallte die Tür hinter mir zu. Ich musste an Onkel Elias denken, der einst sagte, wenn Schweigen Gold wäre, wären die Araber traumhaft reich.

Doch er, der Politprofi, und seine Frau, die ihre Feigheit

mit Kleidern der Weisheit tarnte, irrten sich. Meine Freundin Nelly, von der ich dir noch viel erzählen könnte, erkannte aber schneller als ich, dass Sami recht hatte.

Radio, Fernsehen und Zeitungen betonten einhellig, Syrien sei ein Paradies der Freiheit und Demokratie, und das Unrecht, das Tunesier, Libyer, Ägypter oder Jemeniten zum Rebellieren gebracht habe, habe in Syrien dank der Weisheit unseres Herrschers keinen Platz gefunden. Was für ein abstruser Gedanke: Schlaf ist der kleine Bruder des Todes. Man dachte wirklich, das Volk sei tot, weil es in einen langen Schlaf versunken war.

Wenige Wochen später, Anfang März, flüsterte mir Sami zu, es werde am Abend in Bab Tuma, dem Herzen des christlichen Viertels, eine Demonstration geben. Wir gingen hin. Josephine wollte nicht mit und Sami hatte wie immer Verständnis für sie. Nelly aber kam deswegen extra zu uns. Sie erzählte, dass sich kleine Demonstrationen in mehreren Vierteln formiert hatten. Als sie hörte, dass Josephine es ablehnte, mit zu demonstrieren, da sie nicht lebensmüde sei, wie Sami berichtete, schimpfte sie: »Sie liebt Sami nicht. Sie ist eine Einbahnstraße und dein Freund ist verblendet. Übrigens, ich bin hier nicht, weil ich lebensmüde bin, sondern weil ich dich und das Leben liebe«, sagte sie zu mir. Ich war erschrocken über ihr hartes Urteil.

Plötzlich tauchten die Schläger des Geheimdienstes auf. Sie kamen mit als Lieferwagen getarnten Transportern und waren mit Stöcken, Ketten und Eisenstangen bewaffnet. Wir hielten Kerzen in der Hand und bald gab es ein großes Durcheinander von Schreien, Schimpfwörtern, Schlägen und Tritten. Nur wenige leisteten Widerstand.

Ich hatte Angst um Nelly. Doch statt zu fliehen, spuckte sie einem Geheimdienstler ins Gesicht, der so verdattert war, dass er sie anschrie: »Du bist keine Frau!« Er hob die Hand und wollte sie ohrfeigen, da war ich hinter ihm und trat ihm in die Kniekehle. Er stürzte. Ein anderer Geheimdienstler schlug mich mit einer Stange auf die Schulter. Bis heute schmerzt mich die Stelle bei jedem Wetterwechsel. Aber Nelly und ich ergriffen die Flucht. Auch die anderen Frauen und Männer konnten flüchten. Wie ich später erfuhr, wurden drei Männer verhaftet.

Kurz vor unserer Gasse trafen wir auf Sami. Er blutete stark an der Schläfe. Wir begleiteten ihn in die Apotheke zu seiner Freundin, der alten Apothekergehilfin Barbara.

»Sami, Sami, Sami«, sagte sie und schüttelte voller Bedauern den Kopf. Sie wies uns mit ihrem Blick in das Hinterzimmer.

Der Apotheker war krank und Barbara war alleine in der Apotheke. Sie erklärte gerade einer anscheinend schwerhörigen alten Frau ziemlich laut die Wirkung der Medikamente.

»Heilige Maria, was ist passiert?«, fragte die alte Frau laut, als sie Sami sah.

»Ach, der Junge macht dauernd Unsinn mit seinem Fahrrad«, erwiderte Barbara.

»Die Jugend, die Jugend«, wiederholte die Frau.

Die Platzwunde sah nach dem Reinigen längst nicht mehr so schlimm aus wie vorher. »Wo hast du dir diesmal diese Kerbe geholt?«, fragte Barbara und zog Sami zärtlich am Ohr.

»Bei der Suche nach Freiheit«, sagte Sami trocken.

»Ach, mein Junge ist ein Poet geworden. Dann frage ich ganz nüchtern: Wer hat dir den Schlag versetzt?«

»Schläger der Regierung«, antwortete Sami leise.

Barbaras Lächeln verschwand. Schweigsam verband sie Samis Kopf. »Pass auf dich auf, mein Junge, du spielst mit dem Feuer«, sagte sie beim Abschied in flehendem Ton und hielt Sami an beiden Händen. Sie musste rasch gehen, da wieder Kundschaft gekommen war.

»Er braucht Ruhe«, flüsterte sie mir und Nelly zu, bevor wir die Apotheke verließen. Und meine Freundin schwor mir danach, Barbaras Augen hätten geglänzt vor unterdrückten Tränen. Doch Ruhe in einer unruhigen Zeit war ein Ding der Unmöglichkeit.

Wir verbreiteten das Gerücht, Sami hätte sich beim Sturz vom Fahrrad verletzt. Von dem Tag an waren wir drei schon halb im Untergrund. Weil wir uns mit Computern und im Internet so gut auskannten, halfen wir, Berichte und Videos ins Netz zu schmuggeln. Die Regierung konnte es nicht verhindern. Wir tricksten sie aus.

Da wir von der Todesgefahr wussten, in der sich jeder befand, der gegen die Regierung arbeitete, waren wir sehr vorsichtig. Die Regierung ließ ihre Schergen ausrücken, da sie schockiert war, weil der Aufstand sie und ihre fünfzehn Geheimdienste und 250 000 Spitzel kalt erwischt hatte.

Wir entfremdeten uns zunehmend von den anderen Jungen in der Gasse und nach und nach entfernten wir uns ganz von ihnen. Josef wurde auf einmal Anhänger des Diktators. Doch Josef war harmlos im Vergleich zu den drei Widerlichsten: Adnan, Georg und Maurice. Sie wurden zu richtigen sadistischen Schlägern und liefen von nun an in Tarnanzügen herum. Bewaffnet mit Schlagstock und Messer, machten sie sich wichtig, angeblich, um unser christliches Viertel zu schützen. Nur Suleiman blieb neutral. Er war inzwischen Lehrling bei einem Friseur. »Friseure«, sagte er, »haben bei heiklen Fragen keine eigene Meinung, sondern sie spiegeln die Meinung ihrer Kunden.«

In unserer Gasse verhielten wir uns so, als wüssten wir von nichts. Manch ein Spitzel versuchte, uns im Gespräch Fallen zu stellen, doch wir spielten die Naiven. Nicht einmal Josephine wusste von unserer Tätigkeit. Aber diese Tarnung half nur kurz. Bald mussten wir wirklich in den Untergrund …

31.
Im Untergrund

oder

Von der unsichtbaren Narbe

Der Aufstand der Kinder und die brutale Reaktion des Geheimdienstes trieben viele Menschen auf die Straßen. Das Land geriet ins Wanken, überall demonstrierten Menschen, vor allem Jugendliche. Sie überwanden ihre Angst und gingen protestieren, obwohl sie wussten, dass der Geheimdienst seine Scharfschützen auf den Dächern platziert und die großen Plätze mit Panzerwagen umstellt hatte.

Wir alle waren unerfahren, und wir hatten weder eine Partei, noch gab es eine Führung des Aufstands, deshalb machten wir immer wieder Dummheiten und manchmal lernten wir daraus. Dazu kam, dass sich in dem Moment, wo niemand mehr Respekt vor der Regierung hatte, bei vielen die niedersten Instinkte entfalteten, die in den Menschen schlummern. Man hörte fürchterliche Dinge und wollte es gar nicht glauben. Mag sein, dass sie von Verbrechern der Regierung absichtlich begangen wurden, um das Verlangen nach Recht und Würde in Verruf zu bringen und noch mehr Angst vor der Freiheit zu schüren. Aber wer auch immer diese Taten beging, die Wirkung war die gleiche – Angst vor dem, was noch kommen würde.

Drei Wochen nach seiner Befreiung musste sich Josephines Bruder Luca erneut verstecken. Er verabschiedete sich von mir und Sami, weil der Geheimdienst nach dem ersten Schock angefangen hatte, nach den geflüchteten politischen Gefangenen und Aktivisten von Palmyra zu suchen. Als er Sami umarmte, sagte er: »Schade, Josephine wäre am besten bei einem so mutigen Kerl wie dir aufgehoben, aber sie hört viel zu viel auf die Eltern und die leben körperlich in unserem und geistig im letzten Jahrhundert.«

Wir verstanden seine Worte nicht, denn Josephine war Sami seit der Befreiung ihres Bruders Luca geradezu verfallen. Sie beteuerte ihm stets, sie wolle lieber sterben, als mit einem anderen Mann zu leben.

Meine Mutter lachte, als ich ihr von diesem pathetischen Satz erzählte. »Man soll die Worte von Verliebten nicht auf die Goldwaage legen, mein Junge. Du wirst sehen, sie wird auch ohne Sami nicht sterben, sondern vergnügt weiterleben«, sagte sie. Ihr Lachen machte mich wütend. Doch dann musste ich feststellen, dass Sami und ich in Sachen Liebe und Leben noch keine Ahnung hatten.

Der Aufstand setzte in vielen Orten immer größere Menschenmengen in Bewegung, wie man hörte, doch in vielen

Städten und Dörfern, vor allem in Damaskus, ging das Leben ganz normal weiter.

Wir studierten Informatik und Sami traf Josephine fast täglich. Sie studierte englische Literatur. In dieser Phase waren wir beide sehr aktiv, nach außen hin spielten wir die fröhlichen Studenten und im Geheimen waren wir im Untergrund gegen die Diktatur tätig. Sami blühte regelrecht auf.

Doch eines Tages kam er zu mir. Er sah blass aus und erzählte sichtlich aufgelöst: »Heute hat sie mir ihre Entscheidung mitgeteilt, so nebenbei und gleichgültig, als ginge es darum, Falafel statt Hommos zu essen. Sie sagte, sie hätte sich für einen reichen Importeur entschieden. Drei Männer hätten um ihre Hand konkurriert. Der eine war ein reicher, aber alter Fabrikant, der zweite, ein Immobilienmakler, genauso wohlhabend, aber ziemlich hässlich, und der dritte war ein netter Importeur, der öfter in Paris, London und Rom verweilte als in Damaskus. Ganz hochnäsig und eiskalt erzählte sie mir das. Ich habe sie empört gefragt: ›Und ich?‹ Und was sagt sie darauf? ›Meine Mutter hat mir den Rat gegeben, mich mit einem Philosophen zu befreunden, mich in einen Dichter zu verlieben und einen Händler zu heiraten. Und du bist ein Dichter, deine Träume und deine treue Liebe gibt es nur in der Dichtung.‹ Ich könnte sie erwürgen«, sagte er und begann zu weinen. »Sie hat mich verletzt wie kein anderer Mensch vor ihr«, schluchzte er, »so tief verletzt ...«, wiederholte er und klopfte auf seine Brust.

So verzweifelt, verbittert und verloren hatte ich meinen Freund noch nie erlebt. »Ich habe ihr alles gegeben, und wenn sie mein Leben verlangt hätte, wäre ich bereit gewesen, es ihr zu schenken. Und was macht sie? Sie entscheidet sich für einen reichen Mann, den ihre Mutter für sie ausgesucht hat. Weißt du was? Im Vergleich zu dieser Wunde sind alle anderen nur kleine Kratzer. Wenn ein Arzt mein Herz sehen könnte, würde er dort eine große Narbe entdecken. Die schlimmsten Narben sind die, die man nicht sieht.«

Erst einige Monate später konnte er wieder lachen. Aber bis dahin ist viel passiert. Heute habe ich vieles vergessen und bringe manche Ereignisse zeitlich durcheinander, aber ich werde nie vergessen, dass uns zwei Studenten, die uns wahrscheinlich schon lange beobachtet hatten, zu einem geheimen Treffen einluden. Wir schworen, wie wir es aus den Filmen gelernt hatten, Treue bis zum Tod. Von da an waren wir Mitarbeiter der Redaktion eines Online-Blogs, den wir pathetisch *Die Seite der Revolution* nannten. Wir waren zu zehnt und ganz unterschiedlicher Herkunft, Studenten, zwei Schüler, ein Journalist … Aber wir waren nicht nur Autoren des Blogs, sondern auch eine der vier Koordinationsgruppen von Demonstrationen in Damaskus.

Das Datum werde ich nie vergessen. Am 18. März 2011, es war ein Freitag, erschien der erste Blogeintrag, den wir auf Facebook teilten, und von nun an konnte man hier Nachrichten, Informationen, Aufrufe, Karikaturen, Lieder,

Termine für die nächsten Demonstrationen und alles, was den Aufstand betraf, finden.

Die Redaktion verteilte Filmer mit Handykameras auf die ganze Stadt, sodass wir Demonstrationen und andere Aktionen aufnehmen und im Internet hochladen konnten. Wir besorgten auch einen Stromgenerator und Akkus und brachten sie in ein unauffälliges Haus in einem reichen Viertel am Rande der Stadt. So konnten wir auch bei Stromausfall weiter online sein. Das Haus gehörte den Großeltern eines Mitglieds unserer Gruppe. Sie waren für längere Zeit zu einem Onkel nach Amerika geflogen, und ihr Enkel, ein Medizinstudent, hatte den Hausschlüssel. Im Keller des Hauses waren genug Lebensmittel für den Notfall. Es reichte für eine ganze Kompanie.

Über das Internet und die sozialen Netzwerke, Facebook und Twitter, konnten wir die Aktionen besser koordinieren. Von da an spielten die neuen Medien die Hauptrolle bei der Organisation von Demonstrationen und der Berichterstattung über die Ereignisse, sodass wir mit so wenig Aufwand wie möglich so viele Menschen wie möglich erreichen konnten. Ende März, Anfang April 2011 waren es mehrere Tausend in jeder Stadt Syriens, und Ende April, Anfang Mai waren es bereits mehrere Hunderttausend Menschen, die für Freiheit und Würde demonstrierten.

Bereits Ende März war das erste Denkmal des Diktators gestürzt worden. Es folgten viele weitere Denkmäler in anderen Städten. Eine der Szenen, bei der Menschen ihre Wut an einem bronzenen Denkmal ausließen, werde ich nie vergessen. Sie schlugen mit ihren armseligen Schuhen und mit Stöcken auf das harte Material. Es war mehr Verzweiflung als Zerstörung. Ein verbitterter vierzigjähriger Mann schlug so heftig, dass sein Schuh aus billigem Kunststoff entzweiging. Er schaute erst erschrocken auf den Absatz in seiner Hand, dann ängstlich auf das Denkmal, und dann wich er zurück, mit einem Schrecken im Gesicht, als hätte er einen Dämon gesehen.

In gewisser Hinsicht wunderte mich der Schrecken des Mannes nicht. Vierzig Jahre Diktatur: Der syrische Diktator war eine Verkörperung der unsichtbaren Herrschaft, die auf Angst baut, wie sie George Orwell in seinem genialen Roman *1984* beschrieben hat. Dieses System lässt sich am besten mit dem legendär gewordenen Satz »Big Brother is watching you« beschreiben.

Der Diktator war kein Präsident, auch kein Vorsitzender einer Partei oder Sekte, sondern ein Gott auf Erden. Er war überall und wusste alles. Syrien und Nordkorea waren die Bühnen für solche schäbigen Götter. Doch die große bronzene Statue des syrischen Despoten konnte nur mit großen Hämmern zerschlagen werden.

Es war eine bewegte und bewegende Zeit. Wir schliefen kaum. Das, was ich dir jetzt erzähle, ist nur ein Beispiel dafür, was wir an einem einzigen Tag alles erlebten:

Sami war mit einem Aufnahme-Team auf einer Demonstration im Midanviertel. Ich bekam mit Nelly den Auftrag, eine Demonstration in der Nähe der Omaijaden-Moschee zu begleiten und darüber zu berichten. Das Radio plärrte, die Proteste seien eine große Verschwörung. Doch ich habe nie ganz verstanden, wie man mit einer »Verschwörung« drei Millionen Syrer dazu bringen kann, auf die Straße zu gehen, ohne dass einer der fünfzehn Geheimdienste Wind davon bekommt. Was für eine Verschwörung sollte das sein? Die Wahrheit war viel einfacher: Die Menschen hatten es satt, und sie waren bereit, alles zu riskieren, um ihre Freiheit zu erlangen.

Ich war zusammen mit Nelly unterwegs, und aus Neugier stellten wir den Menschen immer wieder die Frage: »Warum demonstrierst du?«, und hielten ihnen das Mikro vor die Nase. Wir garantierten die Anonymität. Ich erinnere mich an einige Antworten, die wir an jenem Tag bekamen, weil sie uns überraschten:

»Ich will nicht noch einmal geschlagen werden.«

»Ich habe einen Eissalon. Die Elektrizität fällt drei Mal am Tag aus und ich bin ruiniert.«

»Ich bin Lehrer, und ich will nicht, dass mich ein Schüler demütigen darf, weil sein Vater ein Geheimdienstler ist.«

»Weil mein Mann mich betrogen hat, und statt sich zu schämen, ließ er sich scheiden und hat sogar ein Urteil gegen mich erreicht, weil der Richter sein Freund ist.«

»Ich will eine Zweizimmerwohnung für mich, meine Frau und unsere fünf Kinder. Wir leben alle in einem Zimmer und kochen auf dem Gang.«

»Ich brauche Medikamente für meinen einzigen Sohn, die ich nicht bezahlen kann.«

»Ich suche seit drei Jahren Arbeit, bin Ingenieur und darf das Land nicht verlassen.«

»Ich will meinen geliebten Freund heiraten, aber meine Sippe erlaubt das nicht. Und das Gesetz steht auf ihrer Seite. Sogar wenn sie mich ermorden, bekommen sie eine milde Strafe, weil dieses Verbrechen als Ehrenmord gilt.«

»Weil mein Direktor das Fünfzigfache meines Gehalts bekommt und nie in der Firma zu sehen ist. Er ist ein Cousin neunten Grades des Präsidenten.«

»Weil sie meinen Sohn vor drei Jahren verhaftet haben. Wir wissen nicht einmal, ob er noch lebt. Das sind herzlose Menschen.«

Ein alter, bärtiger Mann rief auf einmal laut: »Was ist das für ein dämlicher Geheimdienst, der all das sieht und hört und es dem Präsidenten verschweigt!« Noch glaubten die Leute nämlich, dass der Präsident all das nicht wusste. Und deshalb wurde er auf vielen Transparenten um Hilfe gebeten – sie glaubten es so lange, bis er den Schießbefehl gab. Polizei und Spezialeinheiten griffen uns an, und ich werde das blöde, sadistische Lächeln auf den debilen, hässlichen Gesichtern derer, die auf uns einschlugen, nicht vergessen.

Wir kehrten in die Redaktion zurück und tippten die Antworten ab. Einige Redakteure fanden die Aussagen nicht »politisch« genug. Aber Nelly und ich bestanden darauf, den persönlichen Kummer der Menschen unzensiert bekannt zu machen. Wir stimmten ab. Die Mehrheit war dafür und wir luden den Text hoch. Sami kam eine Stunde später. Die Demonstration, die er im Midanviertel begleitet hatte, war so gewaltig gewesen, dass die Schläger der Regierung und die Geheimdienstler in ihren Autos hocken blieben und nicht auszusteigen wagten. Die friedlichen Demonstranten beachteten die Verbrecher nicht weiter.

Das wiederum war so beleidigend für die Geheimdienstler, dass sie bald darauf Unterstützung von der Zentrale verlangten. Man muss sich das vorstellen: Schläger, die als Meute auftreten, sind plötzlich eine winzige Gruppe vor friedlichen, aber aufgebrachten Massen.

Als über Handys und soziale Netzwerke bekannt wurde, dass Lastwagen mit Soldaten anrückten, waren im Nu Hunderte von Autoreifen da, die quer über die Straße gelegt, mit Benzin übergossen und angezündet wurden. Bald mussten die Soldaten kehrtmachen und einen anderen Weg suchen, doch auch der war weiträumig mit lodernden Reifen versperrt. Und bis sie alle Hindernisse überwunden hatten, waren die Straßen wieder menschenleer und die Demonstranten in Sicherheit.

Unseren Erfolg verdankten wir vor allem der Tatsache,

dass der Geheimdienst völlig veraltete technische Mittel benutzte und als bürokratischer Apparat sehr langsam war. Jedes Smartphone konnte Videos von Demos aufzeichnen und diese dann hochladen, ob auf YouTube, Facebook oder anderen Plattformen. Mit dem Smartphone konnte man auch jederzeit von unterwegs ein Treffen vereinbaren, eine Veranstaltung bekannt geben oder den Ort für ein Treffen verbreiten. Das war ja das Geniale, dass man Demos innerhalb von Minuten planen und umsetzen konnte.

Das war nur möglich, weil man mit Smartphones ins Internet gehen kann. Du kannst also von überall aus, auf der Straße, in Cafés oder in der Schule, deine Nachrichten oder Pläne für Demonstrationen verschicken, und zum anderen ist es viel schwerer, dich zu überwachen. Ein Handy kann abgehört werden, auch mittels GPS geortet werden, aber den Datenverkehr selbst zu verfolgen ist schwierig, einfach deshalb, weil jeder ein internetfähiges Handy benutzt und Informationen und Videos einfach im Datenstrom verstecken kann. Experten wie Sami und ich wussten außerdem, wie man sich im Internet bewegt, ohne Spuren zu hinterlassen – zum Beispiel über die sogenannten Proxy-Server. Das ist ein bisschen so, als würdest du, statt selbst Radio zu hören, jemanden anrufen, der den Telefonhörer neben sein Radio legt. Für jeden, der deine Wohnung oder dein Radio überwacht, ist nichts zu hören, aber du kannst am Telefon trotzdem alles mitverfolgen.

Es gab noch viele andere Möglichkeiten, aber ich will dich ja nicht langweilen. Zusammenfassend kann ich dir nur sagen, wir waren zwar ohne Anführer, aber sehr effektiv dank der sozialen Netzwerke. Wir wiegten uns immer in einer gewissen Sicherheit vor dem Zugriff des Geheimdienstes.

Dann aber bekam der Geheimdienst Spezialprogramme, die er über Zwischenhändler in Dubai und Bagdad aus den USA kaufte, und durch das Wissen, dass er sich durch Verhaftungen, Verhöre, Folter und Beschlagnahmungen von Smartphones angeeignet hatte, konnte er seine Agenten außerdem gezielter einsetzen. Wir mussten oft den Ort wechseln, wo wir uns trafen, und immer wieder wurden Freunde von uns verhaftet. Nur wenige waren Computerexperten, die meisten waren unerfahrene Amateure und entsprechend leichtsinnig. Auch deshalb konnte der Geheimdienst mit den neuen Programmen unsere Kommunikation stören, die Koordinationsstellen unterwandern und vor allem falsche Nachrichten verbreiten und Misstrauen säshen.

Der Geheimdienst hatte schnell von uns gelernt und stellte gut gefälschte Videos ins Internet. Die Verwirrung wurde immer größer. Am Anfang filmten die Leute den Krieg, bald aber brach ein Krieg der Filmer aus.

Wie durch ein Wunder entkamen wir, Nelly, Sami und ich, jedes Mal dem Zugriff des Geheimdienstes. Wir durften unser letztes Damaszener Versteck, eine Kellerwohnung, eine Weile nicht verlassen, bis unsere Freunde uns neue Identitäten mittels Papieren verschaffen und eine sichere Wohnung für unsere Arbeit organisieren konnten. Nur Luca, der ein guter Freund von Sami geworden war, wagte es, uns zu besuchen, und brachte uns immer zu essen.

Wir mussten feststellen, dass die Regierung nicht nur durch die Technik, sondern auch durch Erfahrung schnell gelernt hatte. Luca erzählte mir später von einer unglaublich raffinierten Aktion des Geheimdienstes. Er hatte von einem Balkon aus beobachtet, wie eine Demonstration in die Falle gelockt wurde. Es war ein neuer, ungewöhnlicher Trick. Die wahren Demonstranten waren nicht mehr als dreißig Leute, doch aus einer Seitengasse strömten andere Demonstranten, so um die vierzig, fünfzig Männer, und auch sie riefen laut: »Nieder mit dem Diktator! Es lebe die Freiheit!« Nun marschierten beide Demonstrationen vereint in eine Straße ein, die sich bald als Sackgasse erwies. Plötzlich tauchten die bewaffneten Geheimdienstler mit ihren Wagen auf. Vor den Demonstranten war die Mauer am Ende der Gasse und hinter ihnen waren die bewaffneten Soldaten, und nun verwandelten sich die Männer der zweiten Demonstration in Schläger, zückten die Handschellen aus ihren Taschen und fielen über die armen, arglosen Demonstranten her. Sie schlugen auf sie ein, stülpten ihnen Säcke über die Köpfe und schubsten sie in Transporter, die um die Ecke geparkt waren.

In Fragen der Unterdrückung ist eine Diktatur in der Dritten Welt wesentlich organisierter, skrupelloser und vor allem geübter als die Regierung einer modernen europäischen Gesellschaft.

Eine Woche später bekamen Nelly und ich die – gefälschten – Papiere und marschierten gleich wieder auf einer Demonstration mit. Als auch diesmal Schüsse fielen, öffneten sich Haustüren. Wir rannten blind vor Angst hinein. Eine alte Frau zeigte uns ruhig und mit traurigen Augen die Treppe zum Flachdach. Oben konnten wir wie Katzen von Dach zu Dach springen und waren bald in Sicherheit. Sami war in eine andere Richtung geflohen.

Als Nelly und ich uns nach der Flucht über die Dächer vorsichtig wie immer unserem Versteck näherten, bemerkten wir aus der Ferne, dass davor zwei fremde Autos merkwürdig geparkt standen. Nicht parallel entlang des Bürgersteigs, sondern senkrecht dazu, als wollten sie jederzeit bereit sein, die Straße zu blockieren.

Es war der Geheimdienst. Unser Unterschlupf war also entdeckt worden. Schnell machten wir kehrt. »Am besten gehen wir zu mir. Unsere Wohnung wird nicht beobachtet«, schlug Nelly vor.

»Und deine Eltern?«

»Ich werde niemandem was sagen. Du versteckst dich bei uns. Unser Haus hat eine Einliegerwohnung und die steht fast das ganze Jahr leer. Früher durften unsere Verwandten darin wohnen, wenn sie uns besuchen kamen. In den letzten Jahren wollte mein Vater niemanden mehr über Nacht zu Gast haben, wir seien schließlich keine Bauern, sagte er abfällig. In der Stadt gebe es genug Hotels, und er habe Besseres zu tun, als Verwandte zu beherbergen.«

»Und wie soll ich reinkommen, ohne dass deine Eltern es mitkriegen?«, fragte ich.

»Durch die Hintertür. Alles andere überlass mir«, sagte sie entschlossen wie immer.

Ich rief Sami und Luca an und berichtete ihnen – wie vereinbart verschlüsselt –, dass wir leider den DVD-Abend in der Wohnung absagen müssten, weil zwei Cousins mit ihren Familien zu Besuch kämen. Sie verstanden. Mit dem Entdecken unseres Verstecks waren dem Geheimdienst auch unsere Laptops in die Hände gefallen.

»Wir werden bald ein anderes Versteck finden, aber für den Übergang ist das die beste Lösung«, sagte Nelly, und ich fühlte mich schon jetzt sicher.

Bald aber sollte ich erfahren, wie sehr wir uns geirrt hatten.

32.

Samis Flucht

oder

Das Leben ist eine Kette aus Trennungen

Fünf Tage lang wohnte ich unbemerkt bei Nelly. Jede Nacht schlich ich mit ihr hinaus und wir trafen Sami und Luca. Wir drei – Nelly, Sami und ich – waren nun auch auf der Liste der Gesuchten. Der Geheimdienst beobachtete unsere Elternhäuser rund um die Uhr. Doch wir konnten, etwas verkleidet, wenigstens ein paar Stunden am Tag frische Luft genießen.

Luca schlug uns vor, ihm in dem geheimen Krankenhaus zu helfen, das er und andere Kämpfer im Untergrund aufgebaut hatten, um Kranken und Verletzten zu helfen. Ich fand das eine gute Idee, und stimmte zu – verletzte Demonstranten wurden in den offiziellen Krankenhäusern sofort an den Geheimdienst ausgeliefert.

Aber Sami wollte nicht. Wir gingen durch eine belebte Straße, Sami und ich vorne, Nelly und Luca hinter uns. Wir lachten viel an diesem Abend. Auch Sami. Als er sicher war, dass ihn Luca und Nelly nicht hören konnten, verriet er mir den Grund, weshalb er nicht mitkommen wollte. Er könne nicht in der Nähe von Luca sein, denn dann müsse er immer an Josephine denken. Ich schimpfte mit ihm und erinnerte ihn daran, dass die Leute auf der Straße für die Freiheit sterben würden, und auch er setze sein Leben tapfer dafür ein, aber dann spiele er auf einmal die Mimose.

Er fing wieder an zu weinen. »Ich kann nicht, und bitte hör auf, mir Vorwürfe zu machen. Ich hasse mich selber genug für diese Schwäche, aber ich kann es nicht. Hier in Damaskus wird es eng für mich, aber im Süden braucht man mich«, sagte er. Er verabschiedete sich von Nelly und Luca und umarmte und küsste mich zum Abschied innig.

»Bis auf bald in der Hölle«, sagte er und versuchte zu lachen. Luca und Nelly beobachteten uns bewegungslos.

»Bis bald, die heilige Maria soll dich schützen, Teufelsbrut«, sagte ich und küsste seine Augen. Er verschwand in der Dunkelheit.

Ich hasse mich bis heute für meine Vorwürfe.

Luca erklärte mir, wie ich zu ihm kommen konnte. Die geheime Klinik lag in einem befreiten Dorf nördlich von Damaskus. Es war fast ein Vorort. Wir vereinbarten, dass ich am nächsten Morgen zu ihm stoßen solle. Aber ich kam viel schneller.

Ich schlief in dieser Nacht merkwürdigerweise sehr tief, als ich plötzlich durch Lärm und Licht geweckt wurde.

Nellys Vater, ihre Mutter und ihr Bruder standen vor meinem Bett.

»Das ist eine von Nellys typischen Dummheiten. Du bist ein gesuchter Verbrecher und durch den Leichtsinn meiner Tochter bringst du uns und sie in Gefahr. Steh auf!«, brüllte ihr Vater.

Nellys Bruder musterte mich verächtlich. »Wir geben dir eine Stunde, und wenn ich wiederkomme und du bist immer noch da, rufe ich meinen Freund beim Geheimdienst an.«

»Erlaubt mir bitte, mich von Nelly zu verabschieden«, flehte ich den Vater an. »Lasst mich sie sehen, für nur einen Augenblick.«

»Einen Dreck lasse ich dich. Vergiss Nelly. Sie will dich nicht mehr sehen«, erwiderte er, und die drei verließen die Wohnung. Ich hörte Nelly schreien und ihren Bruder sie beschimpfen. Ich konnte nichts tun.

Noch in der Nacht schnappte ich meine wenigen Habseligkeiten und nach weniger als einer Stunde war ich bei Luca. Die Klinik lag in einem Neubaugebiet. Luca schüttelte entsetzt den Kopf und bot mir ein Glas Rotwein an. »Das beruhigt«, sagte er, »und schmeckt.«

Erst Sami und nun auch Nelly. Das war mir alles zu viel. Ich war froh, Luca und seinen Kollegen mit aller Kraft helfen zu können. Das war eine willkommene Ablenkung, und sie schenkte mir das Gefühl, nützlich für eine gute Sache zu sein. Ich wollte keine Sekunde Ruhe, denn sobald ich nichts zu tun hatte, hörte ich Nelly weinen.

Zwei oder drei Tage später meldete sich Sami mit seinem neuen Decknamen per Handy. »Hallo, hier ist Elias, der Postbote. Ich habe immer noch Hunger …«, begann er. Sami war bereits im Süden, wie er erzählte, und in einer befreiten kleinen Stadt mit dem Aufbau der zivilen Verwaltung beschäftigt. Das Städtchen, sagte er, liege fast an der jordanischen Grenze.

In dieser Klinik lernte ich eine mutige Krankenschwester kennen, der es gelang, Nelly unauffällig zu kontaktieren und ihr Samis neue Handynummer als unsere sichere Kontaktstelle zu geben. Nelly rief Sami an und gab ihm die Handynummer und E-Mail-Adresse einer guten Freundin, damit wir dort wichtige Nachrichten zurücklassen konnten. So standen Sami und ich in Kontakt. Nachdem sich Nellys Eltern beruhigt hatten, ließen sie sie in Frieden. Sie hatten einen Bräutigam für ihre Tochter gefunden. Nelly spielte die brave, verlobte Tochter und wartete auf eine Gelegenheit zu fliehen. Wir tauschten also immer nur kurz die wichtigsten Informationen über den Sami-Umweg aus.

Und dann brach die Katastrophe über uns herein, im wahrsten Sinne des Wortes »aus heiterem Himmel«. Es war ein sonniger Tag im Juli. Helikopter flogen ganz tief über uns. Irgendjemand musste die Klinik verraten haben. Sie war in einem weitläufigen Keller eines noch nicht fertiggestellten großen Hauses untergebracht. Plötzlich hörten wir die Explosion der Bomben über unseren Köpfen. Staub und Rauch strömten in den Keller. Gott sei Dank hatten wir nur wenige Patienten.

Ich war kurz vor dem Ersticken und rannte mit zwei Krankenschwestern, fünf Patienten und einem Arzt in einen der Tunnel des weit verzweigten Systems von Kanalisationsrohren, die als Fluchtwege gedacht waren. Ein Tunnel führte gen Norden. Er brachte uns in Sicherheit, der Ausgang lag kurz vor der Autobahn. Man erzählte mir später, dass Luca und die anderen Helfer und Patienten in einen Tunnel gerannt seien, der sie in einen Keller in der Altstadt führte.

Ich weiß bis heute nicht, ob Luca sich retten konnte.

Viele Städte und Dörfer im Norden waren bereits befreit. Dorthin wollte ich.

33.

Das Kind und der Wärter

oder

Ein Gott der Dunkelheit

Ich denke viel an Luca. Sami hat nicht übertrieben mit seiner Wertschätzung. Gott sei Dank haben wir ihn aus dem Gefangenenlager in Palmyra befreit. Er war zwar immer politisch engagiert, weshalb er auch mehrmals ins Gefängnis kam, aber er war lange ein ganz normaler Arzt gewesen. Erst im Untergrund hat er sich auch als großer Organisator, raffinierter Chirurg und Meister der Improvisation erwiesen. Er operierte unter Bedingungen, die jeder Mediziner für unmöglich gehalten hätte, holte wie ein Zauberer Geschosse aus den Körpern seiner Patienten, nähte Wunden und tröstete Kranke oder spielte mit den kleinen Kindern. Er half sogar, Menschen aus dem Schutt eines zerstörten Hauses zu retten, und schaufelte wie ein Wilder. Das befreite Dorf, wo die Klink lag, wurde oft von der Luftwaffe angegriffen. Luca wiederholte immer: »Jede Minute zählt. Heilige Maria, gib mir Kraft.«

Luca war Sozialist. Aber ist es nicht seltsam, dass ein Sozialist in Not die heilige Maria zu Hilfe ruft? Vielleicht werden wir in Gefahr und Not wieder zu Kindern, und als christliches Kind hat er vermutlich, genau wie ich, bei der wunderbaren Mutter Christi Trost und Ruhe gefunden. Wenn er von solchen Aktionen zurückkam, waren seine Haare und Wimpern von Staub verkleistert.

Luca weinte mit den Eltern, deren Kinder nicht mehr lebend aus den Trümmern geholt werden konnten, und besorgte, ich weiß nicht, woher, Schokolade und Bonbons für die geretteten Kinder, die so aussahen, als wären sie mit Mehl überzogen, und ihre Äuglein strahlten wieder. Die Menschen, ob Helfer oder Patienten, liebten ihn. Ich an erster Stelle.

Einmal hatten wir vielleicht eine Stunde Ruhe, und ich fragte ihn, wie es im Gefängnis gewesen sei. »Das waren bis auf ein Erlebnis alles nur brutale Qualen«, sagte Luca und redete weiter: »Es ist ein täglicher zäher Widerstand, um seine Würde vor den Wärtern und Folterern zu behalten, die dauernd bemüht sind, dem Gefangenen alles Menschliche auszureißen. Das Wort Würde (arabisch Karame) hört sich sehr edel an, aber mitten in Urin und Fäkalien, in die die Folterer dich stoßen, ist sie ein Teil deiner gedemütigten Seele. Du denkst nicht mehr an sie, sondern nur an das nackte Überleben. Zwei Mal hätten sie mich fast erstickt. Die Folterer lachten dabei. Es war nicht gespielt, die Folterer hielten uns für niedere Tiere, denn ihr Umgang mit ihren Hunden, die sie manchmal auf uns losgelassen haben, war voller Zärtlichkeit und Respekt. Mich nannte einer der Wärter ›Luca, Lake, Kakerlake‹ und er meinte es auch so. Er drehte dabei die Stiefelspitze hin und her, als ob er ein Insekt vernichten wollte. ›Ich zertrete dich, du Kakerlake!‹, rief er dabei. Seine Augen traten vor Hass aus den Augenhöhlen.«

»Und gab es ein Erlebnis, das dich besonders beeindruckt hat?«, fragte ich neugierig und mit etwas Sorge, dass die Pause bald zu Ende wäre, ohne dass ich mehr von diesem tapferen Menschen erfahren hatte. Diese geheimen Gefangenenlager waren für mich wie ein fremder Planet. Nur seine Bewohner wussten, wie er aussieht und wie man dort überlebt.

»Das war bei der Verhaftung vor etwa zwei Jahren. Damals hat man uns in einem düsteren Keller festgehalten. Ein Wärter, der noch nicht alle Lichter der Menschlichkeit in sich ausgepustet hatte, verteilte aus Mitleid Zigaretten und fragte mich dann: ›Warum bist du hier?‹

›Das fragst du? Ihr seid doch diejenigen, die erklären müssen, warum wir verhaftet wurden.‹

›Nein, mein Junge. Das wissen wir nicht. Die Wärter sind die unterste Stufe der Hierarchie. Es sind die Offiziere, die das wissen.‹

Ich staunte aber nicht wenig, als der für das Verhör zuständige Offizier die Frage wiederholte. ›Entschuldigen Sie bitte‹, antwortete ich. ›Der Wärter weiß es nicht und Sie als

Offizier wissen es nicht. Vielleicht ist der Grund der, dass ich früher einmal wegen einer Demonstration für eine Woche verhaftet worden bin. Und damit stand mein Name auf irgendeiner Liste ... und nun wurde ich in dieser Verhaftungswelle sicherheitshalber einfach mitgenommen, wie viele andere auch.‹

›Was für eine Demonstration?‹, fragte der Offizier. ›Hier steht nichts darüber.‹

›Es war eine gegen die Korruption! Es waren nicht einmal hundert Leute. Wir demonstrierten vor dem Justizpalast. Wir wollten niemanden stürzen, sondern flehten den Präsidenten an, die korrupte Mafia, die unser Land aussaugt, zu bestrafen. Aber stattdessen bekamen wir Schläge und den schwerwiegenden Vorwurf, von Israel bezahlt zu sein. Dann ließ man alles fallen und nach einer Woche waren wir wieder frei. Wären wir wirklich von Israel bezahlt worden, hätten wir lebenslänglich oder sogar die Todesstrafe bekommen.‹

›Gegen die Korruption, sagst du? Das steht in deiner Akte nicht. Aber es ist drei Mal notiert, dass du immer gegen unseren Präsidenten warst. Bist du ein Moslembruder?‹

›Nein, das kann nicht sein. Ich bin Christ.‹

›Dann bist du ein Linker‹, erwiderte der Offizier genervt.

›Nein, Syrer, Syrer bin ich, wie Sie, mein Herr.‹

Der Offizier winkte mit der Hand und wühlte in der Mappe, die vor ihm lag. ›Da haben wir es!‹, rief er erleichtert. ›Du hast am 23. Februar in der Cafeteria des Krankenhauses vor Zeugen gesagt, andere Länder hätten auch eine Mafia, aber bei uns hat die Mafia das Land. Das steht da. Es steht auch da, was du einen Tag später gesagt hast, nämlich, wenn Machluf nicht so räuberisch wäre, hättet ihr in diesem schäbigen Haus eine bessere Heizung und die Patienten bräuchten nicht zu frieren. Hast du das gesagt oder nicht?‹

›Mag sein, ja, vielleicht habe ich das gesagt, und im Krankenhaus wissen auch die Spitzel, dass die Patienten frieren ...‹

›Aber weißt du, du Hund, wer Machluf ist?‹, fragte er laut.

Natürlich wusste ich das. Das ist der Cousin des Präsidenten. Man nannte ihn, wie du vielleicht weißt, nicht zufällig ›Mister twenty percent‹, weil er von jeder Ware, die Syrien importiert, zwanzig Prozent kassierte, und alle Syrer wissen, dass er die ganze Telekommunikation vom Präsidenten geschenkt bekam. Er war das Symbol für Korruption.

Der Offizier ließ mich auspeitschen, schaute mit unbewegtem Gesicht zu und befahl dann, mich in die Zelle zurückzubringen.

Einen Tag später erzählte mir der alte Wärter, vielleicht, um mich von den Schmerzen abzulenken, einige Geschichten, die er in den langen Dienstjahren erlebt hatte. Viele habe ich vergessen, aber die eine hat sich in mein Herz eingebrannt:

In diesem Gefängnis gab es eine Abteilung für Frauen, die, aus welchen Gründen auch immer, in absoluter Dunkelheit gehalten wurden. Frauen werden in den Gefängnissen noch härter bestraft als Männer, falls man sich so etwas vorstellen kann.

Vor etwa sechs Jahren wurde eine junge schwangere Frau verhaftet und in eine dunkle Zelle gesteckt. Ihr Mann soll ein gefährlicher Gegner des Regimes gewesen sein und sie besaß angeblich viele Informationen und wollte nichts verraten. Das sagt der Geheimdienst immer, wenn er Sippenbestrafung betreibt.

Ein paar Monate später brachte sie in dieser dunklen Zelle einen Jungen zur Welt. Der Wärter half ihr mit Warmwasser und ein paar Handtüchern. Sie gab ihrem Baby keinen dramatischen oder heldenhaften Namen wie manch idiotischer arabischer Vater, der seine Tochter »Palästina« oder »Revolution« nennt und seinem Sohn den Namen »Sieg« oder, noch schlimmer, den Namen des Diktators gibt. Nein, sie nannte den Jungen Nassim, Brise, wahrscheinlich, weil sie sich nach einer frischen Brise im Garten ihres Hauses sehnte, das sie und ihr Mann kurz davor gekauft hatten. Vielleicht aber auch, weil der Junge für sie in dieser einsamen dunklen Zelle wie eine Brise der Menschlichkeit war, die ihr Herz erfrischte.

Die Mutter brachte also ihren Sohn in einer fensterlosen Gefängniszelle alleine zur Welt. Er wuchs in völliger Dunkelheit auf, aber da sie mit ihm Tag und Nacht sprach, lernte er sehr schnell sprechen, und das hat seinen Geist gerettet. Sie erzählte ihm von der Sonne, doch er verstand es nicht. So verglich sie die Sonne mit der Lampe des Wärters. Dann erzählte sie von den Vögeln und ihrem Flug, aber das Kind verstand weder, was das Wort »Vögel« bedeutet, noch, wie sie fliegen. Sie erklärte ihm ganz geduldig, dass die Vögel statt Armen Flügel hätten und dass sie damit in die Lüfte fliegen und gleiten könnten wie er, wenn sie ihn hochhob und sich im Kreis drehte. Das verstand der Junge nach einer Weile und fand es auch schön, also sagte er, wenn er Lust dazu bekam: ›Ich will ein Vogel sein‹, und die Mutter tat ihm den Gefallen und hob ihn hoch und drehte sich mit ihm, und wenn er atemlos lachte, weinte sie vor Glück. Eines Tages war sie müde und sagte, die Vögel könnten nicht nur fliegen, sondern auch schön singen.

›Wie singen?‹, fragte der Junge. ›Können die Vögel sprechen und singen wie wir?‹

›Nein, nein, aber pfeifen, das können sie‹, versicherte die Mutter.

›Wie pfeifen?‹, fragte das Kind. Die Mutter versuchte es, doch sie konnte nicht pfeifen, da ihre Familie ihr als Mädchen das Pfeifen verboten hatte. Aber in diesem Moment hörte sie den alten Wärter pfeifen. Es war eine bekannte Melodie eines Volkslieds.

›So‹, sagte die Mutter zu ihrem Sohn, ›singen die Vögel, so wie der Wärter.‹

›Woher kommt das Wasser?‹, wollte der Junge nach ein paar Tagen wissen.

›Aus den Quellen und den Flüssen‹, antwortete die Mutter. Kurz danach brachte der Wärter einen Krug mit frischem Wasser.

›Woher kommt das Brot? Wächst es auf Bäumen?‹, fragte der Junge, da seine Mutter ihm erzählt hatte, dass Äpfel, Orangen und auch die Datteln, die der Wärter einmal in der Woche brachte, auf Bäumen wachsen.

›Nein, das Brot macht der Bäcker‹, antwortete die Mutter und erklärte dem Sohn genau den Weg vom Korn bis zum Brot.

Eines Tages war sie erschöpft und konnte ihrem Sohn beim besten Willen nicht erklären, wie Blumen duften. Sie flehte den Wärter an, er solle ihr eine Blume bringen. Der alte Wärter war verwirrt, aber er holte aus der Vase im Offiziersbüro eine kleine Rose.

Der Junge, der im Dunkeln die kleinen Stacheln und die samtenen Blätter der Rose spürte, staunte über ihren Duft und noch mehr über den Wärter, der alles herzaubern konnte. Und er dachte von nun an, wenn seine Mutter von Gott sprach, dass sie den Wärter meinte.«

34.
Die Angst in der Muttermilch

oder

Vom Mitleid der Kinder mit ihren Eltern

Wie ich dir erzählt habe, war ich nach dem Angriff der Helikopter auf der Flucht. Ich hatte viel Angst und genauso viel Zeit, um über das nachzudenken, was ich erlebt hatte. Anders als in Damaskus habe ich unterwegs nichts anderes mehr gemacht, als dafür zu sorgen, am Leben zu bleiben.

Warum Kinder und nicht Erwachsene oder deren Parteien in der südlichen Stadt Daraa den Aufstand für Freiheit und Demokratie entzündeten, habe ich dir erzählt. Aber die Antwort hat auch mit dem Leben unter einer Diktatur zu tun. Was für ein Leben hat meine Generation? Sie kennt nur die Diktatur. Selbst mein Vater ist in der Diktatur geboren. Er ist heute zweiundvierzig Jahre alt. Wir kennen kein anderes Leben, da wir wie die meisten Syrer nicht ins Ausland fahren konnten und schon gar nicht ausländische Zeitungen lesen durften. Die Syrer, die im Exil leben, leiden sehr, auch weil sie wissen, wie andere Menschen und Völker in Freiheit leben.

Die Milch unserer Mütter war mit Angst gesättigt. Stell dir mal diese ganz alltägliche Szene vor: Eine Mutter stillt ihr Baby am Fenster sitzend und beobachtet dabei, wie ein Nachbar oder eine Nachbarin unter Schlägen abgeführt wird. Die Schläge selbst werden planmäßig erteilt, nicht einfach aus der Wut der Geheimdienstschergen heraus, auch wenn es so aussieht, als wären sie zornig und wütend und hätten keine Geduld, bis sie die Folterkeller erreichten. Nein, diese Schläge und Tritte in der Gasse sind eine kalt berechnete Lektion für deren Bewohner.

Mein Freund Hani, der Sohn eines Schneiders, erzählte mir eines Tages von seinem Vater. Er war der Herrscher der Familie und seiner großen Sippe. In seiner Jugend galt er als ein verwegener, mutiger Mann. Hani wollte immer wie er werden. Doch eines Tages wurde der Vater vor den Augen seiner Frau und seiner Kinder von zwei primitiven Männern gedemütigt und weggeschleppt. Niemand wusste, wohin, und keiner durfte nach ihm fragen. Das lässt sich so leicht sagen: »Keiner darf nach einem Verhafteten fragen«, aber dieses Verbot ist ein Ersticken der intimsten Regungen eines Menschen, nämlich der Sorge um die nächsten Menschen seiner Familie. Nur Gott weiß, wie sehr man so der Seele Gewalt antut.

Einen Monat später kam der Schneider zurück. Er sah fürchterlich aus. Sein Körper war übersät mit Blutergüssen, Brandspuren und Narben. Der Vater weinte wie ein Kind und flehte seine Familie und die Nachbarn an, ihn nicht zu fragen, wo er gewesen war. Er zitterte vor Angst, und Hani sah, wie sein Vorbild in sich zu einem Scherbenhaufen zusammensackte. Von nun hatte er mit dem Vater nur noch Mitleid. Er, der mutige Mann, verbreitete nur noch Angst um sich, als täte er das im Dienst der Diktatur.

Auch meine Eltern sind ängstlich, sehr ängstlich sogar. Die Angst frisst unser Herz, die Heimat des Mutes, und lässt an seiner Stelle nur noch eine Pumpe. Sie funktioniert, aber sie ist dumpf. Unser Hirn empfiehlt uns dauernd, uns anzupassen und zu unterwerfen, damit wir überleben. Das Hirn kann nichts dafür. Es ist aufs Überleben programmiert. Wir überleben als Schafe. Das ist keine poetische Beschreibung, sondern das Programm der Diktatur.

Aber wir wurden nicht als Schafe geboren, sondern dazu gemacht. Sobald ein Funke der Hoffnung zündete, stürmten die Menschen, die nach Freiheit dürsteten, auf die Straßen, und sie hatten nur noch einen Wunsch: Freiheit. Ihre Angst verkrümelte sich. Überall rebellierten die Menschen, die bis vor Kurzem noch mit gesenktem Kopf durchs Leben gegangen waren.

Nun zurück zu mir. Wie durch ein Wunder entkam ich. Ich wollte mich in den Norden Syriens durchschlagen. Sobald ich die Türkei erreicht hätte, dachte ich, wäre ich gerettet.

Auf meiner Flucht bin ich immer wieder von mutigen

Bauern aufgenommen und versteckt worden, die mich nicht kannten. Verstehst du? Das meine ich, wenn ich von Menschen spreche, die ihre Angst besiegt haben. Das eine Dorf südlich von Aleppo vergesse ich nie. Es war ein großes Dorf und die Armee des Diktators durchkämmte die Häuser auf der Suche nach Gegnern der Regierung. Ich wurde gerettet, weil mich der Bauer unter dem Bett seiner Frau versteckte, als die Geheimdiensttruppe das Haus umzingelte. Die Frau hatte drei Tage zuvor ein Baby bekommen. Er ließ deshalb, ziemlich raffiniert, die Schlafzimmertür offen, sodass man vom Hof aus das Bett, die Frau und das Baby sehen konnte. Es war Sommer, und er erzeugte damit den Eindruck, er habe nichts zu verbergen. Unter dem Bett sah man nur ein paar Schuhe. In der Tiefe, hinter einem Brett, lag ich ganz still auf dem Bauch und wagte kaum zu atmen.

Die Soldaten umzingelten die Gasse und vor jedem Haus standen zwei Männer. Niemand durfte raus oder rein. Erst dann stürmten die Geheimdienstleute hinein und durchpflügten Haus für Haus, so auch das Haus meiner Gastgeber. Die Männer untersuchten alle Räume und großen Behälter, nahmen den großen Holzstapel auseinander, trieben die Tiere aus dem Stall in den umzäunten Garten und stachen mit ihren Bajonetten in das Heu. Sie warfen einen flüchtigen Blick auf die Frau und ihr Baby und gingen.

Der Bauer wartete stundenlang, misstrauisch, wie er war, bis die Luft endgültig rein war. Zwischendurch kam er mit

Wasser zu seiner Frau und schob mir ein volles Glas unter das Bett, sodass ich es schnell zu mir nehmen konnte. Das Wasser rann durch meine heiße Kehle wie ein Bach. Als ich ihn später fragte, warum er dieses Versteck unter dem Bett gebaut habe, lachte er verlegen. »Ich dachte, vielleicht braucht man das irgendwann«, sagte er. »Das war doch gut für dich, oder?«

Seine Bemühungen, mich Richtung Norden an die türkische Grenze zu bringen, scheiterten, weil die Truppen der Islamisten zwei Tage später weiträumig einen Belagerungsring aufgebaut hatten. Niemand konnte fliehen.

Die Truppen des Regimes aber konnten flüchten. Doch wie sie kampflos den Belagerungsring hatten überwinden können, das verstand keiner im Dorf. Einen Tag lang hatten wir keine Armee und keine Polizei. Das Leben war zum Stillstand gekommen. Die Leute warteten.

Plötzlich sahen wir die schwarzen Fahnen und aus dem Staub schälte sich ein Konvoi modernster Autos. Wir erkannten sie als IS-Terroristen. Sie stiegen aus ihren superneuen Autos. Sie sahen aus wie Filmschauspieler, mit modischen schwarzen Uniformen, Wildlederschuhen, glänzenden Maschinengewehren. Mit Lautsprechern verkündeten sie, dass die Frauen nicht mehr auf die Straße gehen durften, wenn sie nicht den Nikab trugen, und die Männer sollten ihre Bärte nicht mehr rasieren.

Über dreißig Tage herrschte der IS-Terror. Die meisten

dieser Verbrecher stammten aus asiatischen und europäischen Ländern. Sie konnten kaum Arabisch sprechen. Die Frauen im Dorf trugen Nikab und die Männer liefen mit Bärten herum. Dann rückten Truppen der Linken, Liberalen und Kurden heran. Der Kampf dauerte drei Tage und mehr als fünfzig unschuldige Zivilisten starben. Die IS-Terroristen verschwanden so plötzlich, wie sie gekommen waren. Auch das konnte man sich nicht erklären.

Die neuen Eroberer mit ihren roten und bunten Fahnen marschierten ein. Nun verkündete ihr Sprecher vom Dach eines rostigen Kampffahrzeugs aus, dass alle Frauen den Nikab abwerfen sollten und alle Männer sich rasieren müssten. Wer dem Befehl nicht folge, würde zu den IS-Sympathisanten gezählt. Die versammelten Frauen, Männer und Kinder verstanden die Drohung – es bedeutete Folter und Erschießung. Ein Lehrer, müde und verzweifelt, war der Einzige, der seine Stimmer erhob: »Aber Marx trug doch auch einen mächtigen Bart!«, rief er. Der Mann auf dem Kampfwagen stockte und musste lachen, aber dann gewann in seinem Hirn wieder seine Ideologie die Oberhand. Er musterte den Mann vom Militärtransporter herab. »Lass Marx in seinem Grab und rasiere deinen Bart, bevor ich meine Geduld verliere«, knurrte er. Zwei Frauen zogen den Lehrer am Ärmel weg und entfernten sich mit ihm vom Dorfplatz.

»Der hat zu viel gelesen. Glaubt er, wir leben in Schweden?«, flüsterte mein Gastgeber, der Bauer, mir zu, und ohne auf eine Antwort zu warten, fügte er lachend hinzu: »Dieses Dorf hat noch nie einen Schweden gesehen.«

Natürlich war auch keiner im Dorf je in Schweden gewesen, doch Skandinavien und die Schweiz galten als Orte der Freiheit und Demokratie. Ich lachte auch, aber in jenem Augenblick hörte sich mein Lachen an, als würde ein Schaf blöken.

35.

Die Tür aufstoßen

oder

Eine gute Geschichte endet nicht

Es ist nun mehr als vier Jahre her, seit ich Scharif kennengelernt habe. Es war bewegend, seiner Geschichte über Sami zu lauschen, die er mit einer merkwürdigen Leichtigkeit, ohne Pathos und niemals nach Mitleid heischend erzählte. Es ist die Geschichte seiner Generation.

Jeden Abend schrieb ich alles auf, was ich mit dem Diktiergerät aufgenommen hatte. Nicht der Fleiß trieb mich dazu, sondern eine merkwürdige Ahnung, dass er bald nicht mehr da sein würde, obwohl sich Scharif bei Franziska und Klaus offensichtlich wohlfühlte. Ich kann das Gefühl auch heute nicht erklären.

Die Jahre haben mich gelehrt, dass beim Aufschreiben jener Charme des Augenblicks, der Zuhörer fasziniert und sie alles verstehen lässt, verschwindet. Wenn der Erzähler so gut wie Scharif ist, überhört man alle Unzulänglichkeiten. Erst beim Schreiben tauchen Fragen nach dem Warum, Wann, Wie und Wo auf. Deshalb bat ich ihn bei jedem Treffen, mir zunächst einige unverständliche Handlungen und Verhaltensweisen des bereits Erzählten zu erklären.

Scharif erläuterte die Zusammenhänge geduldig, sodass ich die Stellen korrigieren oder klarer formulieren konnte. Nicht selten wurde aus seiner Antwort wieder eine neue Geschichte, etwa bei der Frage, ob jemand den Aufstand vorausgesehen habe. Da erzählte er mir von der Prophezeiung des Süßigkeitenverkäufers, die er nach seinem epileptischen Anfall auf Chinesisch geäußert hatte.

Scharif war erst zweiundzwanzig Jahre alt. Drei Freunde von mir, die früh geheiratet haben, haben Enkelkinder in seinem Alter. Jede Generation hat ihren Blickwinkel, ihre Werteskala, ihre Lebensbedingungen. Ihr Verhältnis zu Fragen der Zeit ähnelt manchmal dem ihrer Eltern – oder dem der Großelterngeneration – aber nicht selten steht es auch diametral dazu.

Vier Monate lang trafen wir uns zwei- bis dreimal wöchentlich, und Scharif erzählte von Sami und seinen Abenteuern, von ihrer Freundschaft und von der Traurigkeit eines uralten, friedlichen und gastfreundlichen Volkes, das von der Welt im Stich gelassen wurde – nicht erst in den letzten vier, fünf Jahren, sondern seit einem halben Jahrhundert – und alle Qualen einer barbarischen Diktatur erdulden musste. Und dies trotz der weltumspannenden Medien.

Eines Tages überraschte uns Scharif mit der Nachricht, er wolle bald nach Kanada auswandern, weil seine Freundin

Nelly die notwendigen Papiere besorgt habe. Sie sei im März 2012 der Kontrolle ihrer Eltern und ihrer erzwungenen Verlobung mit einem grässlichen Cousin entkommen und habe sich Monate bei einer guten Freundin in Beirut versteckt, bis sie die Papiere und das Visum für Kanada bekommen habe. Ein Onkel der Freundin besitze eine Fabrik in der Nähe von Montreal. Und er habe eine besonders innige Beziehung zu Damaskus, da seine Großeltern einst vor einem Massaker im Libanon flüchtend in Damaskus Schutz gefunden und drei Jahre lang bei einer Familie gelebt hatten. Er, der Onkel, helfe gerne Flüchtlingen.

Nelly sprach perfekt Französisch, was ja hilfreich war, da die offizielle Sprache in Montreal Französisch ist, deshalb habe der Onkel ihr eine Stelle als Computerfachfrau angeboten. Da stand einem Visum und einer Arbeitserlaubnis nichts mehr im Wege. Ende August sei sie nach Montreal geflogen. Nun habe sie sogar schon eine schöne Wohnung. Scharif zeigte uns auf seinem Smartphone Nelly im meterhohen Schnee, wie sie lachte und auf das Haus zeigte, in dem sie wohnte.

Im Januar 2013 erzählte er mir mit großer Freude, dass er Kontakt zu Sami bekommen habe. Der sei wohlauf in Jordanien angekommen, und: »Sami musste die kleine syrische Stadt verlassen, wo er am Aufbau einer Zivilverwaltung mitgearbeitet hatte, weil Islamisten den Ort, ohne große Mühe, besetzt hatten.«

Das war seit fünf Jahren das gleiche Problem: Die tapferen Zivilisten befreien ihre Stadt und beginnen, ein demokratisches System aufzubauen, werden aber bald von Islamisten überrannt, die das Töten zu ihrer Profession gemacht haben. Wie sollen ein Ingenieur, eine Lehrerin oder ein Rentner, die noch nie ein Gewehr in der Hand gehalten haben, gegen diese Verbrecher Widerstand leisten!

Sami arbeite nun in einem jordanischen Flüchtlingslager als Computerfachmann und als Lehrer für kleine Kinder. Er habe sich in eine Spanierin verliebt, die dort mit Flüchtlingen Theater mache. »Sami will aber nicht auswandern, sondern mit der Spanierin, die gut Arabisch spricht, nach Syrien zurückgehen, sobald Frieden herrscht. Und er will mit ihr ein Kindertheater gründen.«

Scharif und Sami telefonierten von nun an fast täglich. Samis Bemühungen, etwas über Lucas Schicksal zu erfahren, waren ins Leere gelaufen.

Im März habe Nelly auch für Scharif eine Stelle in Montreal beim Onkel ihrer Freundin gefunden und ihm eine offizielle Einladung zukommen lassen, erzählte er uns, nachdem er an einem schönen warmen Sommerabend auf der Terrasse bei Franziska und Klaus leidenschaftlich Laute gespielt hatte. Er fügte lachend hinzu: »Das passt gut, denn ich bin mit der Geschichte von Sami seit einer Weile fertig!«

»Das ist wahr, aber eine gute Geschichte endet nicht, sondern sie stößt nur die Tür zu neuen Geschichten auf. Ich bin gespannt auf die Fortsetzung, die vielleicht mein Enkelkind von deinem Enkelkind hören wird«, sagte ich.

Scharif lachte und sagte, er würde das in seinem Testament vermerken, und dann erzählte er uns, dass er in Kanada nur vorübergehend als Computerfachmann arbeiten wolle, denn er träume davon, nur noch für die und von der Musik zu leben.

»Das Leben im Exil ist eine Kette von Trennungen«, schrieb ich einst, und an Trennungen gewöhnen sich nur Steine.

Wenn der Schlaf der kleine Bruder des Todes sein soll, so ist die Trennung seine kleine Schwester. Es ist bei jedem Abschiednehmen, als ob ein Teil von uns stirbt. Wir vergessen es bald, müssen es vergessen, um weiterzuleben. Das Vergessen ist eine göttliche Gnade. Doch die nächste Trennung erinnert uns wieder an alle Trennungen, so wie uns jeder Tote an all unsere Toten erinnert.

Bei Scharif war es nicht anders. Ende Juli kam der traurige Abschiedstag. Ich weiß heute viel besser, warum wir alle am Frankfurter Flughafen weinten. Er, dieser feine, zierliche junge Mann, lachte und weinte zugleich. Er umarmte Franziska, die er »meine zweite Mutter« nannte, und sagte, er wolle sie und Klaus mit dem ersten Geld, das er verdiene, zu sich nach Kanada einladen.

Er drückte mich fest. »Wenn das Buch rauskommt«, sagte er mit fester Stimme, »möchte ich ein paar Exemplare haben. Ich werde so lange suchen, bis ich einen Kanadier finde, der es auf Französisch und Englisch herausbringt«, und dann fügte er hinzu: »Sami wird sich freuen.«

Es ist, wie gesagt, über vier Jahre her, und inzwischen ist in Syrien so viel passiert, dass man damit Bücher füllen könnte, doch selbst eine Bibliothek würde nicht ausreichen, um alles zu erklären. Es wird Politiker und Historiker noch Jahrzehnte beschäftigen.

Ich aber wollte nur Samis Geschichte aufschreiben, so wie Scharif sie mir erzählt hat. Ich habe es ihm fest versprochen.

Rafik Schami, Frühjahr 2017

© Arne Wesenberg

Rafik Schami

Rafik Schami, geboren 1946 in Damaskus, siedelte 1971 in die Bundesrepublik Deutschland über. Er promovierte in Chemie. Seit 1982 ist er freier Schriftsteller und lebt in Marnheim/Pfalz. Für sein literarisches Werk erhielt er viele wichtige Auszeichnungen, u.a. den Adalbert-von-Chamisso-Preis, den Hermann-Hesse-Preis und den Großen Preis der Akademie für Kinder- und Jugendliteratur. Sein umfangreiches Werk, darunter die Romane *Eine Hand voller Sterne, Erzähler der Nacht* und *Der ehrliche Lügner,* wurden vielfach ausgezeichnet und in zahlreiche Sprachen übersetzt.

Rafik Schami
Eine Hand voller Sterne
Roman, 256 Seiten (ab 14), Gulliver TB 78701
Auswahlliste zum Deutschen Jugendliteraturpreis
Ebenfalls als E-Book erhältlich (74786)

Über mehrere Jahre hinweg führt ein Bäcker-
junge in Damaskus ein Tagebuch. Es gibt viel
Schönes, Poetisches und Lustiges zu berichten
aus der Stadt, in der Menschen so vieler
Nationalitäten leben. Aber es gibt auch Armut,
Ungerechtigkeit, politische Verfolgung und
Angst in der Stadt. Den einzigen Weg, die
Dinge zu verändern und sich selbst treu zu
bleiben, sieht er in dem Beruf des Journalisten
– im Untergrund.

Rafik Schami
Der ehrliche Lügner
Roman von tausendundeiner Lüge
542 Seiten (ab 14), Gulliver HC 74785
Hermann-Hesse Preis
Ebenfalls als E-Book erhältlich (74787)

Sadik, der Geschichtenerzähler, braucht
1001 Lüge, um der Wahrheit näher zu kommen.
Er erinnert sich an den Circus India, der mit
seinen Tieren eines Tages in die alte Stadt
Morgana kam und für lange Zeit bleiben
musste. Ohne den Circus hätte Sadik die
Geschichte vielleicht nie erzählt. Oder war es
seine Liebe zu Mala, der Seiltänzerin, die ihn
zum Erzählen brachte?

GULLIVER www.beltz.de